ANDRZEJ MALESZKA

MAGICZNE DRZEWO

ANDRZEJ MALESZKA

MAGICZNE DRZEWO

POJEDYNEK

ILUSTRACJE
ANDRZEJ MALESZKA

znak emotikon

KRAKÓW 2012

Projekt okładki i ilustracje
Andrzej Maleszka

Fotografie bohaterów we wnętrzu książki oraz na okładce
Monika Lisiecka
Maciej Mańkowski

Fotografie Zamku w Mosznej
Paweł Mazur

Fotografia na 4. stronie okładki
Archiwum autora

Opieka redakcyjna
Julita Cisowska, Maria Makuch

Łamanie
Irena Jagocha

Projekt typograficzny
PARASTUDIO

Elementy zdjęć wykorzystane w ilustracjach
© mchen007, © WronaART, © Peter Goulding, © PTB-images,
© arlindo71, © Antagain, © RohitRaj, © inhauscreative, © elgris,
© Floortje, © pauloduarte, © geragas, © Pixlmaker, © tomasz
przechlewski, © Richard Semik, © andrej_sv, © Robert Cope
Pomoc: Jędrek Malak

ISBN 978-83-240-2024-9

Książki z dobrej strony: www.znak.com.pl
Społeczny Instytut Wydawniczy Znak, 30-105 Kraków, ul. Kościuszki 37
Dział sprzedaży: tel. (12) 61 99 569, e-mail: czytelnicy@znak.com.pl
Wydanie I, Kraków 2012
Druk: Colonel, Kraków

W dwutysięcznym roku nad doliną Warty przeszła straszliwa burza. Trwała bez przerwy przez trzy dni i trzy noce. Przerażone zwierzęta kryły się w najgłębszych norach. Małe dzieci chowały głowy pod poduszki, by nie słyszeć nieustającego huku grzmotów. W wielu domach zgasło światło, a dachy porwała wichura.

Trzeciego dnia piorun uderzył w olbrzymi stary dąb rosnący na wzgórzu. Drzewo pękło i runęło na ziemię. Zadrżały domy w całej dolinie, a burza natychmiast ustała.

Nie był to zwyczajny dąb. Było to Magiczne Drzewo. Miało w sobie ogromną, cudowną moc. Lecz wtedy nikt o tym nie wiedział.

Ludzie zawieźli je do tartaku i pocięli na deski. Z drewna zrobiono setki różnych przedmiotów, a w każdym przedmiocie została cząstka magicznej mocy. W zwyczajnych rzeczach ukryła się siła, jakiej nie znał dotąd świat. Wysłano je do sklepów i od tego dnia na całym świecie zaczęły się niesamowite zdarzenia.

POJEDYNEK

– Szefie, ratunku!

Pojazd pędził prosto na wzgórze pełne gigantycznych wiatraków. Ich wielkie śmigła wirowały. Cięły powietrze jak miecze! Były coraz bliżej. Słychać już było ich świst.

– One nas zmielą!

Gabi, Blubek i Kuki rzucili się do pulpitu sterowniczego. Naciskali, co się dało. Próbowali wszystkich guzików, ale nic nie działało. Nie można było pojazdu zatrzymać ani zmienić jego kierunku. Lecieli prosto na wielkie wiatraki. Wirujące śmigła zbliżały się ze straszliwą szybkością.

– Czuję, że będą kłopoty – jęknął Kuki.

Godzinę temu nic nie zapowiadało kłopotów. Troje przyjaciół: Kuki, Gabi i Blubek, oraz pies Budyń spotkało się nad rzeką. Właśnie skończył się rok szkolny, a oni postanowili, że razem pojadą na wakacje. Zamierzali użyć magii i wyjechać zupełnie sami, bez rodziców. Oczywiście byli pewni, że rodzice się nie zgodzą, ale Kuki miał na to sposób, choć jeszcze nie zdradził jaki.

Najpierw musieli ustalić, dokąd pojadą. Mieli mnóstwo pomysłów. Krzyczeli wszyscy naraz.

– Jedźmy do Afryki!

– Do Ameryki!

– Do Chin!

– Na jakąś fajną wyspę!

– Lećmy do Las Vegas! – wydzierał się Blubek.

– Po co?

– Tam są targi gier. Mają super sprzęcior do grania!

– Ja wolę na biegun północny! – zawołał Kuki.

– A ja chcę pod wodę, oglądać rekiny! – krzyczała Gabi.

– A nie możemy pojechać do psiego raju? – spytał kundel Budyń (był psem, który dzięki magii umiał mówić, choć starał się tego nie robić przy obcych).

– A gdzie jest psi raj? – zdziwił się Kuki.

– Nie wiem – pisnął Budyń. – Ale na pewno gdzieś jest, bo widziałem taką reklamę.

– Słuchajcie! – zawołała Gabi. – Nie możemy jechać w s z ę d z i e! Musimy wreszcie coś wybrać!

– Już wiem! – powiedział Blubek. – Wyczarujmy najpierw pojazd. Potem zdecydujemy, dokąd jechać.

– Dobrze. Co mam wyczarować? – spytał Kuki, siadając na czerwonym krześle. (Wiele lat temu Kuki znalazł krzesło obdarzone potężną magiczną mocą. Dawało mu to, czego pragnął, choć często było to niebezpieczne).

– Pojazd musi być szybki – powiedział Blubek.

– I duży, żebyśmy mogli w nim spać – dodał Kuki.

– I musi fajnie wyglądać – zawołała Gabi.

– Dobra – powiedział Kuki. – Niech każdy narysuje, jak sobie to wyobraża.

– Ja też mogę, szefie? – spytał pies.

– Pewnie.

Gabi rozdała wszystkim kartki (zawsze miała przy sobie notesik). Tylko Blubek wolał rysować palcem na ekranie telefonu. Zaczęli projektować pojazd.

Po chwili Blubek zawołał:

– Już!

– Ja też już mam – powiedziała Gabi. – Ale może to coś głupiego.

Kuki także skończył rysować.

– Blubek, ty pierwszy – powiedział. – Co wymyśliłeś?

Blubek pokazał swój rysunek. Była na nim wielka kula. Wystawały z niej jakieś kolce.

– Co to jest? – zdziwił się Kuki. – Piłka z gwoździami?

– To jest dra-kula. Czyli kula toczącо-lewitująca. My jesteśmy w środku, a ona toczy się z dużą prędkością. Ma napęd jonowy.

– Zwariowałeś!? – zawołał Kuki. – Mamy turlać się przez cały dzień? Zwymiotujemy!

Kuki toczył się kiedyś w zorbie, czyli dmuchanej kuli. Na samo wspomnienie miał mdłości. Nienawidził tego!

– Nie będziemy się turlać – powiedział dumnie Blubek. – Bo w środku będzie druga kula. Rozumiecie? Zewnętrzna kula się obraca, a ta w środku stoi bez ruchu. Dra-kula się kula, a my siedzimy wygodnie w fotelach.

– A te rury? – spytał Kuki.

– To są wysuwane działa laserowe.

– Po co? – zdziwił się Kuki. – Przecież jedziemy na wakacje. Nie będziemy z nikim walczyć.

– Nigdy nie wiadomo – powiedział Blubek. – Lepiej pokaż, co ty wymyśliłeś.

Kuki wyciągnął kartkę ze swoim projektem.

– Mój pojazd nazywa się BUM.

– Dlaczego?

– Bo ma specjalny przycisk z napisem „BUM". W razie kłopotów naciskamy go i pojazd rozpada się na cztery części. To znaczy zmienia się w cztery minisamoloty. Każdy leci osobno, bo ma własny napęd.

– Eee, takie coś było w *Transformersach* – mruknął Blubek.

– No to co? To była bajka, a my stworzymy to naprawdę. Gabi, a co ty wymyśliłaś?

– Latającą galaretę.

– Co!?

– Wymyśliłam pojazd galaretę. – Gabi pokazała im dziwny rysunek. Przypominał meduzę. – Posłuchajcie, wy wymyślacie twarde, ciężkie machiny. A one łatwo się rozbijają. Ja myślę o czymś miękkim. Elastycznym jak guma do żucia.

– Mamy latać gumą do żucia?

– Chcę, żeby nasz pojazd był jak wielka żelka. Albo jak meduza. Jak się zderzy, to tylko się ugnie. I będziemy mogli zmieniać jego kształt.

– Latająca żelka? – zawołał Blubek. – To jest głupie. Dziecinne!

– Nie głupsze od twojej dra-kuli – obraziła się Gabi.

– Nie kłóćcie się! – zawołał Kuki. – Głosujmy, który pojazd robimy.

– Zaraz! A ja, szefie? – zawołał Budyń. – Ja też mam pomysł!

Spojrzeli na psa.

– Co wymyśliłeś, Budyń? – zaśmiał się Blubek. – Latającego hot doga?

– Bardzo przepraszam – oburzył się Budyń. – To, że jestem kundlem, nie oznacza, że można wyśmiewać moje pomysły!

– No dobra, Budyń. Nikt się nie śmieje. Pokaż, co wykombinowałeś.

Pies dumnie podniósł kartkę trzymaną w zębach. Była na niej tylko mała kropka.

– Ej, Budyń – powiedział Blubek – tu nic nie ma!

– Właśnie o to chodzi – powiedział z dumą kundelek. – Ja wymyśliłem skurczypojazd.

– Co!?

– Przecież jak przylecimy gdzieś superrakietą, to zaraz będzie afera – powiedział Budyń. – Ludzie będą panikować, że to UFO. I że ja jestem ufopsem.

– To prawda – powiedziała Gabi.

– Więc pomyślałem, że pojazd musi mieć guzik, który zmienia go w guzik.

– Co ty bredzisz!? – zawołał Blubek.

– Nie bredzę. Po prostu lądujemy, robimy „pstryk" i pojazd się kurczy. Staje się mały jak guzik. I chowamy go do kieszeni. To znaczy wy chowacie, bo ja nie mam kieszeni.

– To jest głupie! – zawołał Blubek.

– Nie jest! – pisnął psiak.

– Jest!

– Przestańcie się kłócić – przerwał Kuki. – Musimy coś wreszcie wybrać.

– Już wiem! – zawołała Gabi. – Niech czerwone krzesło zdecyduje. Ono jest chyba mądrzejsze od nas.

– Dobra.

Kuki usiadł na czerwonym krześle. Podnosząc rysunki, powiedział uroczyście:

– Chcemy superpojazd. Wybierz, który pomysł jest najlepszy!

Kuki był pewny, że czerwone krzesło wybierze jego pomysł. Przecież było jego…

Przez chwilę nic się nie działo. Zapadła dziwna cisza. Nawet ptaki przestały śpiewać… Nagle dmuchnął wiatr, unosząc piach i liście. Zawierucha przesłoniła wszystko! Pył wirował jak w trąbie powietrznej. Wichura przewracała ławki i przesuwała auta na parkingu. Musieli złapać się poręczy schodów, żeby nie odfrunąć. Wichura miotała nimi przez kilka minut, aż nagle ustała. Pył opadł. I wtedy zobaczyli przed sobą… nic. Nic nie zostało wyczarowane.

– Nic nie ma… – powiedział zdziwiony Kuki. – Chyba krzesło się na nas obraziło.

– Tam coś jest! – zawołał nagle Budyń i popędził w stronę malutkiego przedmiotu błyszczącego w trawie.

Podbiegli za nim. Pochylili się i zobaczyli srebrny guzik.

– Wygrałem! – krzyknął radośnie Budyń. – To jest skurczypojazd! Mój pomysł wygrał!

Nacisnął nosem guzik. TRACH. Guzik zaczął rosnąć, tyć, puchnąć! W parę sekund zamienił się w kulę wielkości autobusu. Miała niebieski, metaliczny kolor i świeciła jak gigantyczna lampa.

– Łał! To jest dra-kula! – zawołał Blubek. – Mój pomysł wygrał!

Podbiegli do wielkiej kuli. Gabi ostrożnie jej dotknęła. Miejsce, które nacisnęła, ugięło się.

– Hej! Ona jest miękka jak galareta – powiedziała Gabi. – Czyli ja też wygrałam!

– A jak się włazi do tej galarety? – mruknął Kuki, zły, że jego pomysł przegrał.

Ledwo to powiedział, rozległo się głośne „PLASK". Na ścianie pojazdu pojawiło się świecące kółko. Zawirowało i znikło, odsłaniając wejście. Z wnętrza kuli płynęło niezwykłe błękitne światło.

– Właźę, szefie! – zawołał Budyń i wskoczył do kuli. – Tu jest super! Chodźcie!

Ukryli czerwone krzesło pod starą beczką i wszyscy wskoczyli do pojazdu. Znaleźli się w okrągłej kabinie wyłożonej tworzywem miękkim jak żelki. Z przodu były monitory i pulpit z joystickiem. Wszystko było elastyczne. Nawet ekrany rozciągały się jak guma do żucia, a obraz rozciągał się z nimi! To było naprawdę zabawne. Przed ekranami stały cztery mniejsze kule. Usiedli na nich. PLASK! Kule zapadły się, przeistaczając się w wygodne fotele. Kiedy Gabi się położyła, fotel się rozciągnął, zmieniając się w wygodne łóżko.

– Ale fajnie! – zawołała Gabi.

Na pulpicie był joystick. Blubek zaczął nim poruszać.

– Zobaczcie!

Ze zdumieniem ujrzeli, że pojazd zmienia kształt. Wydłuża się albo poszerza. Każdy ruch joysticka powodował jakąś zmianę! Kukiemu zdawało się, że siedzi w wielkiej bańce mydlanej.

– No dobra. Zrobimy jazdę próbną – powiedział Kuki. – Blubek, wiesz, jak uruchomić ten wynalazek?

– Po prostu trzeba nacisnąć „start"! – krzyknął Blubek i wdusił zielony przycisk. – Dra-kula, jazda!

TRACH! Olbrzymia kula drgnęła. Zakołysała się. I zaczęła się obracać.

Najpierw powoli, potem coraz szybciej potoczyła się ulicą. A kabina pozostała nieruchoma! Dra-kula się toczyła, a oni siedzieli wygodnie, nie czując żadnych wstrząsów.

– Mówiłem, że mój pomysł jest genialny! – krzyczał Blubek.

Kula pędziła coraz prędzej. Nagle z bocznej uliczki wyjechał samochód. Krzyknęli ze strachu, pewni, że przetoczą się po nim i rozwałkują auto na naleśnik. Ale Blubek pociągnął joystick i dra-kula podskoczyła. Przeleciała nad samochodem i spadła sto metrów dalej. BACH! Kula odbiła się od jezdni jak piłka. Dała następnego susa. BACH! Znów się odbiła. PLASK! TRACH! BACH! Podróżowali gigantycznymi skokami, jakby siedzieli w piłce odbijanej przez olbrzyma. Z każdym odbiciem lecieli dalej i szybciej. Skoki były stumetrowe, więc pokonywali przestrzeń błyskawicznie.

Wkrótce zostawili za sobą miasto i skakali ponad polami. Przeskoczyli nawet szeroką rzekę i kilka wsi. Ludzie wychylali się z okien i zdumieni patrzyli na wielką kulę przelatującą nad ich domami.

Po każdym skoku podróżnicy krzyczeli z radości. Naprawdę podobała im się taka jazda. Wreszcie Kuki spojrzał na zegarek i powiedział:

– Blubek... Musimy wracać.

– Jeszcze chwilę! – zawołał Blubek.

– W domu na mnie czekają!

– Zaraz!

Wreszcie Kuki złapał joystick i zaczął szarpać się z Blubkiem, chcąc zawrócić pojazd.

TRACH! Joystick oderwał się i spadł na podłogę!

– Kuki! Coś ty zrobił!? – jęknął przerażony Blubek. – Zepsułeś sterownik!

Silnik zawył. Dra-kula zaczęła pędzić z niesamowitą szybkością.

– Blubek! Zatrzymaj ją, bo się rozwalimy! – krzyczał Kuki.

– Nie mogę! Hamuje się joystickiem! Zniszczyłeś hamulec!

Spojrzeli w okno, żeby sprawdzić, co jest przed nimi. I wszyscy wrzasnęli ze strachu. Bo przed nimi była elektrownia wiatrowa! Na wzgórzu stały setki wiatraków, które wytwarzały prąd. Wielkie słupy z wirującymi śmigłami stały w długich szeregach. Dra-kula pędziła prosto na nie. Wiatraki były bardzo wysokie. O wiele wyższe niż największe podskoki dra-kuli! Ogromne śmigła cięły powietrze jak miecze. Musieli na nie wpaść!

– One nas zmielą! – krzyczała Gabi.

– Szefie, ratunku! – wrzeszczał Budyń

– Trzeba zatrzymać dra-kulę!

Próbowali wszystkich guzików na pulpicie sterowniczym, ale dra-kula nie reagowała. Gnała prosto na wiatraki. Był tylko jeden sposób na ocalenie. Musieli otworzyć drzwi i spróbować wyskoczyć. Ale skok z obracającej się kuli był straszliwie niebezpieczny. To jakby skakać z wirującej karuzeli! Czasu na decyzję mieli niewiele. Wiatraki były kilkaset metrów od nich. Słyszeli już świst olbrzymich śmigieł, tnących powietrze jak piły. Kuki rzucił się, by otworzyć drzwi. I wtedy zobaczył na suficie czerwony przycisk. Miał migoczący napis „BUM”.

Kuki natychmiast podskoczył i wcisnął go.

BUM! Huknęło straszliwie! Pojazd eksplodował, rozpadając się na cztery części. A każda część przeistoczyła się w mały odrzutowiec! Dra-kula zmieniła się w cztery minisamoloty!

Kuki poczuł dumę. Więc jego pomysł też wygrał!

Ale nie mógł się cieszyć zbyt długo, bo wiatraki były tuż przed nim. Musiał przelecieć nad nimi! W panice zastanawiał się, jak kierować tym samolotem. Nie było tu joysticka ani kierownicy… Spytać nie miał kogo, bo teraz był sam w kabinie. Wirujące śmigła zbliżały się, były kilka metrów od niego.

Przerażony Kuki podniósł ręce, zasłaniając głowę. I wtedy pojazd pofrunął pionowo w górę, w stronę słońca. Kuki opuścił ręce i samolot natychmiast poleciał w dół. Wtedy Kuki zrozumiał. Samolotem kierowało się za pomocą gestów! Wystarczyło machnąć ręką, a pojazd zmieniał kierunek albo prędkość. Sterowanie gestami! To było genialne! Kuki uniósł prawą rękę. Pojazd skręcił w prawo, omijając śmigła kolejnych wiatraków.

Kuki zerknął w boczne okno. Pozostałe trzy samoloty też ominęły zagrożenie. Więc jego przyjaciele także odkryli technikę kierowania.

Kuki pomachał do Gabi, która leciała po jego prawej stronie. Jego samolot natychmiast skręcił, reagując na gest. Kuki wyrównał lot i zobaczył po drugiej stronie pojazd Budynia. Psiak kierował machnięciami ogona!

Nagle wyprzedził ich odrzutowiec Blubka. Kuki oczywiście natychmiast wysunął ręce i przyspieszył. Blubek wyszczerzył zęby w uśmiechu i zaczęli się ścigać. Gabi i Budyń pognali za nimi.

Cztery małe odrzutowce leciały obok siebie w zwariowanym wyścigu. To było naprawdę fajne. Pędzili jak szaleni, a wcale nie czuli prędkości. Leciało się bezpiecznie, starczyło kiwnąć ręką i pojazd posłusznie skręcał, unosił się albo opadał. Pojawiła się rzeka, a na niej most. Kuki wskazał na most: tam będzie meta wyścigu!

Lecieli ponad rzeką jak po torze wyścigów Formuły 1. Kuki i Blubek pędzili na czele, ramię w ramię. Nagle wysunął się przed nich trzeci pojazd. To Gabi ich wyprzedziła! Oczywiście Kuki i Blubek przyspieszyli, żeby nie dać się pokonać. Wtedy wyskoczył z dołu minilot Budynia. Pognali za nim. Każdy chciał wygrać.

Do mety, czyli mostu, dolecieli równocześnie. Zanim wyhamowali, pojazdy zderzyły się ze sobą. BUM! Cztery miniloty skleiły się ze sobą, tworząc znów jedną dra-kulę, która z rozpędu wbiła się między przęsła mostu. Rozległo się głośne „PLASK!” i kula utknęła.

Zatrzymali się tak gwałtownie, że wszyscy upadli na przednią ścianę pojazdu. Na szczęście galaretowata kabina była miękka, więc nic im się nie stało. Ale dra-kula zakleszczyła się pod mostem i znieruchomiała. Wstali powoli, oszołomni zderzeniem. Wyjrzeli przez okno. Pod mostem było ciaśniej, niż myśleli. Kula ugrzęzła między przęsłami i nie mogła stamtąd wylecieć ani się cofnąć.

– Co robimy? – spytał Kuki.

– Nie wiem – mruknął Blubek. – Może jeszcze raz użyjemy przycisku „BUM”?

– Nie możemy go użyć! – zawołał Kuki.

– Czemu?

– Bo jesteśmy pod mostem. Jak się katapultujemy, to rozwalimy most. Albo siebie!

– To jak się stąd wydostaniemy?

Tkwili pod mostem jak korek w butelce. Nie mogli wysiąść, bo drzwi się zablokowały.

– Szkoda, że mama zlikwidowała moją supersiłę – powiedział Kuki. – Po prostu rozerwałbym ścianę pojazdu, podniósł ten most i po problemie.

Przez kilka miesięcy Kuki miał dzięki czarom nadludzką siłę. Dzięki niej pokonał olbrzyma o siedmiu wcieleniach. Ale potem zaczęły się kłopoty. Po prostu Kuki był zbyt mocny i niechcący niszczył różne rzeczy. Kiedy w jednym tygodniu złamał sto widelców i urwał wszystkie drzwi w domu, mama zrobiła specjalny czar i odebrała mu tę nadludzką siłę. Kuki przestał niszczyć przedmioty, ale często żałował, że nie ma już olbrzymiej siły. Na przykład teraz bardzo by mu się przydała.

– Trzeba szybko coś zrobić – powiedziała Gabi – bo ktoś zobaczy dra-kulę i będzie afera.

– Budyń, a co z twoim skurczypojazdem? – spytał Kuki. – Nie możemy dra-kuli po prostu zmniejszyć?

– To działa, dopiero jak wysiądziemy – powiedział Budyń. – Inaczej ona zmniejszy się razem z nami. Staniemy się mali jak bakterie.

– No to trzeba jakoś rozpruć ścianę – westchnął Kuki.

– Czekaj… – mruknął Blubek. – Może uda się naprawić joystick.

Podniósł urwaną część sterownika. Zaczął wciskać go na dawne miejsce. Po kilku próbach coś chrupnęło i joystick wskoczył w obudowę.

– Udało się!

– Dajcie to mnie – powiedziała Gabi. – Chyba wiem, co zrobić.

Chwyciła joystick. Poruszając nim ostrożnie, zaczęła zmieniać kształt dra-kuli. Pojazd wydłużył się i spłaszczył. Przypominał teraz gigantyczny smoczek. Po chwili zmniejszył się na tyle, że wyślizgnął się spod mostu. Wykonał długi skok i zatrzymał się przy brzegu. Wszyscy wysiedli, a pojazd z sykiem się zmniejszył. Dra-kula znów stała się małym srebrnym guzikiem.

– Dra-kula jest ekstra – powiedział Kuki. – Wprowadzimy małe ulepszenia i możemy lecieć, gdzie chcemy. W każde miejsce! To będą superwakacje!

– Dobra, Kuki. Teraz powiedz, co wymyśliłeś, żeby rodzice pozwolili nam jechać? – spytała Gabi. – Bo moi nigdy się nie zgodzą, żebym sama wyjechała. Na sto procent.

– A moi na dwieście – mruknął Blubek.

– Moi też się nie zgodzą – powiedział Kuki.

– No to co zrobimy?

– Posłuchajcie. Wymyśliłem super pomysł. Absolutnie genialny! – Kuki usiadł naprzeciwko przyjaciół i zaczął mówić uroczyście: – Nasi rodzice nie chcą, żebyśmy sami gdzieś jechali.

– Dokładnie – mruknął Blubek.

– No to zostaniemy z nimi. A jednocześnie będziemy zupełnie gdzie indziej!

– Mógłbyś gadać jaśniej? – spytał Blubek. – Co chcesz zrobić?

– Klony – odpowiedział tajemniczo Kuki.

– Co?

– Wyczarujemy klony. To znaczy nasze kopie! Rozumiecie? Sklonujemy się!

– Ale po co?

– Stworzymy klona każdego z nas. Kopię Blubka, Gabi, moją i Budynia. Nasze klony zostaną z rodzicami. Będą grzecznie siedzieć w domu, a my w tym czasie pojedziemy na superwakacje. Genialny pomysł, no nie?

Kuki spojrzał dumnie na przyjaciół. Czekał, aż zaczną krzyczeć z radości, wołać: „Kuki jest genialny!". Ale niczego takiego nie zrobili. Siedzieli cicho, z raczej ponurymi minami.

– O co chodzi? – zdziwił się Kuki. – Nie podoba wam się to?

– Kuki… To nie jest dobry pomysł – powiedziała cicho Gabi.

– Ale dlaczego!? Przecież to rozwiązuje wszystkie nasze problemy!

– Ja nie chcę, żeby istniała druga Gabi, rozumiesz? Nie chcę czegoś takiego.

– Ja też nie – mruknął Blubek.

– Ani ja, szefie – pisnął psiak. – Ja jestem niepowtarzalny!

– O co wam chodzi? – zawołał Kuki. – Przecież nasze klony będą istnieć tylko w czasie wakacji! Potem znikną.

– Nie chcę – powiedziała Gabi stanowczo. – Jeśli zacznie istnieć druga Gabi, no to po prostu… będzie żyć. I co z nią potem zrobimy? Nie chcę czegoś takiego.

– Wam się nie podoba żaden mój pomysł! – zawołał obrażony Kuki. – To znaczy, że nie pojedziemy na żadną wyprawę.

Milczeli.

– Może zrobimy chociaż próbę? – spytał Kuki. – Wyczaruję tylko mojego klona. Powiem, żeby istniał przez pięć minut. Zobaczymy, jak to działa.

Gabi nie odpowiedziała. Blubek też milczał. Tylko pies niechętnie powiedział:

– Ale ja nie będę do tego klona mówić „szefie". Nigdy!

– Jasne.

Kuki usiadł na czerwonym krześle. Maksymalnie się skoncentrował i wyszeptał:

– Chcę, żeby powstał...

Nie skończył. Przerwał mu krzyk:

– Kuki!!!

Odwrócił się. Ulicą biegła jego mama. Pędziła jak sprinter na olimpiadzie. Wołała:

– Kuki! Natychmiast wstań z krzesła!

– Czuję, że będą kłopoty – jęknął Kuki, zrywając się z czerwonego krzesła.

Budyń błyskawicznie zakopał w piasku srebrny guzik, czyli zmniejszoną dra-kulę.

Mama Kukiego podbiegła do nich. Oddychała ciężko.

– Cześć, mamo – powiedział Kuki niepewnie.

Mama chwyciła czerwone krzesło i zawołała:

– Kuki! Idziemy do domu! Natychmiast!

– Czyś ty oszalał, Kuki? Dlaczego wyniosłeś z domu czerwone krzesło? Nie wolno ci tego robić! Wiesz, że nie możesz sam używać magii!

Mama Kukiego była naprawdę zdenerwowana. Siedzieli w kuchni już godzinę, a ona wciąż się złościła.

– Wytłumacz mi zaraz, o co tu chodzi.

– Mamo, my chcemy… – zaczął niepewnie Kuki

– Co chcecie?

– No my… To znaczy ja, Gabi, Blubek i Budyń chcemy pojechać razem na wakacje.

– Ach tak! Nie pytając rodziców o zgodę, chcieliście sobie wyjechać na wakacje! Kuki, ty chyba zapomniałeś, że masz dopiero dwanaście lat!

– Mamo, pojedziemy tylko na tydzień. Zgadzasz się? – spytał błagalnie Kuki.

– Nie!

– Ale dlaczego!?

– Bo jesteś za mały, żeby jeździć sam na wakacje!

– No to możesz mnie trochę powiększyć. Jeden czar i będę wielki jak koszykarze.

– Nie ma mowy! Dosyć mieliśmy kłopotów z twoją supersiłą. Cud, że udało się to odczarować.

– Mamo, co jest złego w tym, że pojadę z przyjaciółmi na wakacje? Wolisz, żebym nudził się w domu?

– Nie będziesz się nudził w domu – powiedziała mama. – Pojedziesz na obóz.

– Na jaki obóz?

– Szachowy.

Kuki spojrzał na nią zdumiony.

– Co!? Na jaki obóz szachowy? Mamo! Ja nienawidzę szachów!

– Kiedyś je lubiłeś.

– To było kiedyś!

– Kuki, szachy uczą dyscypliny i koncentracji. Właśnie to ci jest potrzebne.

– Nie potrzebuję żadnej dyscypliny i koncentracji!

– Nie jestem taka pewna. – Mama położyła na stole niebieską karteczkę. – Kuki... Możesz mi wyjaśnić, co to jest?

Kuki zerknął niepewnie na mamę.

– No… Moje świadectwo szkolne.

– Jasne. A te oceny?

– Chodzi ci o te dwie trójki? A co to za problem?

– To jest problem, Kuki! Nigdy nie miałeś takich ocen.

– Gdybyś się zgodziła, żebym zaczarował panią Szulc, to wpisałaby mi na świadectwie same szóstki.

– Kuki! Ja chcę, żebyś się normalnie uczył, a nie czarował.

Kuki nie odpowiedział.

– Rozmawiałam z twoją wychowawczynią. Powiedziała, że masz problemy z koncentracją. Jesteś w szkole zupełnie rozkojarzony. Dlatego poradziła mi, żeby cię wysłać na obóz szachowy.

– Nie chcę tam jechać!

– Kuki, to tylko dwa tygodnie. To będzie naprawdę dobre dla ciebie – powiedziała łagodnie mama.

Chciała przytulić Kukiego, ale chłopak się odsunął.

– A Budyń? – spytał ponuro. – Mogę wziąć psa na ten głupi obóz?

– Przykro mi, Kuki – powiedziała mama. – Tam nie wolno zabierać zwierząt.

To był chyba najgorszy dzień w życiu Kukiego.

Nie mógł pojechać z przyjaciółmi na wyprawę. A w dodatku musiał oddać Budynia do hotelu dla psów. Bo kiedy Kuki jechał na obóz, rodzice i rodzeństwo też wyjeżdżali. W domu nikt nie zostawał.

Kuki chciał wyczarować miskę, która sama napełnia się jedzeniem, i tunel do teleportacji, żeby Budyń mógł wychodzić na spacer. Wtedy jego pies mógłby zostać w domu. Ale mama się na to nie zgodziła. Musiał więc oddać Budynia do psiego hotelu na dwa tygodnie. Pojechali tam razem z mamą i kundelkiem. To była ponura podróż.

– Budyń, strasznie mi przykro – szepnął Kuki.

– Nie martw się, szefie – westchnął psiak – jakoś to przetrzymam. Chociaż przy mojej wrażliwości nie będzie to łatwe. Ale cóż... Zacisnę zęby i wytrwam. Choć nie wiem, jak będę jadł moje ulubione kiełbaski z zaciśniętymi zębami... A zresztą! Tam na pewno nie będzie żadnych kiełbasek – szepnął smętnie Budyń.

– Budyń, ja nie chciałem, żebyś tam poszedł!

– Wiem, szefie. Naprawdę nie mam do ciebie żalu. Po prostu wielki pech.

Hotel dla psów mieścił się w szarym budynku otoczonym wysokim płotem. Z wnętrza dobiegało szczekanie. Brzmiało bardzo smutno. Mama zatrzymała samochód przed bramą.

– Budyń, widzisz? – szepnął Kuki.

– Co, szefie?

– Ten hotel nazywa się Psi Raj. Pamiętasz? Chciałeś jechać do psiego raju.

– Prawdę mówiąc, miałem na myśli coś innego – westchnął Budyń.

Wysiedli z samochodu. Poszli do drzwi z napisem „Oddawanie psów". Budyń dreptał smętnie obok Kukiego, rozglądając się nieufnie.

– Budyń, teraz nic nie mów – szepnął Kuki. – Musisz tu udawać psa niegadającego.

– Dobrze, szefie – pisnął cichutko kundelek. – Będę milczał z godnością.

Weszli do biura. Przywitała ich właścicielka hotelu Psi Raj.

– Ale zabawny kundel! – zawołała, uśmiechając się fałszywie. – Taki brzydki, że aż ładny!

– Niech pani nie mówi, że jest brzydki – oburzył się Kuki. – Bo będzie mu przykro.

– Nie sądzę, żeby nas rozumiał – zaśmiała się właścicielka hotelu. – Ale oczywiście, będę mówić, że jest prawie rasowy. – Usiadła przy komputerze i zaczęła szybko stukać w klawiaturę. – Wybieracie państwo klatkę lux czy standard?

– A jaka jest różnica? – spytała niepewnie mama.

– No… Klatka lux jest dużo wygodniejsza. Pies ma w promocji ekstra spacer. I można do psa telefonować.

– Telefonować do psa? – zdziwiła się mama.

– No tak, w klatce jest specjalny telefon i można do psa dzwonić. Jak pies słyszy głos pana, to podobno lepiej się czuje.

– Czy on do mnie też może dzwonić? – spytał Kuki.

– Dobry żart – zarechotała kierowniczka. – No nie. Żaden pies jeszcze nie umie mówić ani telefonować. To przerasta psie rozumki. To co, bierzecie państwo klatkę lux?

– Tak! – zawołał Kuki.

Kierowniczka zapisała coś i spytała:

– Czy wykonać przycięcie ogona?

Budyń spojrzał na nią z przerażeniem i rzucił się do ucieczki. Ale drzwi były zamknięte.

– Jakie przycinanie ogona!? – krzyknął Kuki, obejmując przerażonego kundelka.

– Jego ogon sterczy jak antena – mruknęła kierowniczka. – Teraz są modne krótkie ogonki. Przycinanie jest darmowe, w cenie klatki. To co, tniemy?

– Nieeee! – wrzasnął Budyń.

Na szczęście kierowniczka myślała, że to krzyczy Kuki.

– Nie denerwuj się tak, chłopcze. Nie, to nie. Skreślam przycinanie. Czy zamawiacie państwo tresurę?

– Jaką znowu tresurę!? – krzyknął Kuki.

– No, tresujemy tu psy, żeby były posłuszne i zdyscyplinowane.

– Nie chcemy żadnej tresury! – powiedział oburzony Kuki. – Budyń wszystko umie!

– Rozumiem. No to zaprowadzimy tego geniusza do klatki.

Kierowniczka poprowadziła ich ciemnym korytarzem do ponurej sali, gdzie stały długie szeregi klatek. W każdej za kratą siedział pies. Zwierzęta były senne i osowiałe. Tylko stary bernardyn podniósł głowę i cicho szczeknął.

Szefowa hotelu zatrzymała się przy klatce z numerem 13.

– Ta będzie dla twojego geniusza – powiedziała. Przekręciła klucz i otworzyła kratę. Budyń zerknął na Kukiego. Minę miał tak smutną, że Kukiemu chciało się płakać. Kundelek podkulił ogon i powlókł się do klatki. Kuki przykucnął i szepnął:

– Budyń... Będę do ciebie dzwonić. Codziennie. Obiecuję!

– Dzięki, szefie – wyszeptał cichutko Budyń. – Tylko błagam, żadnej tresury, bo tego nie zniosę.

– Nie będzie żadnej tresury. Przysięgam!... Do widzenia, Budyń.

– Żegnaj, szefie.

– Jakie to wzruszające – powiedziała kierowniczka. – Pani synek mówi za siebie i za tego kundla. No, ale musimy kończyć pożegnanie. Następni klienci czekają.

– Chodź, Kuki – szepnęła mama.

Kuki wyszedł z klatki. Trzasnęła krata i szczęknął klucz w zamku. Kundelek przycisnął nos do prętów klatki.

– Cześć, Budyń... – szepnął Kuki.

Otarł oczy i odszedł razem z mamą.

Psiak patrzył tęsknie za odchodzącym przyjacielem. Kiedy Kuki i mama zniknęli, Budyń klapnął na podłogę i smętnie się rozejrzał. Klatka po lewej była pusta. Po prawej stronie leżał za kratą stary bernardyn. Popatrzył uważnie na Budynia i zaszczekał:

– Witaj w więzieniu, mały. Jak masz na imię?

Budyń nie mógł odpowiedzieć, bo od kiedy magia zmieniła jego głos na ludzki, nie umiał już szczekać. Choć oczywiście rozumiał, co szczekają inne psy.

– Nie masz sił gadać? – mruknął bernardyn. – Po prostu depresja, co? Rozumiem cię, mały. Uważaj tylko, co tu jesz. Wkładają do żarcia coś na uspokojenie, żebyśmy nie gryźli. Strasznie po tym łeb boli. I uważaj na brodatego dozorcę. To nie jest miły facet. O, idzie już…

TRACH! Trzasnęły drzwi i wszedł brodaty mężczyzna w czarnym fartuchu. Uderzył w kratę i krzyknął:

– Pobudka, kundle!

LUX

Kuki i mama jechali do domu w milczeniu. Kuki myślał wciąż o Budyniu. O psie, który był jego najlepszym przyjacielem i trzy razy uratował mu życie. A on zostawił go w ohydnej klatce! Czuł się z tym obrzydliwie.

– Mamo…

– Co, Kuki?

– Masz ten numer telefonu?

– Który?

– Do tego ohydnego Psiego Raju. Chcę zadzwonić do Budynia.

– W bagażniku mam ich wizytówkę, tam jest numer telefonu.

Kuki więcej się nie odezwał. Po powrocie do domu zaraz zadzwonił na numer z wizytówki. Zabuczał sygnał, a potem komputerowy głos powiedział: „Po sygnale możesz mówić do swojego psa. Pik. Pik”.

– Budyń! To ja – szepnął Kuki do słuchawki – Chcę ci tylko powiedzieć, że bardzo za tobą tęsknię…

Będę do ciebie często dzwonić. Nie martw się. Niedługo się spotkamy. Trzymaj się, Budyń!

Budyń oczywiście nie mógł odpowiedzieć, bo w klatce był tylko głośnik, a nie było mikrofonu. Kuki nie był więc pewny, czy pies go usłyszał.

Wyjazd na obóz był następnego dnia rano. Mama spakowała rzeczy Kukiego do plecaka. Chłopak się do tego nie mieszał. Zamknął się w swoim pokoju i w ogóle się do mamy nie odzywał. Zadzwonił do Gabi i Blubka, ale mieli wyłączone telefony. Napisał więc tylko ponurego SMS-a, że jutro wyjeżdża na obóz i że nie zobaczą się przez dwa tygodnie.

Wieczorem mama przyszła powiedzieć mu „dobranoc”, ale Kuki odwrócił się do niej plecami. Było mu trochę głupio, że tak się zachowuje, bo jego mama była właściwie fajna. Ale z tym obozem i oddaniem Budynia zrobiła mu naprawdę przykrość. Kuki żałował, że nie zdążył wyczarować klona. Wysłałby swoją kopię na ten idiotyczny obóz, a sam gdzieś uciekł razem z psem. Wyciągnęliby z ukrycia dra-kulę i pojechali na drugi koniec świata.

– Kuki, obudź się!

Kuki otworzył oczy. Rozejrzał się nieprzytomnie. Na zegarze była szósta rano. Obok łóżka stała mama.

– Wstawaj, Kuki. Autokar odjeżdża o siódmej… Zaraz musimy wychodzić.

Kuki burknął coś niechętnie, ale wstał z łóżka. Rozejrzał się po pokoju i zawołał:

– Budyń…

Ale zaraz przypomniał sobie, że Budyń jest w ohydnym psim hotelu. Westchnął i poszedł do łazienki.

W czasie śniadania Kuki wypił kilka łyków herbaty i nie ruszył kanapki.

– Zjedz coś – powiedziała mama.

– Nie mam ochoty.

– Pojedziecie cały dzień. Będziesz głodny.

Kuki wzruszył ramionami i odwrócił się.

– Kuki… Błagam cię – jęknęła mama. – Nie zachowuj się, jakbym wysyłała cię na obóz karny. – Usiadła obok niego. – Kuki, ja naprawdę bym chciała, żeby to był niesamowity obóz. Żeby ci się tam zdarzały same niesamowite przygody.

Kuki nie zareagował. Minę miał nadal ponurą. Mama westchnęła i wstała z krzesła.

– Chodź… Musimy już jechać.

Wyszli. Czerwone krzesło, na którym przed chwilą siedziała mama, drgnęło i zakołysało się. Przez pokój przeszedł podmuch wiatru. Firanki załopotały, a potem wszystko się uspokoiło.

Zbiórka uczestników obozu była na Rynku Głównym. Mama zaparkowała samochód pod ratuszem.

– Kuki, wysiadaj. No chodź!

Kuki z ponurą miną wysiadł z auta i poszedł z mamą w stronę niebieskiego autokaru. Kłębił się tam tłum dzieci i rodziców. Kuki rozpoznał tylko dwie osoby. Chudego Nikodema, który wciąż biegał ze skargami do nauczycielki i ryczał, kiedy ktoś go tknął. Miał przezwisko Trupek, bo był bardzo blady. Znał też Zulę z szóstej, która pluła na podłogę i wszędzie przyklejała gumy do żucia. Poza tą koszmarną parką wszyscy byli obcy i wyglądali nieciekawie. Kuki pomyślał, że gdyby Blubek i Gabi z nim jechali, to dałoby się ten obóz jakoś przetrzymać. Ale w tej sytuacji zapowiadało się na jakiś koszmar…

Do mamy podeszła pani Szulc, jego wychowawczyni ze szkoły. Okazało się, że jest kierowniczką obozu.

– Witaj, Kuki. Cieszę się, że będziesz na moim obozie. Mam nadzieję, że ty też się cieszysz…

– Nie – burknął Kuki.

– Proszę nie zwracać uwagi na jego humory – powiedziała mama i podała wychowawczyni karteczkę. – Tu jest spis rzeczy, na które Kuki ma alergię. Chciałam też powiedzieć, że wyjeżdżamy jutro z mężem w góry. Może być kłopot z dodzwonieniem się do nas.

– Jestem pewna, że z Kukim nie będzie problemów – uśmiechnęła się wychowawczyni – i nie będę musiała dzwonić z żadnymi skargami.

– Schowała karteczkę. Weszła na schodki autobusu i zawołała: – Kończymy pożegnania. Ostatnie całusy i wsiadamy do autokaru. Tylko powoli!

Uczestnicy obozu rzucili się do autobusu, żeby zająć najlepsze miejsca.

– No to cześć, Kuki – szepnęła mama. – Trzymaj się!

Mama chciała go przytulić, ale chłopak wymknął się jej i bez słowa wszedł do autobusu.

Usiadł sam, zadowolony, że nie będzie musiał z nikim gadać w czasie drogi.

Jednak po chwili usłyszał pisk:

– Proszę pani... Ja nie mam gdzie siedzieć. Ona zajęła moje miejsce torbami!

To piszczał Nikodem. Siedział obok Zuli, która rozwaliła się na dwóch siedzeniach. A w dodatku miała pięć wielkich toreb z prowiantem.

– Zula, schowaj torby do bagażnika – powiedziała pani Szulc.

– Nie mogę. To jest moje żarcie na podróż. Nie mam ochoty głodować – mruknęła dziewczyna.

– No dobrze – westchnęła wychowawczyni. – Nikodem, siądź obok Kukiego.

Kuki jęknął, widząc, że Trupek siada na miejscu obok niego. Odwrócił się do okna i udawał, że śpi.

Wychowawczyni policzyła uczestników i zerknęła na listę.

– Brakuje dwóch osób. Musimy jeszcze poczekać – powiedziała do kierowcy.

– Uprzedzam, że o dziewiętnastej kończę pracę – burknął szofer. – Jak nie dojedziemy, to staję w polu i róbcie, co chcecie.

– Rozumiem. Jeśli spóźnialscy nie przyjdą w ciągu pięciu minut, to jedziemy.

Minęło pięć minut. Pani Szulc zerknęła na zegarek i powiedziała:

– No trudno. Ruszamy!

W tej chwili rozległ się klakson i na rynek wjechały dwa auta. Zatrzymały się z piskiem hamulców. Rozległo się wołanie:

– Proszę zaczekać! Jeszcze my!

Kuki otworzył oczy, żeby zobaczyć, co to za kretyni się spóźnili.

I zerwał się z siedzenia. Bo do autokaru biegli Gabi i Blubek! Kuki nie wierzył własnym oczom.

Ale to byli naprawdę oni! Kuki popędził do drzwi i wyskoczył z autobusu.

– Gabi, Blubek! Co wy tu robicie!?

– Jedziemy na obóz.

– Na *ten* obóz? Jakim cudem?

– Twoja mama powiedziała mojej, że wysyła cię na obóz szachowy – powiedziała Gabi. – No więc postanowiliśmy z Blubkiem, że też pojedziemy. Przycisnęliśmy rodziców i nas zapisali. Na szczęście były wolne miejsca.

– Naprawdę ze mną jedziecie? – pytał Kuki, wciąż nie wierząc w to, co usłyszał.

– Pewnie. Przecież nie możemy cię zostawić – zaśmiał się Blubek. – Jeszcze byś narobił kłopotów!

Kuki spojrzał na przyjaciół z wdzięcznością. Oni naprawdę byli fantastyczni! Zapisali się na ten koszmarny obóz tylko dlatego, żeby nie zostawić go samego. Nie wiedział, co powiedzieć. Wreszcie mruknął:

– Dzięki.

– Ale pamiętaj, nauczysz mnie grać w szachy – powiedział Blubek. – Bo ja nakłamałem, że umiem, a w życiu nie grałem. Czy to jest podobne do *Warcrafta*?

– Nie bardzo, ale nauczę cię. Szachy są fajne.

– Kuki, a co z Budyniem? – spytała Gabi. – Zabrałeś go?

– Nie wolno zabierać psów. Musiałem go oddać do hotelu. Siedzi w klatce. – powiedział ponuro Kuki.

– O kurczę! Biedny Budyń.

W tym momencie pani Szulc zawołała:

– Gabi, Kuki, Blubek! Wsiadajcie! Odjeżdżamy.

Wskoczyli do autokaru. Kuki poprosił Nikodema:

– Słuchaj, chciałbym siedzieć z Blubkiem. Mógłbyś się przesiąść?

– Nie mogę. Pani kazała mi siedzieć tutaj – powiedział wyniośle Nikodem. – Nie wolno samowolnie zmieniać miejsc i trzeba słuchać poleceń wychowawców.

Kuki chciał coś ostro odpowiedzieć, ale pani Szulc zawołała:

– Blubek, siądź obok pana kierowcy. Gabi, siadaj obok Zuli.

To znaczyło, że nie będą mogli gadać w czasie podróży, ale Kuki się tym nie przejął. Przecież będą razem przez dwa tygodnie. Teraz, kiedy Gabi i Blubek z nim jechali, obóz zapowiadał się dużo lepiej. Kukiemu poprawił się humor, więc pomachał przez szybę mamie, a nawet się do niej uśmiechnął.

Autokar ruszył.

Jechali długo, bo obóz był nad morzem. Nikodem całą drogę coś zapisywał w grubym zeszycie. Miał flamaster, który piszczał przeraźliwie w czasie pisania.

– Rany! Nikodem! Przestań! – jęknął w końcu Kuki. – Musisz stale piszczeć tym pisakiem?

– Przygotowuję się do turnieju szachowego. Opracowuję taktykę gry – odparł Nikodem. – Mój tato powiedział, że muszę wygrać ten turniej. Dostałem specjalne tabletki z fosforem na koncentrację. Poza tym będę codziennie żonglował, bo to rozwija lewą półkulę mózgu.

Nikodem wyjął trzy wściekle żółte piłeczki. Zaczął je podrzucać, ale zaraz mu spadły. Zanurkował pod fotel, żeby je podnieść, ale nie było to łatwe, bo piłeczki turlały się po autobusie. Nagle rozległ się jego wrzask:

– Tam jest pająk! – Nikodem wyskoczył spod fotela. – Proszę pani! Pająk!

Piszczał tak przeraźliwie, że kierowca zatrzymał autobus.

– Nie jadę! – zawołał. – Jeżeli on nie przestanie się wydzierać, to dalej nie jadę!

– Nikodem, uspokój się – poprosiła pani Szulc. – Pajączek nic ci nie zrobi.

– Właśnie, że zrobi – jęknął Nikodem. – Pająki wstrzykują toksyny. Od tego mózg wysycha i człowiek głupieje.

– Ciebie już to chyba spotkało – mruknął Blubek.

– Nikodem, siadaj na miejsce! – zawołała wychowawczyni.

– Nie! Ten pająk jest pod moim fotelem.

– No dobrze. Zmień się miejscami z Blubkiem.

Pani Szulc posadziła Nikodema obok kierowcy, który nie był tym zachwycony. Za to Blubek usiadł obok Kukiego i oczywiście byli z tego bardzo zadowoleni. Chcieli, żeby Gabi dosiadła się do nich, ale pani Szulc na to nie pozwoliła.

Gabi siedziała obok Zuli, a właściwie wisiała na brzeżku fotela, bo Zula zajęła oba miejsca.

– Możesz się trochę przesunąć? – poprosiła Gabi.

– Czemu? – mruknęła Zula.

– Bo siedzisz na moim miejscu.

– No dobra. – Zula przesunęła się może o dwa milimetry i spytała: – Masz coś do chlania? Ba ja wszystko już wypiłam. – I nie czekając na odpowiedź, wyciągnęła z chlebaka Gabi butelkę soku. Otworzyła i wychłeptała połowę. – Ale ohyda – prychnęła, plując dookoła. – Co to jest? Siki kota? Zupełnie nie jest słodki.

– To jest sok naturalny, bez cukru – powiedziała Gabi, chowając butelkę z resztką soku. – Cukier jest raczej niezdrowy

– E, tam. Ja wolę to. – Zula wyciągnęła puszkę coli.

Gabi chciała spytać, czemu kłamała, że nie ma nic do picia. Ale nie zdążyła, bo rozgrzana cola wystrzeliła przy otwieraniu jak gejzer. Lepka fontanna trafiła w kierowcę, który wcisnął gwałtownie hamulec. Autokar zahamował z piskiem opon, jak Kaczor Donald w kreskówce.

– Nie jadę dalej! – ryknął szofer. Chwycił jakąś szmatę i wycierał głowę oblaną colą. – Albo pani uspokoi tę bandę, albo nie ruszam się stąd!

– Dzieci, proszę o spokój! – zawołała pani Szulc. – Poczytam wam o miejscu, do którego jedziemy. O ile ten miły pan zechce nas tam zawieźć – powiedziała, zerkając na kierowcę.

Ten mruknął coś pod nosem, ale uruchomił silnik i ruszyli.

W autobusie ucichło. Wychowawczyni wyjęła przewodnik i zaczęła odczytywać informacje:

– Będziemy spać w starym zamku, przerobionym na hotel.

Podniosła książkę, pokazując zdjęcie ponurego zamczyska.

– Wygląda jak z horroru – mruknął Nikodem.

– Moim zdaniem wygląda bardzo ciekawie – powiedziała wychowawczyni. – Właściciel tego zamku był wielkim miłośnikiem szachów. Zbudował go tak, aby przypominał figury szachowe. Dlatego właśnie tam organizujemy nasz obóz. Hotel jest na wyspie i…

Przerwała jej Zula.

– Jak będziemy płynąć statkiem, to ostrzegam, że od kołysania zaraz wymiotuję – powiedziała.

– Nie będziemy płynąć, bo wyspa jest położona blisko brzegu. Łączy ją z lądem most. Macie jakieś pytania?

– Kiedy wreszcie dojedziemy? – pisnął Nikodem.

– Jak nie będziecie przeszkadzać panu kierowcy, to może o piątej.

Więcej pytań nie było. W autobusie się uciszyło. Uśpieni kołysaniem autokaru pasażerowie po kolei zamykali oczy i zasypiali. Kuki próbował tłumaczyć Blubkowi zasady gry w szachy, ale szybko ucichł. Po chwili także on zasnął. Autokar pędził pustą szosą przez las. Malutki pająk wyszedł spod fotela i podreptał na przód autobusu, by w końcu wdrapać się na nogę bladego chłopca siedzącego obok kierowcy.

– Pobudka!

Pasażerowie autobusu rozglądali się sennie. Blubek potrząsnął śpiącym wciąż przyjacielem.

– Ej! Kuki! Pobudka.

– Co?… Co jest? – zamruczał Kuki, otwierając oczy.

– Chyba dojechaliśmy.

Kuki ziewnął i spojrzał w okno. Znajdowali się nad brzegiem morza. W zachodzącym słońcu woda migotała jak milion lusterek. Przed nimi była wyspa. Miała może kilometr długości. Po jednej stronie były wysokie skały, które stromo opadały do morza. Stała na nich latarnia morska. Druga strona wyspy była zarośnięta potężnymi drzewami. Wśród nich widać było zamek, ogromny, zbudowany z kamienia. Zamkowe wieże faktycznie przypominały figury szachowe, a jedna miała nawet wyrzeźbioną głowę konia. Kuki pomyślał, że Nikodem miał rację. Ten zamek naprawdę wyglądał jak z horroru. Autokar powoli wjechał na most, długi i drewniany. Pod spodem przelewały się fale i czuło się, że most lekko się kołysze. Jechali powoli, ostrożnie, bo most był stary. W końcu przetoczyli się na drugą stronę i wjechali na wyspę. Autokar zatrzymał się przed bramą zamku.

– Jesteśmy na miejscu! – zawołała wychowawczyni, jak gdyby ktoś jeszcze tego nie wiedział.

Stali w wielkim holu. Podłoga była wyłożona czarno-białymi płytkami. Strop podpierały kolumny, które wyglądały jak figury szachowe. W oknach były witraże z szybek ułożonych w szachownicę. Na środku znajdowało się wielkie akwarium. Obok niego stał dyrektor hotelu, grubas w krawacie w szachownicę.

– Witam was serdecznie – powiedział, patrząc z obrzydzeniem na uczestników obozu. – Informuję, że windami można jeździć tylko w towarzystwie dorosłych. Telefony i internet są płatne. Do basenu nie wolno wchodzić bez pozwolenia. Bilard i piłkarzyki są płatne. Nie wolno trzaskać drzwiami ani krzyczeć. Za uszkodzenia w pokojach trzeba będzie zapłacić. Życzę wam miłych wakacji.

– Co za beznadziejny gość! – mruknął Blubek. – Mógł jeszcze powiedzieć, że oddychać wolno tylko za jego zgodą.

– Albo że trzeba płacić za powietrze – szepnęła Gabi.

Wychowawczyni rozdała im klucze do pokojów. Na szczęście Kuki i Blubek mieszkali razem, w pokoju 213. Gabi miała pecha, bo dostała pokój razem z Zulą.

– Trzymaj się, Gabi! Spotkamy się na kolacji – zawołał Kuki do przyjaciółki, która z ponurą miną powlokła się do pokoju.

Kuki i Blubek weszli szerokimi kamiennymi schodami na drugie piętro. Pokój 213 był na końcu długiego korytarza. Drzwi były uchylone. Weszli do środka.

Pokój był wysoki i miał duże okno o dziwnym kształcie. Stały w nim trzy łóżka.

– Mogę spać pod oknem? – spytał Kuki.

– Jasne – zgodził się Blubek. – Ja śpię tutaj.

Odłożył plecak i rzucił się na łóżko obok drzwi.

– Ała! – pod kołdrą coś wrzasnęło i podskoczyło.

Blubek zerwał się z łóżka. Spod kołdry wypełzł Nikodem. Trzymał latarkę.

– Co ty tu robisz!? – zawołał Blubek.

– Sprawdzam, czy w łóżku nie ma pająków – powiedział Nikodem.

– Ale co robisz w naszym pokoju!? – krzyknął Kuki.

– Ja mieszkam z wami.

– Co? My chcemy być sami – oburzył się Blubek. – Idź do innego pokoju.

– Nie mogę. Pani kazała mi tu spać. Trzeba słuchać poleceń wychowawców.

Blubek jęknął. Wziął plecak i przeniósł się na łóżko obok Kukiego.

– Słuchaj, Nikodem – powiedział groźnie. – Tu jest nasza część pokoju. To znaczy moja i Kukiego. Nie właź tu, bo wrzucimy ci pająki do łóżka. Mam na myśli te paskudne, włochate.

– I dołożymy pijawki gryzityłki – dodał Kuki.

– I dorzucimy szczura – mruknął Blubek. – Szczur w łóżku to nie jest fajna sprawa.

– Nie możecie mnie straszyć, bo to jest niezgodne z regulaminem – powiedział Nikodem.

– Ja nauczyłem się na pamięć całego regulaminu obozu.

Kuki chciał coś powiedzieć, ale w tej chwili Nikodem wyjął gwizdek i zagwizdał przeraźliwie.

– Co robisz? – spytał zdumiony Kuki.

– To jest sygnał na kolację – powiedział Nikodem. – Wychowawczyni wyznaczyła mnie na przewodniczącego pokoju. Mam pilnować porządku.

– Ja zwariuję – jęknął Blubek.

– Spokojnie… – mruknął Kuki. – Idziemy na tę kolację. Przynajmniej pogadamy z Gabi.

– Musicie umyć ręce! – zawołał Nikodem. – Bo dostaniecie czarną kropkę.

– Co dostaniemy!? – krzyknęli Kuki i Blubek.

– Punkty karne. To co? Myjecie ręce czy wpisać karniaki? Zwracam uwagę, że za pięć kropek jest szlaban na internet.

Blubek ruszył z groźną miną w stronę Nikodema.

– Słuchaj, Trupek, ja ci zaraz pokażę szlaban…

– Blubek, spokój – zatrzymał przyjaciela Kuki. – Nie duś go od razu. Na to zawsze będzie czas. Myjemy łapy!

Kuki chwycił Blubka za ramię i pociągnął go do łazienki.

– Kuki to twój chłopak? – spytała Zula.

Gabi nie odpowiedziała. Z ponurą miną układała rzeczy w szafie.

– Jasne, jesteś za smarkata, żeby mieć chłopaka – powiedziała pogardliwie Zula. – Pokaż tę bluzę.

Wyrwała Gabi ulubioną zieloną bluzę.

– Oddaj ją! – zawołała Gabi. – Nie lubię, jak ktoś wkłada moje rzeczy.

– Tylko przymierzę.

Zula wcisnęła na siebie bluzę.

– Za ciasna – mruknęła. – Ty masz jeszcze dziecinną budowę.

Z trudem ściągała bluzę. Coś trzasnęło.

– Podarłaś ją! – zawołała oburzona Gabi.

– Jakaś tandeta. – Zula cisnęła bluzę na podłogę. – Co tam jeszcze masz? – Nie pytając o zgodę, wyciągnęła z plecaka Gabi książkę. – Co to jest?

– Podręcznik do gry w szachy.

Zula parsknęła śmiechem.

– Zwariowałaś? Po co ci to?

– No... Przecież będziemy się tu uczyć grać.

– Chyba cię pogięło – zarechotała Zula. – Ja nie będę nic robić.

– To po co przyjechałaś na ten obóz?

– Matka mnie zmusiła – mruknęła Zula. – Ona mnie na wszystko zapisuje. Ma obsesję, żebym się rozwijała. A mi to dynda. Jak mnie gdzieś wysyła, to nic nie robię i wywalają mnie po tygodniu. A jak są uparci, to zaczynam się ohydnie zachowywać. Na przykład na kursie rysunku stale bekałam. Nauczę cię ohydnie bekać. Chcesz?

– Nie mam ochoty – powiedziała ze złością Gabi i ruszyła do drzwi.

– Dokąd leziesz?

– Na kolację.

– Czekaj. Też idę – powiedziała Zula. – Miałam się odchudzać, ale zacznę od jutra.

– Chyba nie powinnaś tego odkładać – mruknęła Gabi.

– Co?

– Nic.

Jadalnia była ogromna. Podłoga, wyłożona zielono-białymi płytami, wyglądała jak wielka szachownica. Gabi stała w drzwiach i rozglądała się, szukając przyjaciół.

– Hej! Gabi!

Obejrzała się. Kuki i Blubek siedzieli przy oknie i machali do niej. Pobiegła do nich.

– Jak u ciebie, Gabi? – spytał Kuki.

– Beznadziejnie. A u was?

– Tak samo – powiedział Blubek.

– W dodatku zostawiłam ulubione kolczyki w autobusie – westchnęła Gabi. – One mi przynosiły szczęście. Jestem pewna, że to będą najbardziej pechowe wakacje w moim życiu.

– W naszym też – mruknął Kuki.

– Musimy coś wymyślić – powiedział Blubek.

– Co chcesz wymyślić?

– Jakiś sposób, żeby stąd zwiać.

– Jakbyśmy mieli czerwone krzesło, nie byłoby problemu – westchnął Kuki.

– Pewnie. Na przykład byśmy wywołali atak szczurów i obóz by odwołali – rozmarzył się Blubek.

– Albo wyczarowalibyśmy maszynę do teleportacji – powiedziała Gabi. – Fru i jesteśmy w Afryce.

– O czym gadacie? O jakimś filmie?

Zula dosiadła się do ich stolika. Miała talerz z potrójną porcją makaronu i pięć kawałków ciasta.

– Klapnę przy was, zanim nie znajdę tu kogoś normalnego – mruknęła.

Wzięła butlę z ketchupem i wycisnęła sos na makaron. Zrobiła to tak gwałtownie, że zakrętka odpadła. Połowa ketchupu wystrzeliła na sąsiednie krzesło.

– Ale beka! – zarechotała Zula. Nie wytarła krzesła. Oblizała tylko palce. – Niezły sos!

Chwyciła widelec i zaczęła z niesamowitym ciamkaniem wsysać spaghetti.

Kuki chciał coś powiedzieć, ale w tej chwili do stolika podszedł Nikodem. Miał talerz, na którym było ćwierć bułki i jakaś tabletka.

– Usiądę z wami, bo tam strasznie hałasują – powiedział. – Nie mogę się skupić na jedzeniu.

Usiadł. Coś mlasnęło. Nikodem spojrzał na krzesło i zobaczył, że po spodniach cieknie mu ketchup.

– Moje najlepsze spodnie! – jęknął rozpaczliwie. – Specjalnie wybrudziliście krzesło. Powiem wychowawczyni, żeby wam dała punkty karne. Wszystkim!

Nikodem zerwał się i pognał do drzwi. Zostawiał za sobą czerwone ślady. Zula zarechotała.

– To nie było śmieszne – powiedziała Gabi, ale Zula nie przestała się śmiać.

Po kolacji było zebranie organizacyjne. Pani Szulc otworzyła rzeźbione drzwi na pierwszym piętrze i weszli do wielkiej ośmiokątnej sali. Stało w niej kilkanaście żelaznych stolików. W blacie każdego stołu była szachownica, zrobiona z czarnych i białych kamieni. Na końcu sali było podwyższenie z rzeźbioną szafą.

Mężczyzna z długimi siwymi włosami związanymi w kitkę stał na podwyższeniu i przyglądał się uważnie wchodzącym.

– Przedstawiam wam pana Istvana Kovacza – powiedziała wychowawczyni. – Pochodzi z Węgier i był kiedyś arcymistrzem szachowym. Będzie was uczył gry.

Długowłosy się uśmiechnął.

– Szachy to pojedynek umysłów – powiedział. – Więc wasza myśl musi być szybka i silna, jak ręka wojownika. Musicie też przenikać myśli przeciwników. Odkrywać ich plany i podstępy. Od jutra zaczynamy trening. Na koniec obozu zorganizujemy turniej szachowy.

– A jaka będzie nagroda? – spytał Nikodem. Ubrał się w nowe spodnie i stał w pierwszym rzędzie.

– Podejdź do mnie – powiedział instruktor. – No chodź!

Nikodem nieufnie podszedł.

– Otwórz szafę

Nikodem ostrożnie uchylił rzeźbione drzwi. W szafie na półce stały dwie szkatułki, czarna i biała. Pan Kovacz je wyjął i otworzył. W każdej z nich były figury szachowe. W jednej białe, a w drugiej czarne.

– Oto nagroda dla zwycięzcy. Rzeźbione szachy z dębowego drewna. Są naprawdę piękne.

Nikodem wyjął ze szkatułki czarnego piona i oglądał go uważnie.

– Widzę, że chciałbyś wygrać turniej – uśmiechnął się instruktor.

– Myślę, że wygram – powiedział zarozumiale Nikodem. – Ale pewności nie mam, bo w tej sali jest gorąco i duszno. Chciałbym, żeby tu było więcej świeżego powietrza, bo…

TRACH! Coś trzasnęło i nagle wszystkie okna się otworzyły. Do wnętrza wdarła się wichura. Nikodem krzyknął i wypuścił pionka.

Potężny podmuch uniósł zasłony i pozrzucał przedmioty ze stołów. Zawirował kurz. Zakołysały się kryształowe lampy. Wychowawcy rzucili się, by pozamykać okna. Ale ledwo któreś zamknęli, wichura z hukiem je otwierała. Kuki patrzył na to zdumiony.

– Wychodzimy z sali – zawołała pani Szulc, przekrzykując wycie wiatru. – Powoli!

Uczestnicy obozu w panice rzucili się do wyjścia, przewracając krzesła i stoły. W powietrzu fruwały książki, papiery, a także piach i liście przyniesione przez wiatr. Kuki biegł na końcu.

Zanim dotarł do drzwi, wiatr nagle ustał. Wszystko się uspokoiło, a okna powoli się zamknęły.

– Koniec zebrania. Idźcie do pokojów – powiedziała wychowawczyni.

Kuki odwrócił się i spojrzał na salę. Wyglądała jak pobojowisko.

– To było dziwne – szepnął Kuki.

– Dlaczego? – spytał Blubek. – Po prostu wiatr. Normalka.

Kuki i Blubek omawiali wydarzenia, leżąc w łóżkach. Byli sami w pokoju, bo Nikodem od godziny siedział w łazience, próbując wyczyścić spodnie.

– To nie była normalka – powiedział Kuki. – Wszystkie okna otworzyły się jednocześnie. Dokładnie wtedy, kiedy Nikodem powiedział, że chce mieć świeże powietrze.

– Przypadek – mruknął Blubek.

– Albo Nikodem ma magiczne zdolności – powiedział Kuki.

– On? Niemożliwe!

– Może to był przypadek, a może nie – wyszeptał Kuki. – Musimy obserwować sytuację. I Nikodema. Być może znowu coś się zdarzy.

– Dobra. Ale nie łudź się, Kuki. Tutaj na pewno nie zdarzy się nic ciekawego. To będzie najnudniejszy obóz na świecie.

Następnego ranka zbudziły ich promienie słońca i jęki Nikodema.

– Czemu jęczysz, Trupek? – spytał Blubek, ziewając i przeciągając się.

– Coś mnie pogryzło – narzekał chudzielec. – Pewnie wrzuciliście mi pająka do łóżka! Przyznajcie się.

– Niczego nie wrzucaliśmy. Po prostu tu są komary.

– A czemu gryzą mnie, a nie was!? To nie fair!

– Daj komarom sto punktów karnych – zaśmiał się Blubek. – Może przestaną cię gryźć.

– Bardzo śmieszne – burknął Nikodem.

Kuki podszedł do niego.

– Słuchaj, mam prośbę do ciebie.

– Nic ci nie pożyczę! – zawołał szybko chudzielec. – Tato powiedział, żebym nikomu nic nie pożyczał!

– Nie chcę od ciebie nic pożyczać, egoisto. Chcę tylko, żebyś coś powiedział.

– Co?

– Powiedz... „Niech pada deszcz".

– Wcale nie chcę, żeby padał – mruknął Nikodem.

– Nieważne. Po prostu to powiedz.

– Dasz mi coś za to?

– Nie. Ale jak nie powiesz, to wrzucę ci pająka za koszulę. Wybór należy do ciebie.

– Chcę, żeby padał deszcz – powiedział szybko Nikodem.

Kuki zerknął w okno. Świeciło słońce i niebo było bezchmurne.

– Dzięki, Nikodem.

Chudzielec spojrzał na Kukiego podejrzliwie i wyszedł z pokoju.

– Czemu kazałeś Trupkowi to gadać? – spytał Blubek.

– Chciałem sprawdzić, czy ma magiczne zdolności.

– I co?

– Raczej nie ma. Musi być inny powód.

– Powód czego?

Kuki nie odpowiedział.

Po śniadaniu pani Szulc podała plan zajęć.

– Teraz idziemy na plażę. Weźcie ręczniki i stroje kąpielowe. O dwunastej wracamy na zajęcia szachowe.

Wszyscy jęknęli.

– Proszę pani! Chcemy zostać na plaży do obiadu! Jest gorąco. Chcemy się kąpać…

– To jest obóz szachowy, a nie plażowy – przerwała te jęki pani Szulc. – O dwunastej wracamy.

Plaża była po południowej stronie wyspy. Wysoki brzeg wznosił się tu wiele metrów ponad morzem. Trzeba było przejść między skałami przypominającymi skamieniałe potwory, a potem po kamiennych schodach zejść na plażę. Kuki, Gabi i Blubek położyli się na ciepłym piasku, z dala od innych. Chcieli swobodnie pogadać. Niestety, po chwili przyszła Zula.

– Klapnę przy was! – mruknęła i rzuciła na piasek wściekle różowy ręcznik.

Potem przyczłapał Nikodem. Rozłożył małe krzesełko i parasol. Nie zdjął koszulki ani spodni, za to włożył wielki kapelusz. Na twarz wycisnął pół tubki kremu do opalania. Usiadł i zaczął coś pisać w małym zeszycie.

– Co robisz? – zdziwił się Blubek.

– Opracowuję plan sprzątania pokoju. Jako przewodniczący muszę wszystko zaplanować, żeby nie było kłótni. Chcę, żebyśmy wygrali konkurs na najlepiej posprzątany pokój.

– To się chyba nie uda – zarechotał Blubek.

– Można się kąpać! – zawołała pani Szulc. – Piętnaście minut! Tylko nie oddalajcie się poza czerwone boje.

Wszyscy pobiegli do wody. Jedynie Nikodem został, mówiąc, że jeszcze nie opanował teorii pływania. Morze było ciepłe. Przeskakiwali fale, nurkowali i wyławiali muszle. Niestety, jak tylko próbowali odpłynąć dalej, zaraz rozlegał się okrzyk: „Wracać!". Ale i tak było fajnie. Gabi urządziła konkurs, kto dłużej wytrzyma pod wodą, i za każdym razem wygrywała. Nurkowała jak foka! Kwadrans minął bardzo szybko i mimo protestów musieli wyjść z wody.

Kiedy się wysuszyli i zjedli zapasy kanapek, pani Szulc powiedziała:

– Ktoś musi pomóc instruktorowi przygotować salę do zajęć. Wiatr zrobił tam straszny bałagan. Kto pójdzie do hotelu i pomoże sprzątać?

Nie było chętnych, a Zula mruknęła pod nosem, że nie jest tu sprzątaczką.

Niespodziewanie podniósł rękę Kuki.

– Ja mogę iść.

Gabi i Blubek spojrzeli na niego zdumieni. Kuki, który chce sprzątać, to było dziwniejsze niż lądowanie kosmitów.

– Co ty kombinujesz? – szepnął Blubek.

– Nic…

– Iść z tobą?

– Dzięki, nie.

Kuki miał pewien plan. Ale na razie nie chciał w to wciągać przyjaciół.

Pozbierał rzeczy i poszedł do hotelu.

W ośmiokątnej sali faktycznie panował bałagan. Zasłony były pourywane, krzesła wywrócone, a na podłodze walały się śmieci.

Długowłosy instruktor próbował zapanować nad tym chaosem.

– Fajnie, że przyszedłeś mi pomóc – zawołał na widok Kukiego.

Zaczęli razem zbierać papiery i liście przywiane przez wiatr. Kiedy kosz się napełnił, pan Kovacz zabrał go i wyszedł.

Kuki natychmiast podbiegł do rzeźbionej szafy. Ostrożnie otworzył jej drzwi. Czarna i biała szkatułka stały na półce. Kuki otworzył białą. Figury szachowe były umieszczone w małych zagłębieniach. Każda miała swoje osobne miejsce. Kukiemu zdawało się, że figury lekko świecą, ale może było to odbicie światła. Wyciągnął pionka i obejrzał go uważnie. Był drewniany, pomalowany na biało, a górną część miał pozłacaną. Figura była dziwnie ciężka i ciepła.

Kuki zastanowił się, jaką zrobić próbę. W końcu powiedział:

– Chciałbym, żeby… Żeby tutaj był porządek!

Przez kilka sekund nic się nie działo. Nagle Kuki wrzasnął:

– Ała!

Bo pionek zapalił się! Wystrzelił z niego płomień, parząc Kukiego w dłoń. Wystraszony chłopak odrzucił przedmiot. Biała figura zawirowała na podłodze, sypiąc iskrami jak fajerwerk. Po chwili spłonęła zupełnie. Jednocześnie coś dziwnego zaczęło się dziać w sali. Przewrócone krzesła drgnęły i nagle… TRACH! Wszystkie podskoczyły i stanęły na cztery nogi. A potem krzesła pogalopowały na swoje miejsca przy stolikach. Ustawiły się równiutko. Śmieci uniosły się z podłogi i wyfrunęły przez okna. Pourywane zasłony załopotały i poleciały w górę, przyczepiając się do drążków nad oknami. Nie minęła sekunda, a wszystko zostało idealnie uporządkowane. Sala lśniła czystością i każdy przedmiot stał dokładnie tam, gdzie było jego miejsce.

– Wiedziałem! – szepnął Kuki.

Chciał popędzić do przyjaciół, żeby im o wszystkim opowiedzieć. Ale się zatrzymał.

Musiał zrobić jeszcze jedną próbę, żeby być zupełnie pewnym. W końcu porządek można zrobić także bez magii. To nie przekona Blubka i Gabi.

Kuki wyjął następnego białego pionka. Zastanowił się, jaki zrobić czar. Musi wymyślić coś, co na sto procent potwierdzi, że te szachy mają magiczną moc. Nagle przypomniał sobie o kolczykach, która zgubiła Gabi.

Podniósł piona i wyszeptał:

– Chcę kolczyki dla Gabi. Mają być szczerozłote, z prawdziwymi brylantami. Dużymi!

Pionek zapłonął. Kuki był na to przygotowany, więc szybko odrzucił go na kamienną podłogę. Figura nie zdążyła spłonąć do końca, kiedy przez okno wleciały złociste kolczyki. Kołysały się na nich lśniące brylanty, dzwoniąc cichutko. Kolczyki fruwały wokół głowy Kukiego jak dwa motyle. Chłopak próbował je złapać, ale umykały, jakby stroiły sobie z niego żarty. Wreszcie schwycił je i obejrzał dokładnie. Były naprawdę niesamowite, z wielkimi lśniącymi brylantami. Gabi się strasznie ucieszy!

Kuki schował kolczyki do pudełka po cukierkach i wsadził je do kieszeni. Szkatułkę z szachami odłożył do szafy i wybiegł z sali.

Na korytarzu spotkał instruktora, niosącego odkurzacz.

– Co... Już mi nie pomagasz? – spytał pan Kovacz.

– Wszystko jest posprzątane, proszę pana. Zrobiłem idealny porządek! Nawet zasłony powiesiłem! – zawołał Kuki i popędził korytarzem.

Zdziwiony instruktor poszedł do sali. Otworzył drzwi i zajrzał nieufnie.

– A to oszust – mruknął.

Bo w sali wcale nie było porządku. Krzesła leżały przewrócone, śmieci walały się po podłodze, a zasłony zwisały pourywane. Wszystko wyglądało dokładnie tak jak wcześniej.

Tymczasem Kuki biegł przez park. Usłyszał głosy i śmiechy uczestników obozu wracających z plaży. Kuki natychmiast dopadł do Gabi i Blubka i odciągnął ich na bok.

– Co jest? – spytał Blubek.

– Słuchajcie! Ja coś odkryłem... – szeptał zdyszany Kuki. – Coś niesamowitego!

– Co odkryłeś? – zawołał Blubek. – Mów konkretnie.

– Ciii… Nie wrzeszcz! Nikt nie może o tym wiedzieć, tylko my. Schowajcie się!

Kuki pociągnął Gabi i Blubka za nieczynną lodziarnię. Odczekał, aż przejdą wszyscy uczestnicy obozu, a potem wyszeptał:

– Posłuchajcie… Ja odkryłem… tu źródło magii!

– Co to jest? – szepnęła Gabi.

– Szachy… Te, które są nagrodą w turnieju. Jeszcze nie wiem, jakie mają dokładnie właściwości, ale na pewno mają magiczną moc.

– Skąd to wiesz?

– Zrobiłem test. Właściwie dwa. Wydałem rozkaz, żeby w sali był porządek, i natychmiast wszystko się posprzątało.

– To byłoby niezłe – powiedział Blubek. – Bo Nikodem…

– Nie przerywaj mu! – zawołała Gabi. – Co było dalej?

– Na wszelki wypadek zrobiłem drugą próbę. I wtedy udało się wyczarować przedmiot.

– Jaki? – spytała Gabi.

Kuki zerknął na nią i powiedział:

– Poprosiłem o kolczyki dla ciebie.

– Naprawdę? – szepnęła Gabi. – Pamiętałeś, że je zgubiłam?

– No tak. Wyczarowałem kolczyki z prawdziwego złota. Z brylantami. Weź, są dla ciebie!

Kuki wyciągnął pudełko i podał je Gabi. Dziewczyna ostrożnie je otworzyła.

– Kuki... To ma być żart? – zawołała oburzona. – Przecież tu nic nie ma.

Kuki chwycił pudełko i zajrzał do środka. Żadnych kolczyków tam nie było. Pudełko było zupełnie puste.

Kuki pędził schodami, przeskakując po trzy stopnie. Przebiegł korytarz i wpadł do ośmiokątnej sali. Ze zdumieniem zobaczył, że uczestnicy obozu ustawiają krzesła i porządkują pomieszczenie. Zasłony na oknach wisiały poobrywane, jak przed czarem.

Podeszła do niego pani Szulc.

– Kuki, jestem z ciebie niezadowolona. Obiecałeś pomóc, a niczego nie zrobiłeś. Nie kiwnąłeś nawet palcem. To trochę dziwne zachowanie, nie sądzisz?

– Ale…

– Porozmawiamy o tym później. Teraz zaczynamy zajęcia. Będziesz ćwiczyć z Nikodemem.

Kuki usiadł przy stoliku pod oknem, naprzeciwko Nikodema. Gabi ćwiczyła z Zulą, a Blubek, który kompletnie nie znał szachów, usiadł z panią Szulc, żeby uczyć się podstaw.

Zaczęły się zajęcia.

– Każda figura szachowa ma inną moc – mówił instruktor. – Oto pionki, jest ich osiem. To szeregowcy, bezimienni żołnierze. Lecz bez nich nie można toczyć szachowej walki…

Kuki niezbyt uważnie słuchał wykładu. Myślał o tym, co się zdarzyło. Tamte szachy na pewno mają magiczną moc. Przecież czary się dokonały. Widział to! Ale potem się cofnęły… Była w tym jakaś tajemnica, której nie rozumiał. Kuki postanowił, że musi rozwiązać tę zagadkę. Sam!

Instruktor zerknął na niego, widząc, że zupełnie nie uważa, ale dalej prowadził wykład.

– Dwie szachowe figury: koń i goniec, mają moc trzy razy większą od pionka – mówił. – A wieże są pięć razy mocniejsze.

Kuki zerkał cały czas na szafę, w której schowane były szkatułki z magicznymi szachami. Oczekiwał, że zaraz coś się zdarzy. Ale na razie nic się nie działo.

– Królowa ma siłę ośmiu żołnierzy – mówił instruktor. – A szachowy król to figura najdziwniejsza. Jego moc jest maleńka, a zarazem ogromna. Bo gdy on zginie, wszyscy giną wraz z nim... A teraz zaczniemy grę.

– Kuki. Ty wcale nie słuchasz! – zawołał Nikodem. – Zaczynamy grę.

Kuki niechętnie pochylił się nad szachownicą. Zauważył, że szachy do ćwiczeń są plastikowe. A więc tylko tamte, przeznaczone na nagrodę, były drewniane. Zaczęli grać. Kuki był nieskupiony i łatwo przegrywał z Nikodemem, który w końcu naskarżył:

– Panie instruktorze, Kuki w ogóle się nie stara. Przez niego nie mogę rozwijać umiejętności.

Na szczęście w tej chwili pani Szulc ogłosiła, że jest koniec zajęć, i wszyscy poszli na obiad.

– Kuki, co to był za numer? Z tą niby magią i kolczykami? – spytał Blubek, kiedy usiedli przy stole. – Chciałeś nas nabrać?

– Nie.

– No to o co chodziło?

– Wyjaśnię wam potem. A teraz dajcie mi spokój!

– Nie wściekaj się.

– Nie wściekam się!

– Trochę tak.

Kuki już się nie odezwał. Naprawdę był zły. Ośmieszył się przed przyjaciółmi. W dodatku Gabi było przykro. Myślała, że złośliwie dał jej w prezencie puste pudełko.

Kuki postanowił, że sam wyjaśni tę zagadkę. Dopiero kiedy będzie wszystko wiedział, zawiadomi przyjaciół. Udowodni im, że magia tu naprawdę istnieje.

Po obiedzie miała być wycieczka do latarni morskiej. Kuki chciał zostać w hotelu, ale pani Szulc się nie zgodziła.

Latarnia morska, groźna kamienna wieża, stała na czarnej skale, zawieszonej ponad morzem. Było to ponure, samotne miejsce.

– Brr! Wygląda jak z horroru – wzdrygnęła się Gabi. – Nie chciałabym tu przyjść w nocy.

– To jedyna latarnia morska, która ma zegar – powiedziała pani Szulc. – Kiedyś pokazywał mieszkańcom wyspy czas i sterował włączaniem reflektora w latarni.

Faktycznie, na szczycie latarni była wielka tarcza zegara. Weszli do środka kamiennej wieży. Trzeszczące drewniane schody prowadziły na ostatnie piętro. Były okrągłe, od wchodzenia aż kręciło się w głowie. Na ostatnim piętrze znajdował się niesamowity mechanizm zegara. Setki kół zębatych kręciły się, poruszając wielkimi wskazówkami. Mechanizm był zabezpieczony kratą. Gabi zobaczyła, że wisi na niej mnóstwo pajęczyn, a wielkie włochate pająki przyglądają im się łakomie. Gabi odsunęła się szybko. Miała alergię na pająki

– Zobaczcie, jaki stary telefon – zaśmiał się Blubek.

Na ścianie wisiał staroświecki czarny telefon z tarczą.

– To radiotelefon alarmowy – odczytała pani Szulc z tabliczki obok telefonu. – Używano go, gdy zbliżał się sztorm.

– Iphone to nie jest – mruknął Blubek.

– Raczej nie. Ale podobno zawsze działa.

W sali były cztery okna. W jednym stała luneta. Kiedy Nikodem przez nią spojrzał, wpadł w histerię. Powiedział, że ma lęk wysokości i kręci mu się w głowie. Jęczał, że chce zaraz stąd iść. Wychowawczyni sprowadziła go na dół, trzymając za rękę. Nikodem schodził z zamkniętymi oczami.

Wieczorem Kuki nastawił budzik w telefonie na dwunastą w nocy. Blubek to zauważył.

– Ej, Kuki, co kombinujesz?

– Nic. Chcę zadzwonić do Budynia. Wiesz, on siedzi w tym okropnym psim hotelu.

Żeby Blubek mu uwierzył, Kuki faktycznie wybrał numer hotelu Psi Raj. Jak zwykle usłyszał: „Po sygnale możesz mówić do swojego psa. Pik. Pik".

– Cześć, Budyń – szepnął. – Tu Kuki. Pozdrawiam cię. Może niedługo będę miał dla ciebie niesamowite wiadomości. Trzymaj się.

Rozłączył się i schował telefon pod poduszkę.

Pięć minut przed północą alarm w telefonie Kukiego cicho zabrzęczał. Chłopak otworzył oczy i rozejrzał się nieprzytomnie. Przez chwilę nie rozumiał, czemu jest tak ciemno i dlaczego został obudzony, ale szybko sobie przypomniał. Szedł na nocną wyprawę.

Zerknął na Blubka. Jego przyjaciel spał spokojnie. Kukiemu zrobiło się trochę głupio, bo na takie akcje chodzili zawsze wspólnie. Ale tym razem Kuki postanowił, że sam odkryje tajemnicę. Potem oczywiście włączy w to przyjaciół.

Wstał z łóżka. Latarka spadła na podłogę z głośnym stuknięciem. Kuki znieruchomiał. Nikodem zamruczał przez sen:

– Głupie komary, dam wam sto punktów karnych…

Kuki ostrożnie podniósł latarkę. Na palcach podszedł do drzwi, otworzył je cicho i wyszedł na korytarz. W tym momencie zegar na wieży wybił godzinę dwunastą.

Hotel był uśpiony i cichy. W długim korytarzu świeciły tylko małe niebieskie lampki. Kuki przebiegł go szybko i zszedł schodami do holu. Wielka sień w nocy wyglądała dość upiornie. Ściany ginęły w mroku, a żyrandol kołysał się, rzucając dziwne cienie. Na szczęście nikogo tu nie było. Tylko ryby w wielkim akwarium pływały leniwie.

Kuki podbiegł do recepcji, czyli miejsca, gdzie przechowywano klucze. Przelazł pod kamienną ladą i wspiął się do szafki wiszącej na ścianie. Otworzył ją. Było tu mnóstwo kluczy. Na szczęście zapamiętał numer ośmiokątnej sali: 77. Odnalazł klucz z tym numerem, był duży i ciężki. Wziął go i popędził na schody. Kiedy przebiegał obok akwarium, wystraszone ryby zaczęły nerwowo miotać się w wodzie.

Kuki wcisnął klucz do zamka w rzeźbionych drzwiach. Przekręcił go z trudem i nacisnął klamkę. Ciężkie drzwi otworzyły się, trzeszcząc przeraźliwie. W ośmiokątnej sali było ciemno, tylko nieco księżycowego światła wpadało przez okna. Dziwne cienie kołysały się na ścianach, a poruszane wiatrem okiennice jęczały cicho. Kuki pożałował, że przyszedł tu sam. Zamek, północ… To pachniało horrorem, a Kuki nie przepadał za horrorami. Rozglądał się niespokojnie, bojąc się, że zaraz jakiś duch albo zombie wyskoczy z ciemności. W końcu przełamał strach, włączył latarkę i podszedł do szafy. Otworzył ją. Szkatułki stały na półce. Z wnętrza białej przebijało nikłe światełko. Kiedy Kuki jej dotknął, poczuł, że jest ciepła, prawie gorąca. Otworzył szkatułkę. Białe figury naprawdę świeciły. Za dnia było to ledwo widoczne, ale w ciemności figury lśniły bardzo wyraźne. W szkatułce brakowało dwóch białych pionów. No tak... Oba spłonęły, kiedy Kuki zrobił wcześniejsze czary.

Chłopak otworzył czarną szkatułkę. Zauważył, że jest zimna, a figury nie świecą. Wśród czarnych szachów brakowało jednego pionka. To był ten, którym Nikodem wywołał wichurę. On widocznie też spłonął.

Kuki postanowił, że tym razem zrobi próbę z czarną figurą. Wyciągnął ze szkatułki konia. Była to jego ulubiona figura szachowa. Zastanowił się, jakie wypowiedzieć życzenie.

– To jest czarny koń – wyszeptał. – Więc może poproszę o...

Nie skończył. Czarny koń w jego ręce zapłonął. Płomień wystrzelił aż pod sufit. Kuki cisnął figurę na podłogę, dmuchając w oparzoną dłoń. Rozglądał się niespokojnie. Uruchomił jakiś czar, choć nie miał pojęcia jaki… Nie wiedział, co się teraz zdarzy. Stał napięty, gotowy do ucieczki.

Nagle coś zastukało. Stuk, stuk! Kuki aż podskoczył. Co to może być? Jakiś wyczarowany zombie? A może wychowawczyni przyszła sprawdzić, kto hałasuje w sali… Znowu rozległo się ciche „stuk, stuk".

Kuki podszedł do drzwi. Otworzył je ostrożnie.

Za drzwiami nikogo nie było. Ale znowu rozległo się pukanie. Teraz Kuki zorientował się, że „coś" puka w okno. Co to może być?

Chciał wyjrzeć przez szybę, ale w tym momencie rozległ się huk i okno samo się otworzyło. Coś błysnęło i do wnętrza wskoczył koń!

Był prawdziwy. Ogromny i czarny jak noc. Wyglądał dziko i groźnie. W grzywę miał wplecione złote nici.

Koń w hotelu oznaczał dużą aferę. Kuki musiał odwołać ten czar, ale jak to zrobić? Koń ruszył w jego stronę. Przeskoczył kilka szachowych stolików i stanął przed Kukim. Chłopak niepewnie wyciągnął rękę. Chciał go poklepać po głowie, jak kucyka, którego kiedyś wyczarował. Ale czarny koń nie był miłym kucykiem. Wyszczerzył wielkie zęby i skoczył na Kukiego. Runął jak burza, próbując go stratować. Kuki rzucił się do ucieczki. Biegał zygzakiem po sali, chowając się za stoły. Ale czarny koń przeskakiwał je i gonił go uparcie. Kilka razy niewiele brakowało, by wielkie kopyta rozbiły Kukiemu głowę. Czarna bestia na niego polowała. Chciała go rozdeptać!

Jakimś cudem udało mu się wybiec na korytarz. Zatrzasnął za sobą drzwi. Chciał przekręcić klucz w zamku, ale wtedy: TRACH! Czarny koń kopnął drzwi. Klucz wypadł z dziurki, a drzwi z hukiem się otworzyły. Koń wychylił czarny łeb.

Kuki rzucił się do ucieczki. Czarny koń zarżał dziko i pognał za nim. Kopyta bestii łomotały o kamienną podłogę. Kuki pędził korytarzem jak szalony. Próbował schować się w jakiejś sali, ale wszystkie drzwi były zamknięte. Chłopak zbiegł po schodach. Liczył, że czarny koń nie umie biegać po schodach, ale bestia nawet tego nie próbowała. Po prostu wykonała długi skok, lądując tuż obok Kukiego.

Kopyta huknęły o posadzkę. Chłopak wrzasnął. Skoczył do drzwi i wybiegł do parku. Koń wyskoczył za nim. Przerażony Kuki popędził ciemną parkową aleją. Kopyta czarnego konia tętniły tuż za nim. Chłopak skoczył w gęste zarośla, myśląc, że koń się tu nie wciśnie. Faktycznie łomot kopyt ucichł.

Kuki siedział przez długi czas skulony za krzakami. W końcu zrobiło mu się zimno. Wyjrzał ostrożnie. Czarnego konia nigdzie nie było widać. Może już zniknął?

Kuki wyskoczył na drogę i pędem pobiegł do hotelu. Zdyszany wpadł do wnętrza. Odetchnął z ulgą. Był bezpieczny.

I wtedy zza kolumny wyskoczył czarny koń. On tu był! Czekał na niego! Kuki rzucił się do ucieczki. Potknął się o donicę z kwiatami i wywrócił. Zobaczył, że wielkie kopyta unoszą się nad jego głową. Ostatnim wysiłkiem Kuki przetoczył się w bok. Koń opadł, roztrzaskując kamienną donicę. Kuki zerwał się i popędził do swojego pokoju. Łomot kopyt rósł, zbliżał się. Kiedy Kuki dobiegł do pokoju, upiorny koń był metr od niego. Chłopak szarpnął za klamkę, otworzył drzwi.

W tym momencie koń dał mu potężnego kopniaka. TRACH! Kuki przeleciał przez pokój jak piłka i wylądował aż w łazience. Miał szczęście, że jej drzwi były otwarte, inaczej rozwaliłby głowę. Zanim poobijany Kuki wstał, czarny koń wbiegł do pokoju. Spojrzał z wściekłością na chłopca i ruszył do łazienki. Kuki ukrył się w kabinie prysznicowej. Jego prześladowca wskoczył do łazienki, ale poślizgnął się na mydle, które ktoś zostawił na podłodze, i wyrżnął łbem w ścianę. W tym momencie Kuki wyskoczył z kabiny i uciekł z łazienki, zatrzaskując drzwi.

Koń kopał w nie tylnymi nogami. Na szczęście drzwi były grube i nie mógł ich rozwalić. Po chwili przestał szaleć. Zapadła cisza, ale Kuki nie miał złudzeń. Wiedział, że bestia zaraz coś wymyśli.

Jakimś cudem ani Blubek, ani Nikodem nie obudzili się mimo hałasu. Kuki podbiegł do łóżka Blubka. Zaczął go szarpać za ramię.

– Obudź się! Wstawaj! Szybko!

Blubek najpierw się oganiał, mamrocząc:

– Zostaw mnie. Odczep się…

W końcu otworzył oczy i spojrzał nieprzytomnie na Kukiego.

– Co? Co się dzieje?

– Blubek... Wstawaj! Szybko... Tu jest potwór.

– Co jest?

– Ja wyczarowałem czarnego konia. On jest w łazience. Chce mnie wykończyć.

Blubek niechętnie wstał.

– Słuchaj, Kuki, jeżeli to znowu jakiś numer, to oberwiesz...

– On tam jest... W łazience!

– Koń?

– Tak. Czarny i wielki. Musimy coś z nim zrobić, bo rozwali drzwi i nas zaatakuje.

Blubek spojrzał nieufnie na przyjaciela, ale w końcu podszedł do drzwi łazienki.

– Nie otwieraj! – krzyknął Kuki.

Blubek go nie usłuchał. Uchylił drzwi i zajrzał.

Łazienka była pusta. Czarnego konia nie było.

Blubek spojrzał na Kukiego ze złością.

– Słuchaj, Kuki, to nie było śmieszne! Nienawidzę, jak ktoś mnie budzi w nocy.

– Blubek...

– Nie gadam z tobą!

Blubek ze złością wskoczył do łóżka i zakrył się kołdrą po uszy. Naprawdę nienawidził, jak ktoś go budził w nocy.

Kuki wszedł niepewnie do łazienki. Obejrzał ją dokładnie. Żadnego konia tu nie było. W pomieszczeniu nie było też okna, więc bestia nie mogła uciec. Czarny koń po prostu zniknął.

A przecież on naprawdę istniał! Chciał stratować Kukiego. To nie był sen, bo Kukiego wciąż bolało miejsce, w które koń go kopnął.

W tym momencie podniósł się na łóżku Nikodem. Miał zamknięte oczy i gadał przez sen.

– Daję wam tysiąc punktów karnych za zakłócenie ciszy nocnej. Macie szlaban na internet przez dwadzieścia pięć lat – wymamrotał i opadł na łóżko.

Kuki na wszelki wypadek zamknął drzwi od pokoju na klucz i poszedł spać. Śnił mu się czarny koń.

Rano Kuki próbował wyjaśnić Blubkowi nocne zdarzenia, ale ten nie chciał z nim gadać. Blubek był niewyspany i zły. Naprawdę myślał, że przyjaciel zrobił mu głupi żart.

W tej sytuacji Kuki postanowił, że spróbuje raz jeszcze sam wyjaśnić zagadkę szachów. Musi to zrobić, bo te szachy są niebezpieczne. Przecież ktoś może niechcący wyczarować stado dinozaurów. Albo zmienić wszystkich w pająki!

Zaraz po śniadaniu Kuki wziął torbę i zakradł się do ośmiokątnej sali. Drzwi były otwarte, ale sala była jeszcze pusta. Chłopak podbiegł do szafy i wyjął obie szkatułki z szachami. Schował je do torby. Postanowił pójść do latarni morskiej i tam spokojnie, w samotności wykonać testy. Oznaczało to, że musi uciec z zajęć, ale nie było innego wyjścia. Wybiegł z sali.

Uczestnicy obozu powoli schodzili się już na zajęcia, ale Kukiemu udało się zbiec tylnymi schodami i przemknąć niezauważalnie przez hol. Już był w drzwiach, kiedy usłyszał:

– Kuki! Dokąd idziesz?

Odwrócił się. Szła do niego pani Szulc.

– Dokąd się wybierasz? Przecież zaraz zaczynamy zajęcia.

Kuki rozpaczliwie próbował wymyślić jakiś powód, żeby się zwolnić. Nic nie przychodziło mu do głowy.

– Chodź ze mną – powiedziała wychowawczyni.

I wtedy Kuki nagle sobie coś przypomniał. Już wiedział, co ma zrobić! To był genialny pomysł! Chłopak aż się uśmiechnął z radości, że na to wpadł. Ale żeby wykonać ten plan, musiał być przez chwilę sam.

– Proszę pani, ja zaraz przyjdę na zajęcia, tylko muszę iść na chwilę do latarni morskiej.

– Do latarni morskiej? – zdziwiła się wychowawczyni. – Po co chcesz tam iść?

– Bo... Bo zostawiłem tam wczoraj telefon. Wie pani, ja stale coś gubię. Szybko pobiegnę i zaraz będę z powrotem.

Pani Szulc patrzyła na niego podejrzliwe. Wreszcie powiedziała:

– No dobrze, Kuki, idź. Ale za pięć minut masz być na zajęciach.

– Na pewno będę! Na sto procent.

– Czekaj...

Wychowawczyni odwróciła się i zawołała:

– Nikodem! Idź z Kukim.

– Po co? – spytał niezadowolony chudzielec.

– Pomożesz mu odszukać zgubę. I dopilnujesz, żeby nie spóźnił się na zajęcia. Szczególnie to drugie jest ważne.

Kuki i Nikodem szli w milczeniu przez park. Obecność Trupka była poważnym utrudnieniem, ale Kuki wciąż liczył, że jego plan uda się zrealizować. Doszli razem do latarni morskiej. Na szczęście Nikodem bał się wchodzić po stromych schodach, więc został na dole.

– Kuki, pospiesz się. Nie chcę stracić przez ciebie zajęć.

– Jasne. Za minutę będę z powrotem.

Kuki popędził kręconymi schodami na najwyższe piętro wieży. Wpadł do sali zegarowej.

Teraz musiał błyskawicznie zrealizować swój plan. Szybko wyciągnął z torby szkatułki z szachami. Otworzył czarną szkatułkę i wyjął figurę gońca.

Uniósł rękę i chciał wypowiedzieć życzenie. Ale nagle poczuł coś niezwykłego. Dziwny strach.

Jakby coś trzymało go za rękę i mówiło: „nie rób tego". Nigdy w życiu nie czuł czegoś takiego.

Usłyszał wołanie Nikodema z dołu:

– Kuki! Pospiesz się!

Kuki przełamał strach. Uniósł dłoń z czarną figurą. Nabrał głęboko powietrza i wyszeptał:

– R o z k a z u j ę, b y p o w s t a ł m ó j k l o n. Ma wyglądać tak jak ja. Ten klon ma istnieć tylko przez godzinę. Potem ma zniknąć!

TRACH. Czarna figura zapłonęła. Ogień eksplodował aż pod sufit. Zegar na wieży zaczął nagle bić, a jego dźwięk huczał, pomnożony echem. Z belek pod stropem zerwały się jakieś ptaki, przerażone hałasem. Zegar bił szybko, nerwowo, jakby zwariował. Jednocześnie z trzaskiem otworzyły się wszystkie okna. Wichura wtargnęła do wnętrza wieży. Kurz zawirował, przesłaniając wszystko. Kuki zacisnął powieki, bo pył wdzierał mu się do oczu. W końcu bicie zegara ustało, a kurz opadł. Kuki otworzył oczy. I ujrzał go.

Przed nim stał drugi Kuki! Był taki sam jak on! Identyczny. Jak odbicie w lustrze. Klon doskonały! Stał bez ruchu, wpatrując się w Kukiego z napięciem.

Kuki poczuł nagle, że zrobił coś głupiego, niebezpiecznego. Że nie powinien powoływać tej istoty do życia. Ale było już za późno. Patrzył niepewnie na swego klona, nie wiedząc, co dalej robić. W końcu pomachał do niego prawą ręką. Jego klon także pomachał, ale lewą ręką, jak odbicie w lustrze.

– Cześć – szepnął Kuki.

– Cześć – szepnął klon. Głos miał identyczny jak Kuki.

W tej chwili z dołu wieży rozległo się wołanie Nikodema:

– Kuki, z kim ty gadasz? Chodź wreszcie!

Kuki podszedł do klona i szepnął mu do ucha:

– Słuchaj. Idź na zajęcia. Będziesz grał w szachy i robił wszystko, co ci każą. Rozumiesz?

– Rozumiesz – odpowiedział klon.

– No to... idź! Słyszysz? No idź!

Klon ruszył na schody. Zaczął powoli schodzić. Kuki słyszał stukanie jego butów o stopnie, a po chwili głos Nikodema:

– No Kuki, jesteś wreszcie...

Potem trzasnęły drzwi i wszystko ucichło.

Kuki podbiegł do okna i wyjrzał. Nikodem i klon szli w stronę hotelu. Po chwili zniknęli za drzewami. Kuki znów poczuł strach. Przemknęło mu przez głowę, że właściwie nie wie, co jego klon zrobi. Przecież w trakcie czaru go nie zaprogramował. Próbował się uspokoić. Chyba nie ma niebezpieczeństwa... Przecież o dwunastej klon zniknie. A dzięki niemu Kuki zyskał godzinę wolności. Wreszcie może dokładnie zbadać, jak działa magia szachów.

Podszedł do szkatułek. Wyjął czarnego pionka. Pamiętał wciąż upiornego czarnego konia, więc powiedział po namyśle:

– Chcę coś dobrego, coś, co nie zrobi nikomu krzywdy.

Cisza. Nic się nie zdarzyło. Pionek nie zapalił się i żaden czar się nie dokonał.

Nikodem i klon Kukiego szli korytarzem prowadzącym do sali ćwiczeń. Oczywiście Nikodem był pewny, że idzie z prawdziwym Kukim.

– Mamy pięć minut spóźnienia – narzekał Nikodem. – Powiem wychowawczyni, że to twoja wina.

Otworzyli rzeźbione drzwi i weszli do ośmiokątnej sali. Uczestnicy obozu siedzieli już nad szachownicami.

– Spóźniliście się – powiedziała pani Szulc.

– To wina Kukiego! – zawołał Nikodem. – Chciał uciec z zajęć!

– Potem porozmawiamy. Siadajcie.

Zaprowadziła Nikodema i klona do stolika pod oknem. Przy sąsiednim siedziały Gabi i Zula.

– Kuki... Gdzie byłeś? – spytała szeptem Gabi.

Klon spojrzał na nią, ale nie odpowiedział.

– Zaczynamy grę – powiedział instruktor.

Nikodem przesunął białego pionka. Klon patrzył na to uważnie. Potem lewą ręką złapał czarnego konia. Przeskoczył pięć pól i trach! – zbił królową Nikodema.

– Tak nie wolno!– oburzył się Nikodem.

Klon się zaśmiał. Pach! Trzasnął w białego pionka, zrzucając go z szachownicy.

– Co ty robisz!? – krzyknął Nikodem. – Teraz jest mój ruch.

Klon go nie słuchał. Skakał czarnym koniem po szachownicy, przewracając białe figury. Trach! Trzask! Uderzał je z całej siły. Figury Nikodema spadały na podłogę. Potem klon wziął wielki zamach i zmiótł dłonią resztę figur z szachownicy. Pofrunęły na środek sali.

– Zwariowałeś? – pisnął Nikodem. – Proszę pana! Kuki wszystko rozwala!

Dzieci przy innych stołach przerwały grę i gapiły się na nich. Gabi i Blubek zerwali się z miejsc i podbiegli do klona.

– Kuki, co się dzieje? – szepnęła Gabi. – Co ty robisz…?

Klon w odpowiedzi chwycił stolik i przewrócił go na Nikodema, który wrzasnął:

– Ała!

Podbiegła wychowawczyni i instruktor.

– Kuki! Co robisz!? – zawołała pani Szulc.

– Proszę pani, on mi rozbił nos! – wyjęczał Nikodem.

Faktycznie, stół uderzył Nikodema w nos i leciała mu krew.

– Idź do pielęgniarki. A ty, Kuki, chodź ze mną.

Pani Szulc chwyciła klona za rękę i wyprowadziła go z sali.

– Siadajcie na miejsca! – zawołał instruktor.

Wszyscy posłusznie usiedli. Tylko Blubek i Gabi wymknęli się z sali i pobiegli za wychowawczynią i klonem.

Tymczasem prawdziwy Kuki wciąż był w latarni morskiej. Trzymał w dłoni czarnego piona i bez skutku próbował wykonać jakiś czar. Wypowiedział już mnóstwo życzeń. Mówił, że chce pomarańczę, arbuza, czekoladę… Ale niczego nie dostał. W końcu uznał, że czarny pionek nie ma żadnej mocy i chciał go odłożyć. Ale na wszelki wypadek wypowiedział jeszcze jedno życzenie:

– Chcę kilka much…

Było to dość głupie, ale nic innego nie przyszło mu do głowy.

Rozległ się dziwny dźwięk. Jakby szum wodospadu. Albo raczej buczenie nadlatującego helikoptera. W wieży pociemniało, jakby słońce zgasło. I nagle otworzyły się wszystkie okna i zaczęły wlatywać muchy.

Nie było ich kilka. Było ich kilka milionów! Muchy wlatywały bez końca. I wszystkie rzucały się na Kukiego jak wściekłe tygrysy. Chłopak chciał uciec, ale potknął się i przewrócił. Chmura much zakryła go zupełnie. Kuki rozpaczliwie walczył. Ale miał małe szanse w starciu z milionami owadów.

– Kuki! Dlaczego to zrobiłeś? – spytała pani Szulc. – Wytłumacz mi.

Wychowawczyni i klon siedzieli na kanapie w holu. Blubek i Gabi ukryli się za akwarium i obserwowali ich. Klon milczał.

– Kuki, czemu tak się zachowałeś? Odpowiedz mi wreszcie! – zawołała zdenerwowana nauczycielka.

Klon siedział bez słowa.

– Kuki, nie możesz tak postępować! Zrobiłeś coś bardzo… głupiego.

– To ty jesteś głupia – powiedział nagle klon do nauczycielki.

– Słucham? – spytała zdumiona pani Szulc.

– Jesteś głupia – powtórzył klon, patrząc prosto w oczy wychowawczyni.

– Kuki! Co to ma znaczyć!? – zawołała oburzona pani Szulc. – Jak ty się zachowujesz!? Przeproś mnie natychmiast.

Sobowtór w odpowiedzi zaczął bezczelnie gwizdać.

Nauczycielka patrzyła na niego zaszokowana. Wreszcie powiedziała:

– Kuki, przykro mi, ale muszę zawiadomić twoich rodziców.

Sięgnęła do torebki, by wyjąć telefon. Klon był szybszy. Błyskawicznie wysunął rękę i porwał komórkę pani Szulc.

– Kuki! Natychmiast oddaj mój telefon!

Klon w odpowiedzi wziął zamach i rzucił komórkę wychowawczyni. Przeleciała przez cały hol. Rozległo się głośne „chlup!" i telefon wpadł do akwarium.

Nauczycielkę kompletnie zamurowało. Stała bez słowa, jak skamieniała. Nigdy żaden uczeń nie zrobił jeszcze czegoś takiego. Wreszcie pani Szulc odzyskała zdolność ruchu i popędziła do akwarium. Podciągnęła rękaw bluzki i próbowała wydobyć telefon z wody.

W tym czasie klon spokojnie wstał i wyszedł do parku.

Blubek i Gabi popędzili za nim. Byli pewni, że to prawdziwy Kuki i kompletnie nie pojmowali, co się z nim dzieje.

W latarni morskiej prawdziwy Kuki walczył z wściekłymi muchami. Resztkami sił próbował przedrzeć się do szkatułek, wziąć jakąś figurę i odwołać czar. Szedł na czworakach przez kłębowisko owadów. Bzyczące potwory oblepiły go, gryzły i kłuły. Wdzierały się do uszu i nosa. Chłopak nie mógł zaczerpnąć powietrza, bo z każdym oddechem połykał owady. W końcu padł na podłogę, przygnieciony milionami much. Był pewny, że to jego koniec. Że zginie pożarty przez muchy plujki! I wtedy stał się cud. Nagle wszystkie muchy uniosły się w górę, zawirowały. I zniknęły! Kuki był ocalony.

Chłopak leżał na podłodze nieruchomo, kompletnie wyczerpany. Wciąż szumiało mu w uszach, a policzki piekły go od uderzeń milionów skrzydełek.

♚

Blubek i Gabi biegli przez park, szukając wszędzie Kukiego.

– Co mu się stało? – pytała niespokojnie Gabi.

– Nie mam pojęcia. Od wczoraj dziwnie się zachowuje.

– Ale czemu nie chce nam powiedzieć, o co chodzi?

– Może się na nas obraził? Albo uważa, że jesteśmy beznadziejni i nie warto nam powierzać tajemnicy – mruknął Blubek.

– A ja myślę, że jemu coś się stało... Musimy go znaleźć – zawołała Gabi. Była bardzo niespokojna.

– Gabi, rozdzielmy się! Ty przeszukaj park, ja pójdę nad morze. Jak go znajdziesz, to dzwoń.

Rozbiegli się w dwie strony.

Kuki nie miał pojęcia o koszmarnych rzeczach, które zrobił klon, ani o tym, że wszyscy go szukają.

Siedział w latarni morskiej i krzyczał z radości:

– Wiem! Już wiem!

Bo wreszcie wymyślił sposób, jak bezpiecznie odkryć tajemnicę szachów. Tym razem otworzył białą szkatułkę. Wyciągnął białego piona. Uniósł go i zawołał:

– Chcę wiedzieć, jak działają te szachy. Chcę to zrozumieć!

Pionek natychmiast zapłonął. Kuki cisnął go za okno, do morza.

Coś pisnęło. To poruszyły się koła zębate zegara i mechanizm zaczął się obracać szybciej. Stuknął jakiś przełącznik. Coś zaiskrzyło i włączyła się wielka lampa latarni morskiej. Reflektor odwrócił się i zaczął świecić do wnętrza, prosto w Kukiego, który zmrużył oczy, bo światło było mocne. Lampa nie świeciła stale, tylko mrugała. Błyskała krótkimi impulsami. Jedne błyski były długie, inne krótkie.

Kuki natychmiast pojął, co to jest. To alfabet Morse'a! Magia szachów uruchomiła latarnię, by przekazać mu w ten sposób tajną wiadomość! Na szczęście tato nauczył go kiedyś alfabetu Morse'a. Kuki skoncentrował się i zaczął głośno odczytywać wiadomość:

„Reguły tej gry są proste. Polem gry jest świat, który widzisz. Czary działają tylko w zasięgu twego wzroku".

– Tak samo jak w czerwonym krześle! – wyszeptał Kuki.

Lampa błyskała dalej, przekazując kolejny ciąg znaków:

„Czar każdej figury trwa tylko jakiś czas. Czar piona trwa jedną minutę".

– Więc dlatego zniknęły kolczyki... – szepnął Kuki. – Istniały tylko przez minutę!

„Czary szachowych koni i gońców trwają przez godzinę”.

– Dlatego ten upiorny koń zniknął po godzinie. To mnie uratowało! – szepnął Kuki.

Lampa mrugała coraz szybciej. Kuki musiał się skupić na odczytywaniu kodu.

„Czar wieży trwa przez jeden dzień, a czar królowej przez rok. Czar króla trwa wiecznie. Lecz gdy zniszczysz króla, wszystkie figury utracą moc”.

Lampa na chwilę przerwała pracę. Ale po sekundzie znów zaczęła mrugać.

„Lecz pamiętaj. Nawet gdy czar się skończy, jego skutek trwa. Wyczarowany miecz zniknie, lecz rana nim zadana pozostanie. Bądź więc ostrożny”.

– To prawda – mruknął Kuki, którego wciąż bolało miejsce, w które kopnął go koń.

Lampa zgasła. Kuki myślał, że to już koniec wiadomości. Ale nagle lampa zamigotała ponownie. Kuki odczytał znaki:

„Teraz dowiesz się najważniejszego. Pamiętaj, że białe szachy dadzą ci wszystko, czego zapragniesz. Lecz czarne figury mogą dawać tylko rzeczy złe. Każda rzecz i każda istota przez nie wyczarowana będzie zła i będzie czynić zło. Nigdy nie używaj czarnych szachów, bo świat stanie się straszliwe niebezpieczny".

Lampa zgasła i nie włączyła się już więcej.

Kuki zerwał się. Jeśli ta wiadomość była prawdziwa, to znaczyło, że klon jest kimś złym. I może zrobić coś strasznego! Kuki natychmiast musiał go znaleźć.

Wziął szkatułki z szachami. Wiedział już, jaką mają moc, więc musiał je starannie ukryć. Rozejrzał się. Po namyśle wsunął białą szkatułkę głęboko pod mechanizm zegara. Potem wcisnął tam czarną szkatułkę. Spieszył się i zawadził o jakiś metalowy element. Szkatułka przewróciła się i czarne figury się rozsypały. Kuki postanowił, że poukłada je potem. Najważniejsze, że są schowane i niewidoczne.

Teraz musiał odnaleźć klona. Kuki zszedł po schodach i wybiegł z latarni morskiej. Kiedy jego kroki ucichły, rozległ się cichy stukot.

Spod mechanizmu zegara wyłonił się czarny przedmiot. Potoczył się po podłodze. Ominął plamę słońca i zatrzymał w cieniu, niedaleko schodów.

Blubek biegł wzdłuż brzegu morza, szukając Kukiego. Był niespokojny. Przyszło mu do głowy, że może Kuki naprawdę znalazł źródło magii i wyczarował jakiegoś potwora. I ta bestia gdzieś tu krąży… Rozglądał się niepewnie. Na plaży było pusto. Nagle Blubek zobaczył, że na moście łączącym wyspę z lądem ktoś stoi. Podbiegł bliżej i odetchnął z ulgą. To był Kuki.

Blubek popędził w jego stronę.

– Kuki! Wreszcie cię znalazłem!

Chłopak na moście odwrócił się i patrzył na Blubka uważnie.

– Kuki! Co jest grane? – wołał zdyszany Blubek. – Mów, co się dzieje!

Chłopak milczał.

– Ej! Kuki! Gadaj, co się stało!? – pytał Blubek.

– Odwróć się – usłyszał w odpowiedzi.

– Po co? – spytał zdziwiony Blubek.

– Odwróć się!

Blubek niepewnie się odwrócił. TRACH! Dostał mocne uderzenie w plecy. Zachwiał się i spadł z mostu do morza. Chlusnęła woda.

Rozpaczliwie machając rękoma, Blubek wypłynął na powierzchnię. Krzyczał, prychając wodą:

– Zwariowałeś, Kuki!? Czemu to zrobiłeś? Wyciągnij mnie!

Blubek zobaczył, że Kuki klęka na moście i wysuwa do niego rękę. Blubek złapał jego dłoń, ale przyjaciel, zamiast go wyciągnąć, odepchnął go z całej siły. Blubek znów runął do wody. Kiedy się wynurzył, zobaczył, że Kuki odchodzi, śmiejąc się głośno.

Blubek próbował wspiąć się na most, ale pale były gładkie i śliskie. Nie było żadnej drabinki. Kilkadziesiąt metrów dalej Blubek zobaczył łańcuch zwisający z mostu. Popłynął tam, szczękając zębami, bo morze było zimne. Chłopaka zalewały fale, a mokre rzeczy ciążyły mu i wciągały pod wodę.

Gabi szła parkową aleją. Była coraz bardziej niespokojna. Lubiła Kukiego i czuła, że dzieje się z nim coś złego. Coś groźnego... Nagle usłyszała za sobą kroki. Odwróciła się i odetchnęła z ulgą. Biegł Kuki.

– Hej! – zawołała Gabi. – Tu jestem...

Chłopak podszedł do niej.

– Kuki, co się dzieje? – spytała Gabi. – Powiedz mi prawdę...

Chłopak nie odpowiedział, patrzył na nią z napięciem.

– Czemu nic nie mówisz? – spytała zdziwiona Gabi.

Chłopak milczał. Gabi podeszła bliżej i przyjrzała mu się uważnie.

– Kuki, wyglądasz jakoś... dziwnie. Czy stało się coś złego?

Żadnej odpowiedzi. Gabi czuła coraz większy niepokój. Kuki nigdy się tak nie zachowywał.

– Kuki, wróćmy do hotelu – poprosiła.

Wtedy chłopak krzyknął:

– Nigdzie z tobą nie pójdę!

Gabi spojrzała na niego zdumiona.

– Dlaczego?

– Bo jesteś obrzydliwa!

– Co?

– Wyglądasz okropnie. Ohydnie... Jesteś wstrętna! – syknął chłopak.

– Kuki, to nie jest śmieszne! – zawołała oburzona Gabi.

– To ty jesteś śmieszna! – wrzasnął klon. – Nienawidzę cię.

– Kuki! Zwariowałeś?

– Nie mam ochoty z tobą nigdzie iść! – krzyczał klon. – Spójrz w lustro i zobacz, jak ohydnie wyglądasz!

– Kuki!

– Jesteś obrzydliwa i brudna! Musisz się umyć!

Chłopak nagle wysunął ręce i pchnął Gabi. Dziewczyna przewróciła się do kałuży. Chlusnęło błoto. Chłopak roześmiał się głośno.

– Teraz jesteś czysta! – powiedział i odszedł.

Gabi patrzyła na niego kompletnie zaszokowana. Wreszcie, straszliwie umorusana, podniosła się z błota. Brudna woda ściekała jej po twarzy. Gabi wytarła oczy i spojrzała na odchodzącego chłopaka. Słyszała, jak się śmieje.

– Kuki! Nie odezwę się już do ciebie! – krzyknęła. – Nigdy!

Prawdziwy Kuki nic nie wiedział o tych zdarzeniach. Biegł do hotelu. Chciał jak najszybciej znaleźć klona. Spojrzał na zegar. Była za kwadrans dwunasta. Jeszcze piętnaście minut i klon przestanie istnieć! Ale i tak musi go odnaleźć i gdzieś zamknąć. Bo jeśli klon zacznie znikać na oczach ludzi, to zrobi się afera.

Kuki dobiegł do hotelu. Wpadł do holu i zobaczył wychowawczynię rozmawiającą z kierownikiem hotelu. Chciał dyskretnie przemknąć za ich plecami, ale wychowawczyni go zauważyła.

– Kuki! Chodź tu natychmiast! – zawołała.

Kuki niepewnie ruszył w jej stronę. Nauczycielka podbiegła do niego. Trzymała w ręku ociekający wodą telefon.

– Kuki, podjęliśmy decyzję, że będziesz karnie usunięty z obozu – powiedziała pani Szulc. – Skontaktuję się dziś z twoimi rodzicami i ustalimy, kiedy mają przyjechać i cię zabrać.

Kuki spojrzał zdumiony na wychowawczynię.

– Ale za co, proszę pani!? Ja nic nie zrobiłem!

– Uważasz, że twoje zachowanie to jest „nic"? – zawołała oburzona nauczycielka. – Wiesz, Kuki, sądziłam, że przynajmniej powiesz „przepraszam".

– Ale za co!?

Nauczycielka zacisnęła wargi.

– Dosyć tych żartów. Idź do pokoju! I nie wychodź stamtąd aż do obiadu.

Kuki ruszył na schody. Przez głowę przelatywały mu dziesiątki myśli. Było oczywiste, że klon zrobił coś okropnego. Musiało to być coś naprawdę strasznego, skoro wychowawczyni wyrzuciła go z obozu. Bo pani Szulc była łagodna i najczęściej wybaczała im różne numery.

Musiał jak najszybciej znaleźć Blubka i Gabi! Oni mu powiedzą, co się stało. Popędził na pierwsze piętro i zobaczył Gabi idącą korytarzem.

Kuki pobiegł do niej.

– Gabi!

Dziewczyna odskoczyła, jakby ujrzała wampira.

– Zostaw mnie! – krzyknęła. – Nie odzywaj się do mnie.

Kuki patrzył na nią zdumiony.

– Gabi, co się...?

– Nie zbliżaj się do mnie!

Gabi odwróciła się i uciekła. Kukiego na chwilę kompletnie zamurowało, potem pobiegł za przyjaciółką.

– Gabi, posłuchaj...!

– Odczep się! – krzyknęła Gabi. – Powiedziałam, że nigdy się do ciebie nie odezwę. Nie chcę cię znać! Zostaw mnie!

Odbiegła.

Kuki patrzył za nią oszołomiony. Potem odwrócił się i pognał do swojego pokoju. Musiał znaleźć Blubka. W nim była ostatnia nadzieja.

Kuki wpadł do pokoju jak bomba. Blubek na szczęście był tutaj. Leżał w łóżku owinięty kocami i kaszlał. Jego mokre rzeczy suszyły się na krześle. Na widok Kukiego zerwał się jak oparzony.

– Blubek, słuchaj… – zawołał Kuki.

– Nie podchodź do mnie, ty draniu! – krzyknął Blubek, wyskakując z łóżka.

– Ja ci wszystko wytłumaczę… – zawołał Kuki.

Trach! Dostał od przyjaciela mocne uderzenie. Poleciał na dywan. Zanim się podniósł, Blubek wybiegł z pokoju. Kuki pognał za nim na korytarz, ale Blubek zdążył już uciec.

Kuki oparł się o ścianę. Kręciło mu się w głowie. Czuł się okropnie. Jego przyjaciele go znienawidzili i nie chcieli z nim rozmawiać. Wokół działo się coś tajemniczego, a on kompletnie nie rozumiał co. Musiał znaleźć klona. To było najważniejsze. Ale gdzie on jest?

Kuki spojrzał w okno. I zobaczył, że na placu przed hotelem stoi... klon. Patrzy na niego i uśmiecha się złośliwie.

Kuki natychmiast popędził schodami do holu i wybiegł do parku. Ale klon już zniknął w plątaninie ścieżek. Kuki zaczął biec przez park i szukać go. Nagle znów go zobaczył. Klon wyglądał zza drzwi kamiennego domku, w którym sprzedawano lody. Lodziarnia była nieczynna i pusta. Kuki popędził tam. Klon się cofnął. Kuki wpadł do wnętrza. Zobaczył go, stojącego obok lodówki.

– Powiedz, co ty im zrobiłeś? – zawołał Kuki.

Klon nie odpowiedział. Jego oczy dziwnie błyszczały w mroku. Kuki wrzasnął jeszcze raz:

– Co zrobiłeś Blubkowi i Gabi!? Mów!

Klon milczał.

– Nie, to nie. I tak znikniesz o dwunastej! – powiedział ze złością Kuki. – Do tego czasu siedź tutaj.

Kuki wybiegł z lodziarni i zatrząsnął grube drzwi. Była na nich żelazna zasuwa. Przesunął ją. Klon był uwięziony.

Kuki postanowił zaczekać przed lodziarnią, dopóki jego sobowtór nie zniknie. Klon podbiegł do drzwi i zaczął je szarpać, ale drzwi nawet nie drgnęły. Wtedy klon znieruchomiał. Stał i patrzył z nienawiścią na Kukiego przez małe okienko. Na szczęście było zakratowane, więc nie mógł się przez nie wydostać.

Kuki spojrzał na zegar na latarni morskiej. Do godziny dwunastej brakowało dziesięciu minut. To znaczy, że za dziesięć minut klon przestanie istnieć!

Usłyszał wołanie:

– Kuki!

Alejką szła wychowawczyni.

– Kuki, chodź do mnie – zawołała.

Kuki podbiegł do niej. Nie chciał, żeby pani Szulc podeszła do lodziarni i zobaczyła sobowtóra.

– Kuki, dzwoniłam do twoich rodziców, ale oni nie odbierają telefonu – powiedziała wychowawczyni.

– Moi rodzice wyjechali w góry – powiedział Kuki. – Tam nie ma zasięgu.

– Rozumiem. Posłuchaj, Kuki, mogę dać ci jeszcze jedną szansę. Jeśli przeprosisz i obiecasz, że będziesz panował nad nerwami, pozwolę ci zostać na obozie.

Kuki wciąż nie wiedział, co zrobił klon i za co ma przepraszać. Ale oczywiście nie chciał, żeby wyrzucono go z obozu. Nie teraz, gdy odkrył tu magiczny przedmiot. Poza tym lubił panią Szulc i nie chciał, żeby się na niego złościła. Szybko powiedział:

– Przepraszam za to, co zrobiłem.

– I takie zachowanie już się nie powtórzy?

– Nie.

– Obiecujesz, Kuki?

– Tak, proszę pani. Obiecuję.

– No dobrze. Chodź do hotelu...

Kuki wolałby zostać i zobaczyć, jak klon znika. Ale musiał posłusznie pójść z wychowawczynią. Zerknął na zegar. Jeszcze siedem minut... Znów poczuł niepokój.

– Źle się czujesz, Kuki? – spytała wychowawczyni.

– Nie-e. Wszystko w porządku.

Alejką w parku szedł Nikodem. Wracał od pielęgniarki i miał na nosie naklejony plaster. Nagle usłyszał wołanie:

– Wypuść mnie!

Nikodem zatrzymał się. Rozejrzał się zdziwiony. Znów usłyszał błagalne wołanie:

– Wypuść mnie!

Głos dochodził z nieczynnej lodziarni. Nikodem zrobił kilka kroków w jej stronę i zobaczył klona, wyglądającego przez zakratowane okienko. Oczywiście myślał, że to Kuki.

– Zamknęli cię za karę? – mruknął Nikodem. – Bardzo słusznie!

– Wypuść mnie! Proszę! – zawołał uwięziony.

– I znowu mi rozbijesz nos!

– Nie. Wypuść mnie! – wyszeptał błagalnie klon.

Nikodem się wahał. Nagle spojrzał chytrze i spytał:

– A co mi dasz, jak cię wypuszczę?

– To.

Klon wyciągnął coś z kieszeni. To był telefon komórkowy! Identyczny jak komórka Kukiego. Widocznie sklonował się razem z rzeczami.

– Naprawdę mi go dasz? – spytał podekscytowany Nikodem.

– Tak. Przysięgam.

Nikodem wahał się przez chwilę, ale w końcu podszedł do drzwi. Mruknął:

– Pamiętaj, jak coś mi zrobisz, to naskarżę pani.

Odciągnął z trudem zasuwę i otworzył drzwi. Klon natychmiast wyskoczył z lodziarni. Zatrzasną za sobą drzwi i znów zamknął zasuwę.

– Dawaj mi telefon – zawołał Nikodem.

– Masz!

Klon rzucił mu komórkę i popędził w stronę latarni morskiej.

Nikodem z błyszczącymi oczami oglądał łup. Uśmiech szybko zgasł na jego twarzy, bo komórka była chyba zepsuta. Cyfry i napisy na ekranie były dziwne i niezrozumiałe. Wyglądały jak odbite w lustrze...

W holu Gabi i Blubek stali naprzeciwko Kukiego. Patrzyli na niego wrogo. Między nimi stała wychowawczyni.

– Wiem, że się pokłóciliście – mówiła – ale Kuki przeprosił za swoje zachowanie. Myślę więc, że możecie się już pogodzić.

Pani Szulc odeszła. Kuki natychmiast pochylił się i szepnął:

– Nic wam nie zrobiłem! Ja wyczarowałem klona. To on zrobił te wszystkie rzeczy. Przysięgam!

Gabi i Blubek spoglądali na niego nieufnie. W końcu Gabi mruknęła:

– Jasne… Zachowałeś się wstrętnie, a teraz kłamiesz, że to ktoś inny! Klon… Zaraz uwierzę w bajki.

– Mówię prawdę. Przysięgam! Musicie mi uwierzyć – zawołał błagalnie Kuki. – Ja naprawdę wyczarowałem klona!

– A gdzie ten klon jest? – spytał nieufnie Blubek. – Pokaż go, to ci uwierzymy.

Kuki spojrzał na zegar. Była za trzy minuty dwunasta.

– Dobrze. Ale chodźmy szybko, bo on zaraz zniknie.

Kuki, Blubek i Gabi biegli parkową alejką.

– Tam go zamknąłem! – zawołał Kuki, wskazując lodziarnię.

Podbiegli do budynku. Blubek i Gabi przycisnęli twarze do szyby w okienku. Ale nikogo nie zobaczyli. W środku było pusto.

– Tu nie ma żadnego klona! – mruknął nieufnie Blubek.

Kuki szybko odsunął zasuwę i otworzył drzwi. Wpadł do lodziarni. Obejrzał wszystkie zakamarki, ale klona nigdzie nie było.

– Znowu jakiś numer, Kuki? – mruknął nieufnie Blubek.

– On chyba już zniknął… – szepnął Kuki. – Był wyczarowany na godzinę.

Blubek i Gabi milczeli.

– Mówię prawdę – zawołał rozpaczliwie Kuki. – Musicie mi uwierzyć! Naprawdę był klon i zrobił to wszystko. Ale te czary działają przez określony czas. Więc on chyba już zniknął. Mówię prawdę. Przysięgam! Musicie mi uwierzyć! Musicie!

Blubek i Gabi patrzyli uważnie na Kukiego. W końcu Gabi powiedziała:

– Wierzę ci, Kuki. – Dotknęła jego ramienia, jakby chciała się upewnić, że to on. I jeszcze raz powiedziała: – Wierzę ci.

– No dobra. Ja też ci wierzę – powiedział Blubek i podał Kukiemu rękę. – Ale nie produkuj więcej klonów.

– Na pewno tego nie zrobię.

– Wiesz, że mało mnie nie utopiłeś – powiedział Blubek. – To znaczy nie ty, tylko ten twój klon.

– Sorry, Blubek.

– A do mnie ten klon mówił takie straszne rzeczy... – szepnęła Gabi. – A zresztą... Nie chcę o tym pamiętać. Najważniejsze, że to nie byłeś ty. Bo wiesz, było mi strasznie przykro.

– A gdzie są teraz te szachy? – spytał Blubek. – Chciałbym zobaczyć, jak one działają.

– Są ukryte w wieży.

– Chodźmy tam.

– Teraz nie możemy – powiedział Kuki. – Zaraz jedziemy na wycieczkę. Nie mogę zwiać, bo obiecałem pani Szulc, że będę jak aniołek.

– Dobra. Pójdziemy tam wieczorem.

Poszli do hotelu. Kuki spojrzał po drodze na zegar na latarni morskiej. Była za minutę dwunasta. Czyli sobowtór zniknął przed czasem... A może ten zegar chodzi niedokładnie?

Na ostatnim piętrze latarni morskiej panował półmrok. Wielki zegar tykał, wskazówka zbliżała się do godziny dwunastej. Nagle trzasnęły drzwi na dole wieży, załomotały kroki na schodach. Wystraszone ptaki zerwały się z krokwi i zaczęły lękliwie kołować pod stropem.

Do sali wbiegł klon. Oddychał ciężko. Po jego twarzy ściekały krople potu. Zobaczył, że szachy zniknęły. Zaczął rozpaczliwie ich szukać, ale nie mógł znaleźć ich kryjówki. Zegar tykał głośno. Do dwunastej zostało niewiele sekund.

I wtedy klon ujrzał na podłodze szachową figurę. Czarną królową!

Natychmiast padł na kolana i chwycił ją. Uniósł rękę z figurą i krzyknął:

– Chcę istnieć zawsze!

Błyskawica wystrzeliła z czarnej figury. Wnętrze wieży rozjarzyło się oślepiającym światłem. Jednocześnie zegar wybił pierwsze z dwunastu uderzeń.

– Jedziemy do wesołego miasteczka – powiedziała pani Szulc do uczestników obozu zgromadzonych w holu. – Każdy otrzyma potrójny bilet i będzie mógł skorzystać z trzech dowolnych atrakcji. Weźcie kurtki i wygodne buty. Jeśli ktoś chce zrobić zakupy, to niech nie zapomni pieniędzy. Wyjeżdżamy za dziesięć minut.

Otworzyło się okno na szczycie wieży i wysunęła się luneta. Klon przycisnął do niej oko i patrzył uważnie. Zobaczył niebieski autobus, który toczył się powoli przez most. Podjechał pod drzwi hotelu i zatrąbił. Uczestnicy obozu, przepychając się i tłocząc, zaczęli wsiadać do autokaru. Do klona dobiegały odległe śmiechy i okrzyki. Na końcu z hotelu wyszli Gabi, Blubek i Kuki. Klon wpatrywał się z napięciem w Kukiego. Patrzył, jak wsiada do autokaru. Klon odłożył lunetę i wybiegł.

Kuki, Blubek i Gabi usiedli na fotelach z tyłu autobusu. Byli niezadowoleni, że muszą jechać na tę wycieczkę. Woleliby zostać w hotelu i sprawdzić, co dzieje się z magicznymi szachami.

Autobus ruszył. Kuki usłyszał nad głową jakieś stuknięcie. Zdawało mu się, że coś przesuwa się po dachu autobusu... Może gałęzie drzewa? Zaczął nasłuchiwać, ale tajemnicze dźwięki zagłuszyło kichanie Blubka.

– Ej, Blubek, nie kichaj tak, bo ogłuchnę! – zawołał Kuki. – Masz alergię czy co?

– Kuki, nie denerwuj mnie. Twój klonoupiorek wrzucił mnie w ciuchach do morza, więc dostałem kataru. Dziwne nie jest.

– Słuchaj, Blubek. Nie gadajmy więcej o tym klonie – poprosił Kuki. – On już nie istnieje, i koniec.

Klon siedział na dachu autokaru. Trzymał się wentylatorów, bo autobus podskakiwał na nierównościach. Podczołgał się do okna dachowego i zajrzał do wnętrza. Kuki siedział niemal pod nim. Autobus skręcił na szosę, przy której rosły stare drzewa. Gałęzie wisiały nisko nad drogą, więc klon musiał się położyć. Przywarł do dachu autobusu jak pająk czyhający na muchę. Jedna z gałęzi zahaczyła o jego stopę i ściągnęła mu but. Adidas odfrunął.

– Tam leciał but… – zawołał Blubek, gapiąc się w okno.

– Co?

– Widziałem, jak but leciał za oknem.

Kuki i Gabi spojrzeli przez szybę. Niczego nie zobaczyli.

– Blubek, masz jakieś zwidy?

– Serio. Widziałem latający but.

– Jak zobaczysz fruwający samochód, to nas zawiadom!

Autobus przyśpieszył. Pęd powietrza miotał sobowtórem, niemal go zrzucając. Jego włosy i kurtka łopotały jak chorągiew. Klon rozpłaszczył się na dachu, czepiając się kurczowo wentylatorów. Podkulił bosą stopę i zmrużył oczy, bo wdzierał się w nie wiatr. Na horyzoncie pojawiły się domy. Zbliżali się do miasta.

Autokar wjechał do niewielkiej miejscowości, pełnej białych domków i nadmorskich pensjonatów. Zatrzymał się obok parku, gdzie rozstawione było wesołe miasteczko. Przed bramą grała orkiestra.

Wszyscy szybko wysiedli z autobusu. Pani Szulc rozdała bilety. W każdym były trzy kupony, więc można było skorzystać za darmo z trzech atrakcji.

Albo kupić za każdy kupon porcję lodów. Kiedy Kuki podszedł do pani Szulc po bilet, spojrzała na niego zdziwiona.

– Kuki, przecież ty już wziąłeś bilet – powiedziała.

– Nie, proszę pani.

– To dziwne, byłam pewna, że już go brałeś – powiedziała nauczycielka, patrząc na Kukiego podejrzliwie. Pokręciła głową, ale dała mu bilet.

Weszli przez złotą bramę do wesołego miasteczka.

– Uwaga! – zawołała wychowawczyni. – Możecie chodzić samodzielnie i wybierać dowolne atrakcje. Spotkamy się za godzinę obok tamtego baru. – Pokazała żółty budynek z dachem w kształcie kapelusza.

Kuki, Blubek i Gabi poszli razem. Chcieli być sami, ale Zula i Nikodem jak zwykle poleźli za nimi. Na szczęście, kiedy Blubek zaproponował zwiedzanie Zamku Strachu, Nikodem powiedział, że tato zabronił mu oglądania horrorów. A Zula stwierdziła, że najgorszym horrorem jest ich obóz i woli kupić lody za wszystkie kupony.

Więc Kuki, Blubek i Gabi sami przekroczyli bramę w kształcie trupiej czaszki.

Prawdę mówiąc, Zamek Strachu był beznadziejny. Nie było w nim nic strasznego. Kościotrupy były plastikowe, a trumny z papieru. Zombie miał zepsute baterie i nie chciał niczego pożerać. Nawet wilkołak miał sztuczną szczękę, która mu wypadła, kiedy usiłował zawyć. Mało się nie udławił! Więc zamiast się bać, Gabi i Blubek śmiali się przez cały czas. Tylko Kuki był dziwnie niespokojny. W trakcie zwiedzania miał wrażenie, że ktoś go obserwuje. Kiedy się odwracał, ten ktoś znikał w ciemnościach.

– Kuki, masz cykora? – zaśmiał się Blubek. – Boisz się tych kukieł?

– Nie o to chodzi…

– A o co?

– O nic… Chodźmy już stąd.

Po wyjściu Blubek zaproponował jazdę na rollercoasterze. Ale ani Kuki, ani Gabi nie lubili górskiej kolejki. Poszli więc do budynku w kształcie beczki, z migoczącym napisem „Chicholand. Pałac Śmiechu".

Było tu dużo fajniej niż w Zamku Strachów. Przy wejściu był tunel łaskotek. Trzeba było przejść wśród kocich łapek, które wyskakiwały z różnych stron i łaskotały idących. Potem szło się po grających schodach. Każdy stopień wydawał dziwny dźwięk. Blubkowi najbardziej przypadł do gustu stopień, który wydawał głośnie pruknięcia. Był to obrzydliwy dźwięk, ale Blubkowi bardzo się spodobał. Skakał na schodku, wydając ohydne odgłosy, póki Gabi i Kuki go nie ściągnęli. Dalej była ukryta zjeżdżalnia. Po prostu nagle wpadało się do dziury i jechało do góry nogami, wlatując na końcu do basenu z piłeczkami. Potem był salon krzywych luster. Był niesamowity. W każdym lustrze człowiek wyglądał inaczej. W jednym jak stukilowy grubas, w innym jak chudy pająk. Albo jak mały troll z wielką głową. Gabi, Blubek i Kuki rozbiegli się. Krążyli po lustrzanym labiryncie, kwicząc ze śmiechu na widok swoich odbić. W jednym z luster Kuki zobaczył podwójne odbicie. Dwóch Kukich! Najdziwniejsze, że ten drugi jadł lody! Kuki mimo woli odwrócił się, żeby sprawdzić, czy ktoś za nim nie stoi. I zobaczył, że ktoś odbiega, znikając w ciemnościach. Zaniepokojony poszedł szukać przyjaciół.

Czekali już na niego przy wyjściu.

– Chodźcie na lody! – powiedział Blubek.

Poszli w stronę kawiarenki.

Kiedy oddalili się, we wnętrzu Chicholandu rozległ się huk. Głośny brzęk tłuczonego szkła! Bileterka i ochroniarze popędzili do sali krzywych luster.

Zobaczyli okropny widok. Kilka zwierciadeł było rozbitych! Odłamki szkła zasypały podłogę jak roziskrzony śnieg. Na środku sali stał chudy chłopak w pomarańczowej koszulce.

– Co ty robisz!? – krzyknął ochroniarz.

W odpowiedzi chłopak kopnął kolejne lustro, które runęło, roztrzaskując się na kawałki. Zaśmiał się głośno. Ochroniarze rzucili się na niego. Ale klon umknął, znikając w ciemnościach. Zapalono reflektory pod sufitem. Szukano wszędzie niszczyciela luster, ale zniknął. Została tylko sterta rozbitego szkła.

Kuki, Blubek i Gabi weszli do kawiarenki, żeby kupić lody. Można było za nie płacić kuponami z biletów. Za jeden kupon były dwie kulki lodów.

Podeszli do lady.

– Poproszę o dwie kulki cytrynowych – powiedział Kuki.

Ekspedientka spojrzała na niego jakoś dziwnie i natychmiast gdzieś pobiegła. Po chwili wróciła z grubasem w czarnym garniturze.

– Panie kierowniku! – wołała. – To ten chłopiec! Znów tu przyszedł!

Kierownik natychmiast dopadł do zdumionego Kukiego i złapał go za rękę.

– Mamy cię, łobuzie! Teraz zapłacisz za wszystko.

W tej chwili do baru weszła wychowawczyni.

– Co tu się dzieje? – zawołała. – Czego pan chce od tego chłopca?

– Pani się nim opiekuje?

– Tak.

– Ten łobuz ukradł dziesięć porcji lodów. Wziął je i nie zapłacił!

– To nieprawda! – zawołał Kuki. – Ja dopiero tu wszedłem. Pierwszy raz!

– Kłamie! – krzyknęła kasjerka. – Był tu godzinę temu! Wziął dziesięć porcji najdroższych lodów i uciekł bez płacenia.

– Czy to na pewno był on? – spytała pani Szulc. – Może pani się pomyliła?

– Nie ma mowy o pomyłce! Zrobiłem mu zdjęcie. – Kierownik wyjął telefon. – Niech pani zobaczy.

Pani Szulc spojrzała na ekran telefonu. Był tam Kuki, szarpiący się z kasjerką. Chłopiec na zdjęciu wyglądał jak Kuki i był tak samo ubrany. Nie było wątpliwości.

– Boże... Kuki, dlaczego ty to robisz? – jęknęła pani Szulc. Odwróciła się do kasjerki i spytała: – Ile pieniędzy on jest winny?

– To będzie razem... pięćdziesiąt.

– Dobrze. Ja zapłacę.

Nauczycielka drżącymi rękoma wyjęła portfel i odliczyła pieniądze. Kuki patrzył na to kompletnie oszołomiony. Nie był w stanie wykrztusić słowa.

– Idziemy do autobusu – powiedziała wychowawczyni. – Wszyscy. Natychmiast!

– Nie zjedliśmy lodów – protestowali uczestnicy obozu.

– Nieważne. Idziemy!

Kuki szedł bez słowa obok pani Szulc. Nawet nie próbował się usprawiedliwiać. Wychowawczyni trzymała go za przegub ręki, jak przestępcę. Ale najgorsze zdarzyło się, kiedy przechodzili przez bramę. Czekało tu na nich dwóch ochroniarzy i bileterka z Chicholandu.

– To on! To ten chłopak! – wrzasnęła kobieta.

Ochroniarze dopadli do Kukiego i złapali go za ramiona.

– O co tym razem chodzi? – spytała bezradnie wychowawczyni.

– Ten chłopiec rozbił siedem zwierciadeł w gabinecie luster – powiedział ochroniarz. – Musimy zawołać policję i ustalić, kto za to zapłaci.

– Ile to będzie kosztować? – wyszeptała przerażona pani Szulc.

– Kilka tysięcy. Krzywe lustra są bardzo drogie.

– Panowie. Jesteśmy na obozie, mieszkamy w hotelu na wyspie. Tu jest mój numer telefonu.

– Wychowawczyni podała drżącą ręką wizytówkę. – Powiadomię jego rodziców, na pewno pokryją wszystkie szkody.

– Powinniśmy zawołać policję… – powiedział ochroniarz.

– Proszę, żebyście państwo nie wzywali policji – powiedziała błagalnie pani Szulc. – Ja mam pod opieką grupę dzieci. Musimy wracać do hotelu na kolację. Zawiadomimy jego rodziców. Oni na pewno zapłacą za szkody.

– No dobrze, jedźcie państwo – mruknął ochroniarz. – Skontaktujemy się jutro.

Uczestnicy obozu w milczeniu wsiedli do autokaru. Wszyscy gapili się na Kukiego, jakby był gangsterem.

– Kuki, siadaj obok mnie – powiedziała surowo pani Szulc.

– Proszę pani…

– Nie teraz! Porozmawiamy w hotelu.

Kuki z ponurą miną usiadł obok wychowawczyni. Blubek i Gabi usiłowali dać mu jakiś znak, ale Kuki uporczywie patrzył w okno. Autokar ruszył. Na dachu autobusu siedział klon i głośno się śmiał.

Po powrocie do hotelu wszystkim dzieciom kazano iść do pokojów. Tylko Kuki został w holu z panią Szulc. Przybiegli inni wychowawcy i kierownik hotelu. Rozmawiali szeptem, zerkając na Kukiego, jakby był groźnym przestępcą, który właśnie obrabował bank. Pani Szulc zadzwoniła do taty Kukiego. Telefon nie odpowiadał. Spróbowała zadzwonić do jego mamy, ale jej telefon też milczał. Nauczycielka nagrała więc tylko wiadomość, że prosi o natychmiastowy kontakt.

– Posłuchaj, Kuki – powiedziała. – Odpowiadam za bezpieczeństwo całej grupy, więc niestety muszę cię odizolować od innych dzieci. Będziesz spał w osobnym pokoju. I pamiętaj, że nie możesz wychodzić bez zezwolenia.

– Proszę pani…

– Nie, Kuki. Nie chcę już słuchać kolejnych obietnic i przeprosin. Wszystko będziemy wyjaśniać, gdy przyjadą twoi rodzice. Teraz chodź ze mną.

Kuki poszedł z wychowawczynią na ostatnie piętro hotelu. Nikt tutaj nie mieszkał. Pani Szulc zaprowadziła go do pokoju na końcu długiego, ciemnego korytarza. W pokoju było tylko jedno łóżko. Kuki miał tu mieszkać sam, jak ktoś, kto ma chorobę zakaźną. Wychowawczyni zabrała mu telefon komórkowy i wyszła bez słowa.

Kuki położył się na łóżku. W pokoju było ciemno, ale chłopak nie podniósł rolety. Leżał samotnie w mroku. W głowie kłębiły mu się setki myśli. Rozpaczliwie próbował się skupić i zrozumieć, co się dzieje. Wiedział już, że klon nadal istnieje. Nie zniknął! Kuki nie pojmował, jak to się stało. Ale było pewne, że klon istnieje. Chodzi jego tropem, robiąc koszmarne rzeczy.

Rozległo się pukanie do drzwi. Kuki wstał i ostrożnie je otworzył.

Na korytarzu stał Nikodem. Przyniósł plecak z rzeczami Kukiego. Bez słowa go położył i odskoczył, jakby się bał, że Kuki go pogryzie.

– Powiedz Blubkowi i Gabi, żeby do mnie przyszli – poprosił Kuki.

– Wychowawczyni zakazała cię odwiedzać – powiedział wyniośle Nikodem. – Powiedziała, że nie mam nikomu mówić, gdzie mieszkasz.

– Nikodem, proszę cię. Powiedz im, żeby tu przyszli!

– Nie.

– Jak powiesz, to coś ci dam.

– Myślisz, że ci uwierzę? – zawołał Nikodem. – Nie oszukasz mnie więcej.

– Nigdy cię nie oszukałem!

– Akurat! Ja cię wypuściłem z lodziarni, a ty mi dałeś zepsutą komórkę.

– Co? – Kuki skoczył w stronę Nikodema.

Ten chciał uciec, ale Kuki złapał go za rękę.

– Na pomoc! – wrzasnął Nikodem. – Młodociany przestępca mnie atakuje!

– Zamknij się!

Kuki zakrył mu usta i wciągnął do pokoju.

– Puszczaj! – piszczał Nikodem.

– Nie drzyj się. Nic ci nie zrobię, ale powiedz, co było w tej lodziarni. Tylko dokładnie!

– Puszczaj mnie, ty przestępco! – wrzeszczał Nikodem.

– Jeżeli jestem przestępcą, to tym bardziej gadaj – warknął Kuki. – Bo wiesz… Przestępcy czasem wrzucają wstrętnych Nikodemów do morza.

A w morzu są krwiożercze węgorze. To co? Gadasz czy wolisz kąpiel?

Kuki czuł się głupio, strasząc Nikodema, ale nie miał innego wyjścia.

– Co mam ci powiedzieć? – spytał płaczliwie Nikodem.

– Kiedy go wypuściłeś?

– Jakiego „go"? – krzyknął Nikodem. – To byłeś ty! Prosiłeś, żeby cię wypuścić, więc otworzyłem drzwi.

– O której godzinie?

– Chyba była dwunasta albo coś koło tego. A telefon, który mi dałeś, jest zepsuty. Zamiast liter są głupie krzaczki.

– Pokaż go!

Nikodem wyjął z kieszeni telefon. Kuki wziął ją i obejrzał uważnie. Litery na ekranie wyświetlały się odwrotnie. Wyglądały jak odbite w lustrze.

– Nikodem, powiedz, co on zrobił, kiedy go wypuściłeś? – spytał Kuki. – Gdzie on poszedł?

– Jaki on!? To byłeś ty!

– No dobra, więc co ja zrobiłem?

– Pobiegłeś do latarni morskiej.

Kuki puścił Nikodema. Podszedł do okna i spojrzał na latarnię morską. Wieża rysowała się ponuro na tle mroczniejącego nieba.

Nikodem zaczął się cofać, nagle skoczył do drzwi i wybiegł na korytarz. Uciekał jak oszalały. Kuki go nie gonił. Sklonowany telefon został w jego ręce.

Teraz wszystko było jasne. Nikodem uwolnił klona, zanim nadeszła pora jego zniknięcia. Klon poszedł do wieży. I użył magicznych szachów, żeby przedłużyć swoje istnienie. Tylko jakim sposobem odnalazł te szachy?

Kuki poszedł do łazienki. Przystawił sklonowany telefon do lustra. W odbiciu mógł odczytać odwrócone litery i cyfry. Szybko wybrał numer. Po chwili usłyszał głos Blubka:

– Halo...

– Blubek! Chodź do mnie, szybko! – zawołał Kuki do słuchawki. – Zamknęli mnie na trzecim piętrze! Pokój na końcu korytarza... Zawiadom Gabi i przyjdźcie tu. Szybko!

Kuki stał z uchem przy drzwiach, czekając na przyjaciół. Długo nie przychodzili. Wreszcie rozległo się pukanie. Kuki błyskawicznie otworzył drzwi. Weszli Gabi i Blubek.

– Cześć, stary – powiedział zdyszany Blubek. – Cud, że udało się tu przyjść. Wychowawcy nas pilnują. Nie pozwalają się z tobą spotykać.

– Nikodem mówi wszystkim, że jesteś młodocianym przestępcą – zawołała Gabi. – I że pójdziesz do więzienia.

– Czy ktoś wie, że tu przyszliście? – spytał Kuki.

– Nie. Skłamaliśmy, że idziemy do pielęgniarki – powiedział Blubek. – Ale musimy zaraz wracać. Gadaj szybko, co się dzieje.

– Klon nadal istnieje – wyszeptał Kuki. – Chyba znalazł szachy i odwołał swoje zniknięcie.

– Co!? – jęknął Blubek. – Kuki, chcesz powiedzieć, że w hotelu grasuje klon, ma magiczną moc i chce nas wykończyć?

– Nie wiem, gdzie on teraz jest – powiedział ponuro Kuki. – Ale to on rozwalił lustra i okradł kawiarnię. A jeśli znalazł magiczne szachy, to może zrobić wszystko. Wywołać trzęsienie ziemi albo odpalić bombę atomową!

– Co my teraz zrobimy? – szepnął Blubek. Był autentycznie przerażony.

Milczeli. Wreszcie odezwała się Gabi.

– Najpierw musimy ustalić kod prawdy.

– Jaki kod? – zdziwił się Kuki.

– Teraz jest dwóch Kukich. Więc zawsze musimy sprawdzić, czy jesteś prawdziwy. Inaczej ten klon znów nas oszuka. – powiedziała Gabi. – Ustalimy hasło. To będzie twój PIN kod. Powiesz to hasło przy każdym spotkaniu, wtedy będziemy wiedzieć, że jesteś autentyk, a nie podróbka.

Kuki spojrzał z podziwem na Gabi.

– Super pomysł. Jakie damy hasło?

Zastanowili się.

– Już wiem – zawołała Gabi – „pyszne naleśniki". To moja ulubiona potrawa.

– To jest dziecinne – mruknął Blubek.

– Nie szkodzi – powiedziała Gabi. – Grunt, że drugi Kuki nie zna hasła.

– Nie nazywaj tego oszusta „Kuki"! Proszę cię – zawołał Kuki.

– A jak go mam nazywać?

Kuki się zastanowił.

– Może Ikuk.

– Czemu Ikuk? – zdziwił się Blubek.

– Bo to jest moje imię czytane od tyłu. A ten klon jest moją odwrotnością.

– Dobra, będziemy tego drania nazywać Ikuk – powiedział Blubek.

– Co robimy dalej? – spytała Gabi.

– Trzeba iść do latarni morskiej – powiedział Kuki. – Sprawdzić, czy Ikuk tam jest. I odzyskać magiczne szachy.

– Kiedy chcesz tam iść?

– Dziś w nocy.

– To jest diabelnie niebezpieczne – szepnął Blubek. – Jeśli klon ma magiczną moc, to może nas wykończyć. Może już zrobił się niewidzialny i nas podsłuchuje.

Rozejrzeli się niespokojnie. Blubek szybko przyniósł ręcznik z łazienki. Zaczął nim wymachiwać, żeby sprawdzić, czy ktoś niewidzialny nie stoi w pokoju.

– Chyba go tu nie ma.

– Trzeba odzyskać szachy – powiedział stanowczo Kuki – więc musimy zaryzykować i tam iść. Pójdziemy w nocy. Może on wtedy będzie spać.

– Gdzie się spotkamy?

– W parku przy lodziarni. O północy.

– Rany. A jak go zobaczymy o dwunastej zmienionego w jakiegoś upiora...? Już się boję – westchnął Blubek.

– Jak on nas zobaczy, to dopiero będziemy się bać – szepnęła Gabi. – Trzymaj się, Kuki.

Pobiegli do swoich pokojów, a Kuki starannie zamknął drzwi.

Wieczorem Kukiego odwiedziła wychowawczyni. Przyniosła mu kolację: dwie kanapki, jabłko i ciepłą herbatę. Nie próbowała rozmawiać o zdarzeniach w wesołym miasteczku. Powiedziała tylko, że wciąż nie może się dodzwonić do jego rodziców.

– Nie będziesz się bał sam spać w pokoju? – spytała.

Kuki pokręcił głową.

– Kuki... Gdyby coś się działo, dzwoń do mnie. Tu masz numer do mojego pokoju. – Położyła karteczkę pod hotelowym telefonem. – Dobranoc, Kuki.

Pani Szulc wyszła.

Kuki chciał nastawić budzik w komórce. Ale zobaczył ze zdziwieniem, że w sklonowanym telefonie zegar chodzi do tyłu! Odłożył go i starał się nie zasnąć.

Zapadł zmrok. Kuki wpatrywał się w okno, za którym rysowała się sylweta latarni morskiej, ledwo widoczna w ciemnościach. Martwił się, jak zareagują rodzice, kiedy się dowiedzą, że wyrzucono go z obozu. Miał nadzieję, że mu uwierzą, kiedy o wszystkim opowie. Ale najważniejsze było odnalezienie klona. Przecież nie mógł pozwolić, żeby po świecie chodził drugi Kuki, który robi tak straszne rzeczy.

Kuki pomyślał o Budyniu. Wczoraj zapomniał do niego zadzwonić. Chwycił sklonowany telefon. Przystawił go do lustra i wybrał numer Psiego Raju. Tym razem odezwał się ludzki głos.

– Halo – mruknęła kobieta w słuchawce.

– Chciałbym rozmawiać z moim psem Budyniem.

– Chyba trochę późno na telefony? Ile ty masz lat?

– Nieważne. Chcę rozmawiać z moim psem. Jest w klatce lux numer 13.

– No dobrze. Łączę.

Zabuczał sygnał, a potem komputerowy głos powiedział: „Po sygnale możesz mówić do swojego psa. Pik. Pik”. Kuki wyszeptał:

– Cześć, Budyń. To ja, Kuki. Mam kłopoty. Chyba wyrzucą mnie z obozu za coś, czego nie zrobiłem. Więc może zobaczymy się wcześniej. Chyba że zamkną mnie w poprawczaku, wtedy zobaczymy się za parę lat. Trzymaj się, Budyń. Zadzwonię jutro. Cześć.

Kuki rozłączył rozmowę.

Czas wlókł się niemiłosiernie. O jedenastej Kuki był już tak śpiący, że zaczął chodzić po pokoju, żeby nie usnąć. Krążył między drzwiami a oknem. W końcu zmęczony usiadł na fotelu.

Zaczął bić zegar na latarni morskiej. Dwanaście powolnych uderzeń odbijało się ponurym echem w parku. Było bardzo ciemno. Trochę światła padało tylko z okien hotelu. Blubek i Gabi czekali przed budynkiem lodziarni. Kuki się spóźniał.

– Dlaczego go nie ma? – spytała zaniepokojona Gabi.

– Może zaspał? – mruknął Blubek.

– A może...?

– Co?

– Może ten klon coś mu zrobił? – szepnęła Gabi.

– Poczekajmy jeszcze minutę. Potem pójdziemy do jego pokoju.

Minuta minęła i Kuki nie przyszedł. Gabi i Blubek już mieli ruszyć do hotelu, kiedy usłyszeli kroki. Ktoś nadchodził.

Ukryli się w bramie lodziarni. Kroki się zbliżały. Blubek wyjrzał ostrożnie i odetchnął z ulgą. To szedł Kuki.

Gabi i Blubek podbiegli do przyjaciela.

– Cześć, Kuki, czemu się spóźniasz? – szepnął Blubek.

– Budzik nie działa w telefonie i zaspałem – powiedział Kuki i ziewnął.

– No dobra, idziemy!

– Zaraz – powiedziała Gabi. – A hasło?

Kuki spojrzał zaskoczony.

– Co?

– Kod prawdy!

Kuki patrzył niepewnie.

– No co, Kuki, zapomniałeś? – zaśmiał się Blubek. – Musisz powiedzieć hasło.

– Ach tak! Hasło! Już mówię. – Kuki zmarszczył czoło. – To były... No... No te...

Blubek i Gabi przestali się uśmiechać, patrzyli na Kukiego podejrzliwie.

– Nie gapcie się tak na mnie! – zawołał Kuki. – Po prostu zapomniałem...

– Kuki, musisz powiedzieć hasło – powiedział twardo Blubek. – Inaczej będziemy myśleć, że jesteś klonem.

– Blubek, nie stresuj mnie! Chwila...

– Nie znasz hasła? – spytała cicho Gabi. Patrzyła na Kukiego nieufnie.

– Znam! Zaraz sobie przypomnę! – wołał Kuki. – Ile razy mogę się pomylić? Trzy?

Blubek i Gabi nie odpowiedzieli. Patrzyli na niego coraz bardziej podejrzliwie.

– Już wiem! – krzyknął Kuki. – To było coś do jedzenia... Jajecznica?

Gabi i Blubek milcząco pokręcili głowami.

– Nie jajecznica? Wiem! To była pomidorówka, zupa pomidorowa! Tak?

– Nie – mruknął Blubek.

On i Gabi zaczęli się cofać.

– Chwila, poczekajcie! To naprawdę jestem ja… Prawdziwy Kuki! Po prostu zapomniałem tego przeklętego hasła. Jak jestem śpiący, to wszystko mi się myli… Zaraz sobie przypomnę… Już wiem! To były pyszne…

Gabi i Blubek zatrzymali się i patrzyli na niego uważnie.

– Co pyszne? – spytała Gabi.

– Pyszne… ciastka. Dobrze?

– Niedobrze… – powiedziała Gabi.

Blubek zacisnął pięści, gotów do walki. Szepnął:

– Gabi, to jest klon. Ja go złapię, a ty spróbuj związać…

– Dobrze… – Gabi zaczęła wyciągać linkę z kaptura bluzy.

– Wiem! – zawołał Kuki. – To była pyszna pizza… Chociaż nie! Nie! Odwołuję. To było coś na literę n…

Asceza – praktykowanie dobrowolnego wyrzeczenia się pewnych dóbr i wartości i aktywności życiowych w celu osiągnięcia świętości i doskonałości duchowej i zbawienia.

Blubek i Gabi okrążali Kukiego. Blubek zbliżał się z prawej, a Gabi z lewej. Gabi miała w ręku linkę.

– Czekajcie... – zawołał Kuki. – Zaraz sobie przypomnę...

– Wiąż go! – wrzasnął Blubek i skoczył na Kukiego.

Złapał go za ręce, a Gabi zarzuciła mu pętlę na ramiona. W tym momencie Kuki krzyknął:

– Już wiem! Naleśniki! Pyszne naleśniki! Py-szne na-le-śniki!!!

Kuki i Gabi odetchnęli z ulgą.

– Dobrze. Kod przyjęty... – powiedział Blubek.

– Uff... Ale nas nastraszyłeś, Kuki – szepnęła Gabi, zdejmując pętlę z ramion Kukiego.

– Przepraszam, ale wszystko mi się pokręciło... Teraz już będę pamiętać... Pyszne naleśniki... Dobra. Idziemy!

Ruszyli przez ciemny park w stronę wieży. Kiedy odeszli, jakaś sylwetka wychyliła się zza lodziarni. Klon patrzył za odchodzącymi. Potem ruszył za nimi, kryjąc się za drzewami.

Kuki, Gabi i Blubek szli szybko, ziewając co jakiś czas. Dotarli do latarni morskiej. Czarna skała z wysoką wieżą wyglądała w nocy jeszcze groźniej. Morze huczało poniżej urwistego brzegu.

Kuki ostrożnie nacisnął klamkę w drzwiach latarni. Drzwi otworzyły się, skrzypiąc złowieszczo. Weszli ostrożnie do wnętrza i zamknęli za sobą drzwi. Blubek zapalił latarkę.

– Zgaś! – szepnął Kuki.

– Czemu? – spytał Blubek.

– Magia działa w zasięgu wzroku. Jeśli on zdobył szachy, to lepiej, żebyśmy nie byli widoczni.

– Racja.

Blubek wyłączył latarkę. Po omacku doszli do schodów i zaczęli się wspinać. Starali się iść cicho. Nie było to łatwe w kompletnych ciemnościach. Co chwila potykali się na krętych schodach albo wpadali na siebie. W końcu wdrapali się na szczyt wieży. Kuki wysunął głowę przez otwór w podłodze i zajrzał do sali zegarowej.

– Nie ma go – szepnął Kuki.

– To włazimy.

Weszli do sali. Nagle coś zaszeleściło.

– Uwaga… Ktoś tam jest!

– Spokojnie. To ptaki…

Kilka ptaków poderwało się z belki pod stropem i wyfrunęło przez otwarte okno.

– Gdzie ukryłeś te szachy? – spytała Gabi.

– W zegarze. Chodźcie...

Podeszli do mechanizmu zegara. Kuki odsunął kratę. Wtedy coś stuknęło i nagle salę zalało silne światło.

– Co to jest? – zawołał przestraszony Blubek.

– Spokojnie. To reflektor latarni morskiej. Włącza się co jakiś czas.

Światło ułatwiło im poszukiwanie szachów.

– Widzę je... – szepnął Blubek. – Są rozsypane na podłodze. To znaczy czarne figury.

– Białe są w szkatułce – powiedział Kuki. – Czarne się wysypały.

– Ale to znaczy, że klon ich nie znalazł.

– Jedną figurę musiał znaleźć, bo inaczej by nie istniał.

Szachy były wciśnięte głęboko pod zegar. Zbyt daleko, by sięgnąć ręką.

– Jak my je wyjmiemy? – spytał Blubek.

– Trzeba się tam wczołgać – mruknął Kuki.

– Gabi, ty tam wejdź – szepnął Blubek – Jesteś najcieńsza.

– Dobra – powiedziała Gabi, chociaż bez entuzjazmu, bo po podłodze biegały pająki.

Położyła się i wpełzła pod mechanizm zegara. Wewnątrz było mnóstwo kół zębatych i dziwnych urządzeń. Gabi czołgała się między nimi, myśląc, że dawne zegary były naprawdę skomplikowane. Wyciągnęła białą szkatułkę i podała ją Kukiemu.

– Teraz pozbieram czarne – szepnęła.

Gabi powtórnie wczołgała się pod mechanizm. Zaczęła zbierać czarne figury i wkładać je do czarnej szkatułki. Wszędzie wisiały pajęczyny. Włochate pająki przyglądały się jej łakomie, jakby była smaczną muchą. Kiedy Gabi podnosiła czarne figury, czuła coś dziwnego. Niemiły dreszcz. Jakby w czarnych figurkach był jakiś prąd albo jad, który parzył w dłonie. W końcu ułożyła w szkatułce wszystkie czarne szachy, które znalazła. Już chciała się wyczołgać, kiedy zobaczyła jeszcze jednego czarnego pionka. Potoczył się pod najdalszą część mechanizmu.

Gabi wyciągnęła rękę i z trudem go wyłuskała. Zaczęła się czołgać z powrotem, trzymając w jednej ręce szkatułkę, a w drugiej czarnego pionka. Zahaczyła o ogromną pajęczynę. Wielki pająk spadł jej na głowę i uciekł, przebiegając po policzku. Gabi się wzdrygnęła.

– Wolałabym się już stąd wydostać – szepnęła.

TRACH! Czarny pion w dłoni Gabi zapłonął. Dziewczyna krzyknęła i wypuściła go. Mechanizm zegara nagle przyspieszył. Zębate koła zaczęły się obracać jak szalone i wielkie wskazówki zegara zawirowały. Zegar zaczął bić. Jednocześnie powiał gwałtowny wiatr. Porwał Gabi. Dziewczyna ścisnęła czarną szkatułkę, drugą ręką próbując czegoś się chwycić, jednak uderzenie wichury wypchnęło ją spod zegara.

– Gabi! – Kuki próbował złapać jej rękę, ale niesamowity wiatr uniósł dziewczynę i pchnął w stronę okna.

Gabi, krzycząc przeraźliwie, wyfrunęła z wieży. Zobaczyła w dole park, przeleciała nad nim i po minucie wylądowała na brzegu morza. Przejechała po piasku jak zwariowane sanki i zatrzymała się przy samej wodzie.

Oszołomiona powoli dochodziła do siebie. Poza kilkoma zadrapaniami nic jej się nie stało. W dłoniach wciąż ściskała szkatułkę z czarnymi szachami.

Powoli uklękła na piasku. Nie mogła wstać, bo strasznie kręciło jej się w głowie. Usłyszała kroki. Zobaczyła, że biegnie do niej Kuki.

– Widziałeś to!? – zawołała Gabi. – Niechcący wypowiedziałam życzenie i zaraz pofrunęłam... Ale miałam lądowanie!

Chłopak podszedł bliżej.

– Daj mi szachy – powiedział.

– No wiesz, Kuki! Martwisz się tylko o szachy, a o mnie wcale? – zawołała oburzona Gabi. – Omal przez te szachy się nie zabiłam!

– Daj mi je! – powtórzył chłopak.

Gabi już miała podać mu szkatułkę z czarnymi figurami, ale cofnęła ręce.

– Najpierw podaj hasło – powiedziała ze złością.

Chłopak bez wahania odpowiedział:

– Pyszne naleśniki.

– No dobrze. Bierz.

Gabi podała mu czarną szkatułkę. Chłopak schwycił ją gwałtownie i natychmiast odbiegł.

– Ej... Kuki... Dokąd idziesz? Może byś pomógł mi wstać, co?

Kuki nie odpowiedział. Zniknął już w ciemnościach.

Gabi była zła, że Kuki wcale się o nią nie martwi. Z trudem wstała z piasku. Miała obtarte kolana, podrapane dłonie i wciąż kręciło jej się w głowie. Ruszyła w stronę latarni morskiej. Po paru krokach usłyszała wołanie:

– Gabi!

Plażą biegli Blubek i Kuki. Blubek niósł białą szkatułkę.

– Gabi, nic ci się nie stało? – wołał Kuki. – Jesteś cała?

– Nagle zacząłeś się o mnie martwić? – mruknęła Gabi. – Przed chwilą wcale cię nie obchodziłam.

Kuki spojrzał na nią zdziwiony.

– Martwiłem się o ciebie cały czas. Szukaliśmy cię wszędzie. Nic sobie nic zrobiłaś?

Gabi nie odpowiedziała. Patrzyła na Kukiego niepewnie.

– A gdzie są czarne szachy? – spytał Kuki.

– Szachy…? – spytała Gabi. Była coraz bardziej wystraszona. – Przecież ty je zabrałeś!

– Ja? – zdziwił się Kuki.

– Dałam ci je przed chwilą!

– Mnie? Gabi, o czym ty mówisz?

Gabi patrzyła na Kukiego rozszerzonymi ze strachu oczyma.

– Kuki, nie żartujesz? Nie brałeś ode mnie czarnych szachów? – szepnęła.

– Nie…

– To znaczy, że Ikuk je zabrał! – jęknęła Gabi. – Klon ma te szachy. Ukradł je!

– Co!? – krzyknęli Kuki i Blubek.

– Minutę temu przyszedł do mnie klon – wyszeptała Gabi. – Myślałam, że to ty, i dałam mu szkatułkę z czarnymi szachami.

– Czemu nie spytałaś go o hasło!? – krzyknął Blubek.

– Spytałam. I on je znał. Powiedział prawdziwe hasło.

Pędzili przez plażę, starając się kryć za skałami. Kuki zatrzymał się obok magazynu łodzi.

– Tu się schowamy!

Wbiegli do wnętrza, zatrzaskując drzwi. Oddychali ciężko. Wiedzieli, że klon zyskał straszliwą moc. Teraz miał czarne szachy i mógł zrobić każdą złą rzecz! Czar działał w zasięgu wzroku, więc odtąd musieli kryć się przed jego spojrzeniem. Ale była to słaba nadzieja. Przecież Ikuk mógł wywołać tsunami. Albo wyczarować armię potworów.

– Nie złośćcie się na mnie – wyszeptała Gabi. – Naprawdę myślałam, że to był Kuki. On znał hasło.

– Drań musiał nas podsłuchać – powiedział Blubek.

– Zrobiłam straszna głupotę – westchnęła Gabi.

– To nie twoja wina, tylko moja – powiedział ponuro Kuki. – Ja stworzyłem klona, więc to wszystko moja wina…

– Co teraz będzie?

Kuki milczał. Wreszcie powiedział cicho i bardzo poważnie:

– Teraz będzie pojedynek.

– Pojedynek?

– On ma czarne szachy, a my białe – szepnął Kuki. – Każdy z nas ma moc magiczną. Więc zacznie się pojedynek. On jest zły i nienawidzi mnie, więc nie będzie remisu. Jeden z nas musi przegrać.

Postanowili, że spędzą noc wspólnie, ukryci w magazynie łodzi. Było tu zimno, śmierdziało rybami i oczywiście nie było łóżek. Ale wydało im się to bezpieczniejsze niż powrót do hotelowych pokojów. Przecież klon wiedział, gdzie mieszkają, więc mógł ich tam dopaść! Zdecydowali, że będą kolejno pełnić wartę. Wartownik miał trzymać w dłoni szachowego pionka. W ten sposób mógł natychmiast wykonać obronny czar, gdyby klon próbował się tu wedrzeć. Pierwszy na straży stanął Blubek. Kuki i Gabi położyli się w łódce, pełnej sieci rybackich. Przykryli się jakąś brudną płachtą, chyba starym żaglem. Gabi szepnęła:

– Kuki... Nie martw się tak bardzo. My będziemy razem z tobą. Będziemy ci pomagać. Zobaczysz, że jakoś uda się to rozwiązać...

Kuki nie odpowiedział. Wtedy Gabi wysunęła rękę i lekko pogłaskała go po głowie, zupełnie jak jego mama, kiedy pocieszała go w kłopotach. Kuki nic nie powiedział, ale poczuł się trochę lepiej.

Byli tak zmęczeni, że zasnęli niemal natychmiast. Blubek usiadł na podłodze, oparty o drzwi. W ten sposób, nawet gdyby zasnął, obudziłby się, gdyby klon usiłował wejść. W dłoni Blubek ściskał białego pionka. Szkatułka z szachami leżała ukryta w łodzi, pod głową Kukiego.

Nadszedł ranek, zegar na wieży wybił ósmą i uczestnicy obozu zaczęli schodzić do jadalni na śniadanie. Wychowawczyni poszła na trzecie piętro. Zapukała do pokoju Kukiego. Nikt nie odpowiedział. Otworzyła drzwi i zajrzała. Kukiego w pokoju oczywiście nie było. Pani Szulc popędziła do jadalni, łudząc się, że chłopak samodzielnie tam poszedł. Ale w jadalni Kukiego także nie było. Brakowało też Gabi i Blubka. Wychowawczyni podbiegła do stołu, przy którym siedzieli Nikodem i Zula.

– Wiecie, gdzie oni są? – spytała niespokojnie.

– Gabi gdzieś w nocy polazła – wyseplenila Zula z ustami pełnymi ciasta. – Rano jej nie było.

– Blubek też wyszedł w nocy – powiedział Nikodem. – Mówiłem mu, że to niedozwolone, ale powiedział, że mam się zamknąć. – Nikodem przysunął głowę bliżej nauczycielki i wyszeptał: – Oni chyba uciekli z obozu, razem z Kukim.

– Skąd to wiesz? – spytała nerwowo pani Szulc.

– Słyszałem, jak się namawiali…

– Boże… Sprawdźcie, czy nie ma ich gdzieś w parku.

– Zaraz będzie moja ulubiona sałatka z kurczaka! – zaprotestowała Zula.

– Odłożymy wasze porcje. Proszę was, poszukajcie ich.

Zula i Nikodem niechętnie wstali. Zula wzięła wielką bułę z górą nutelli i wyszli.

Kuki, Gabi i Blubek, zmęczeni nocnymi przeżyciami, wciąż spali w magazynie łodzi. Jako ostatni pełnił wartę Kuki. Zasnął dopiero nad ranem, oparty o drzwi. W dłoni ściskał białego pionka.

Z okna na szczycie latarni morskiej wychylił się Ikuk. Patrzył uważnie na hotel. W dłoni trzymał czarną figurę. Nagle uniósł rękę i coś wyszeptał. Szachowy koń zapłonął i wystrzelił iskrami jak fajerwerk. Po chwili z okna wyfrunął dziwny przedmiot. Była to szklana butla. Naczynie jak dziwaczny balon unosiło się w powietrzu. W jego wnętrzu bulgotał jakiś płyn. Nagle butla zakręciła się i poleciała w stronę hotelu.

W hotelowej kuchni kucharka szykowała sałatkę z kurczaka na słodko. Było to ulubione danie wszystkich uczestników obozu. Na kawałkach kurczaka leżały cząstki brzoskwiń i mandarynek. Kucharka polewała je słodkim sosem sezamowym. Była tak zaabsorbowana, że nie usłyszała cichego skrzypnięcia. Okno za jej plecami otworzyło się i do kuchni wleciała pękata szklana butla. Unosiła się nad jej głową jak balon. W naczyniu wrzał i parował czarny płyn. Kucharka niczego nie dostrzegła. Nucąc wesoło, pobiegła w głąb kuchni. Butla pofrunęła nad stół, przechyliła się i krople czarnego płynu zaczęły kapać do talerzy z sałatką. Butla fruwała nad stołem i czarna ciecz wlewała się kolejno do wszystkich porcji sałatki. Tam gdzie płyn kapnął, rozlegał się dziwny dźwięk, jakby pianie koguta. Po chwili wszystkie sałatki były oblane czarnym sosem, a butla wyfrunęła przez okno.

Wróciła kucharka, ciągnąc metalowy wózek. Ułożyła na nim talerze z sałatką i ruszyła do jadalni.

Nikodem i Zula szli przez park, bezskutecznie szukając Blubka i Gabi.

– Co za beznadziejny obóz – narzekała Zula. – Każą nam szukać jakiś kretynów, kiedy na śniadanie jest super sałatka.

– Oni na pewno coś ukradli i uciekli – mruknął Nikodem. – Sprawdziłem swoje rzeczy i wydaje mi się, że zginęła jedna skarpetka. To skandal, że pozwalają tu przyjeżdżać młodocianym przestępcom. Zapisałem się na obóz szachowy. A to jest chyba obóz dla gangsterów. Powiem tacie, żeby mnie stąd zabrał.

– Zachowuj się ohydnie, to cię wyrzucą – powiedziała Zula. – Ja zawsze tak robię. Mogę cię nauczyć ohydnego bekania. Za to na sto procent wywalają.

Nikodem i Zula podeszli do magazynu łodzi.

– Jak tu ich nie ma, to wracam. Niech wychowawczyni sama szuka tych kretynów – mruknęła Zula i pchnęła drzwi.

Rozległ się okrzyk:

– Uwaga!

To Kuki, gwałtownie obudzony, zerwał się, krzycząc ostrzegawczo. Blubek i Gabi też się obudzili. Kuki uniósł rękę z białym pionkiem. Niewiele brakowało, a zmieniłby Zulę i Nikodema w karaluchy. Na szczęście w ostatniej chwili poznał, że to oni.

– Spaliście tu? – zdziwiła się Zula. – Przecież tu śmierdzi.

Gabi, Blubek i Kuki patrzyli na nią trochę nieprzytomnie. Gwałtownie wyrwani ze snu, powoli dochodzili do siebie. Blubek ziewał i drapał się po głowie, Gabi przecierała oczy. Kuki zerknął przez otwarte drzwi, sprawdzając, czy gdzieś nie czai się klon.

– Pani kazała wam przyjść na śniadanie – powiedział Nikodem. – Natychmiast!

– Powiedz, że zaraz przyjdziemy.

– Mamy was przyprowadzić.

– Kuki, co robimy? – spytała szeptem Gabi. – Nie możemy wyjść na odsłonięty teren, bo klon nas zaatakuje.

– Może zmienimy się w niewidzialnych? – zaproponował Blubek.

– Musimy oszczędzać figury – szepnął Kuki. – Mam inny pomysł. – Podszedł do łódki leżącej dnem do góry. – Właźcie tu!

Nikodem i Zula patrzyli zdumieni, jak Kuki, Gabi i Blubek wpełzają pod łódkę. Cała trójka jednocześnie wstała, unosząc łódź. Ruszyli do wyjścia, schowani pod łódką jak żółw pod skorupą. Spod łodzi wystawały tylko ich nogi.

– Zwariowaliście? Co wy robicie!? – krzyknął Nikodem.

Kuki, Gabi i Blubek nie odpowiedzieli. Wyszli na drogę i osłonięci łodzią, zaczęli dreptać w stronę hotelu.

– To są psychole! – zawołała Zula. – Mają kompletnego świra. Porąbani ludzie! Idę na śniadanie.

Pobiegła do hotelu. Nikodem popędził za nią. Kuki, Blubek i Gabi nie zwracali na nich uwagi. Ukryci w łodzi jak w czołgu, dreptali powoli w stronę hotelu. Co jakiś unosili łódź i wyglądali, sprawdzając, czy idą we właściwym kierunku.

Kucharka wjechała do jadalni z wózkiem pełnym talerzyków z sałatką. Rozległ się pomruk pełen uznania. Sałatka cudownie pachniała i równie pięknie wyglądała. Dwoje uczniów pomagało roznosić talerze. Potem wszyscy chwycili widelce i zaczęli zajadać. Nawet wychowawcy na chwilę zapomnieli o zaginionych dzieciach i też pałaszowali pysznego kurczaka na słodko. Przy osobnym stole siedzieli wszyscy pracownicy hotelu. Oni także się zajadali, a największą porcję dostał dyrektor.

Nagle gwar w sali umilkł. Zapadła kompletna cisza. Jedzący znieruchomieli. Zastygli z widelcami w rękach. A potem… BRZĘK! TRACH! PRASK! Widelce wypadły im z rąk.

W tym momencie do jadalni wbiegli Zula i Nikodem. Popędzili do pani Szulc.

– Proszę pani… – wołała Zula. – Znaleźliśmy ich, ale oni nie chcą…

Przerwała, bo pani Szulc wyglądała jakoś dziwnie. Siedziała zupełnie nieruchomo i patrzyła jak zahipnotyzowana.

– Co jest grane…? – mruknęła niepewnie Zula.

Pani Szulc próbowała odpowiedzieć, ale poruszała tylko bezgłośnie ustami. Aż nagle się odezwała. Jednak zamiast mówić ludzkim głosem, zaczęła gdakać!

Zula i Nikodem patrzyli osłupiali na nauczycielkę, która gdakała jak zwariowana kura. Po sekundzie siedzący obok wychowawca zapiał jak kogut. A potem wszyscy na sali zaczęli gdakać i piać jak stado kur i kogutów.

– Kupa kretynów! – jęknęła Zula. – Od początku wiedziałam, że to jest porąbany obóz…

Tymczasem uczestnicy obozu gdakali i piali coraz głośniej. W dodatku zaczęli wymachiwać rękoma. Najgłośniej gdakała wychowawczyni. Nikodem patrzył na nią oszołomiony. W końcu wyjęczał:

– Wychowawcy nie powinni się tak zachowywać. To jest niezgodne z regulaminem…

Nie skończył, bo zaczęło się dziać coś jeszcze dziwniejszego. Absolutnie niesamowitego! Oto wszyscy, którzy zjedli fatalną sałatkę, zaczęli się zmieniać w kury lub koguty. Obrastali w pióra, ich ręce zmieniały się w skrzydła, a stopy w kurze łapki. Jednocześnie wszyscy zmniejszali się, kurczyli...

Zula i Nikodem patrzyli na to kompletnie oniemiali.

„Chodząca łódka" dotarła wreszcie do drzwi hotelu. Kuki, Blubek i Gabi położyli ją na schodach. Wysunęli głowy, sprawdzając, czy nie widać gdzieś klona. Potem wypełzli spod łódki i błyskawicznie wbiegli do hotelu.

W holu było pusto, ale z jadalni dochodziły dziwne odgłosy. Kuki dał znak przyjaciołom. Zaczęli się skradać do drzwi jadalni. Uchylili je i ostrożnie zajrzeli.

– O rany – jęknął Blubek.

W środku było stado kur i kogutów. Dreptały po stołach, dziobiąc chleb. Kury gdakały przeraźliwie. Koguty piały. Widok był niesamowity.

Kuki, Gabi i Blubek, zapominając o zagrożeniu, wbiegli do jadalni. Przyjrzeli się z bliska ptakom i krzyknęli ze zdumienia. Bo kury miały ptasie skrzydła i dzioby, ale oczy ludzkie. Bez trudu rozpoznali kierownika hotelu, zamienionego w koguta w krawacie, i instruktora, pana Kovacza, który miał długie siwe pióra. Poznali też panią Szulc, bo miała okulary na dziobie. Zmieniona w kurę nauczycielka zagdakała głośno, machając gwałtownie skrzydłami. Wyglądało na to, że jest niezadowolona, czemu trudno się było dziwić.

– O rany – jęknęła Gabi. – Ten wredny Ikuk zmienił wszystkich w drób.

– Uciekajmy, bo nas też zamieni! – wrzasnął Blubek i rzucił się do drzwi.

Kuki się nie ruszył. Stał jak zahipnotyzowany.

– Kuki... Musimy uciekać! – krzyknęła Gabi. – Tu jest niebezpiecznie. Potem ich odczarujemy, o ile to w ogóle możliwe...

W tym momencie wychowawczyni zagdakała ostrzegawczo. Jednocześnie poruszyła się serweta. Kuki i reszta odskoczyli wystraszeni. Serweta uniosła się powoli i spod stołu wypełzli Zula i Nikodem. Byli przerażeni.

– O-o-oni... zmienili się w kury – wyjąkała Zula. – Zjedli sałatkę i zmienili się... Widzieliśmy to...

– To jest niezgodne z regulaminem – wyjęczał Nikodem z obłędem w oczach.

Oboje wyglądali, jakby mieli zaraz zemdleć.

– Musimy stąd uciekać! – krzyknął do nich Blubek.

Nikodem i Zula nawet nie drgnęli.

– Chodźcie... Szybko! Chyba że chcecie być kurczakami!

Blubek złapał za rękę Nikodema, a Gabi pociągnęła Zulę. Wywlekli ich siłą z jadalni i popędzili wszyscy na drugie piętro hotelu. Wpadli do ośmiokątnej sali ćwiczeń. Zamknęli drzwi na klucz i zaciągnęli wszystkie zasłony na oknach. Padli na krzesła, dysząc ciężko. Przez chwilę nikt się nie odzywał.

Pierwsza odzyskała siły Zula. Zaczęła się histerycznie wydzierać.

– Gadajcie, co tu jest grane! – wrzeszczała. – Mówcie, co się dzieje na tym porąbanym obozie!

– To na pewno wasza wina – wyjęczał Nikodem. – Przyznajcie się! To przez was nasza pani zmieniła się w kwokę!

Kuki zerknął na Blubka i Gabi.

– Powiemy im prawdę? – spytał szeptem.

– Chyba nie ma wyjścia – westchnęła Gabi.

Kuki odwrócił się do Nikodema i Zuli.

– Okej, powiem wam, co się tu dzieje. Słuchajcie uważnie, bo od tego może zależeć wasze życie.

Klon wspiął się po drabinie do małego okienka w dachu latarni morskiej. Otworzył je i wysunął głowę ponad dach. Widział stąd całą wyspę. Nic nie przesłaniało widoku. Ikuk podniósł dłoń z czarną figurą i cicho wypowiedział rozkaz. Mówił powoli, obracając głowę tak, by jego wzrok omiótł całą wyspę i morze. Gdy skończył, czarna figura zapłonęła. Klon rzucił ją do morza. Woda zakotłowała się, jakby przypłynęły jakieś wielkie stworzenia.

– Jaja sobie robicie!? – krzyknęła Zula, kiedy Kuki zakończył wyjaśnienia. – Myślicie, że uwierzę w durne bajeczki? Krwiożerczy klon! Magiczne szachy? Może jeszcze Harry Potter przyleci na odkurzaczu?

– Przecież widzieliście, jak oni zmienili się w kury – mruknął Blubek. – To właśnie tak działa.

– Wszystko, co powiedział Kuki, jest prawdą – powiedziała Gabi. – Jesteśmy w dużym niebezpieczeństwie. Wszyscy!

Zula milczała ponuro. Sytuacja ją przerastała. Nie mieściła się jej w głowie.

Odezwał się Nikodem:

– To wszystko wasza wina! – krzyknął histerycznie. – Zrobiliście tu jakiś horror. Ja nienawidzę horrorów. Mam dosyć tego głupiego obozu! Wracam do domu!

Nikodem zerwał się z krzesła i popędził do drzwi. Zanim go zatrzymali, wybiegł z sali.

– Ja też stąd spierniczam! – zawołała Zula i popędziła za Nikodemem.

Kuki chciał biec za nimi, ale Blubek go zatrzymał.

– Zostaw ich. Klon poluje na nas, a nie na nich. Może im się uda uciec. Choć raczej się nie uda...

Nikodem biegł drogą w stronę mostu. Zula go dogoniła. Razem zbiegli ze wzgórza i weszli na most, łączący wyspę z lądem. Był długi, drewniany, oparty na grubych palach. Zula i Nikodem ruszyli na drugi brzeg. Po paru krokach wydało im się, że most drgnął. Wyraźnie się poruszył... Zaczęli iść szybciej. Doszli do połowy i zatrzymali się, bo most zaczął podskakiwać, jak żywe stworzenie! Dochodziły spod niego niezwykłe odgłosy. Dziwne chrupanie i zgrzyty.

– Co jest grane...? – mruknęła niepewnie Zula.

Most dygotał coraz mocniej.

– Le-lepiej wracajmy – wyjąkał przestraszony Nikodem.

– To sobie idź. Ja nie wracam na ten debilny obóz...

Zula zdecydowanie ruszyła przed siebie. W tym momencie coś trzasnęło i kawał mostu przed nią runął do morza. Zula i Nikodem niepewnie podeszli do wyrwy. Spojrzeli w wodę i krzyknęli. W morzu roiło się od olbrzymich ryb. Miały paszcze z ogromnymi zębami.

– Rekiny! Żarłacze! – jęknął Nikodem, który był dobry z biologii.

Ale to nie były zwyczajne rekiny. Miały stalowe ciała i zęby z błyszczących diamentów. Przerażeni Zula i Nikodem zobaczyli, że stalowe ryby zjadają przęsła mostu. Kruszyły drewno w potężnych szczękach. Mieliły je na wióry! Trach! Trach! Kolejna część mostu runęła do wody. Potem następna. Ryby pożerały most w mgnieniu oka!

– Uciekajmy!

Zula i Nikodem odwrócili się i pognali z powrotem na wyspę. Most pękał i walił się do wody. Biegnący przeskakiwali wyrwy i dziury. Cudem omijali zęby ryb wyskakujących z wody, by pochwycić ich stopy. Byli kilka kroków od brzegu, kiedy reszta mostu runęła do morza. Wraz z mostem wpadli do wody Nikodem i Zula.

Na szczęście było tu płytko. Wyrywając stopy z mulistego dna, wydostali się na wyspę. Upadli na piasek, wyczerpani i ociekający wodą. Stalowe rekiny podpłynęły do samego brzegu. Woda się zakłębiła. Ryby były wszędzie, otaczały wyspę. Rozległ się dziwny dźwięk kruszonych kamieni. A potem huk pękających skał. Zula i Nikodem poczuli, że wyspa drży, porusza się jak żywa istota. Zerwali się i ze zdumieniem zobaczyli, że wyspa płynie! Wyczarowane ryby przegryzły podstawę wyspy! Odcięły ją od dna i wyspa zaczęła odpływać na pełne morze.

– Ona płynie… Wyspa płynie… – jęknął Nikodem. – Już nigdy nie wrócimy do domu.

Zula i Nikodem popędzili do hotelu. A wyspa pchana wiatrem coraz szybciej odpływała od brzegu.

Płynęła jak łódź zerwana z cumy. Stały ląd oddalał się, niknął.

– Czy jesteście pewni, że chcecie z nami zostać?

Nikodem i Zula pokiwali głowami. Siedzieli na podłodze owinięci w koce i dygotali z zimna i strachu. Wyglądało, że już uwierzyli, że na wyspie działa magia.

– W takim razie jesteście częścią naszego oddziału – powiedziała Gabi. – Musicie podporządkować się rozkazom dowódcy.

– A kto jest dowódcą? – spytał Nikodem.

– Musimy go wybrać – powiedział Kuki.

– Ty powinieneś dowodzić! – zawołała Gabi.

Nikt nie zaprotestował.

– Dobrze – zgodził się Kuki. – Będę dowódcą. Mam nadzieję, że was nie zawiodę. – Wstał. – Posłuchajcie. Sytuacja jest bardzo niebezpieczna. Znajdujemy się na wyspie, która płynie przez morze i nie możemy jej zatrzymać. Jesteśmy tu sami, bez dorosłych. Na wyspie jest groźna, zła istota, która ma magiczną moc. Jeśli chcemy się uratować, musimy działać razem.

– Masz rację – szepnęła Gabi. – Co robimy najpierw?

– Trzeba policzyć broń.

– Jaką broń? – spytała Zula.

– Figury szachowe – powiedział Kuki. – One są naszą jedyną bronią.

Otworzył szkatułkę. Białe szachy zalśniły niesamowitym blaskiem. W pokoju zrobiło się jasno, mimo że zasłony były zasunięte.

– O kurczę – szepnęła Zula. – Nieźle to wygląda.

Figur było dwanaście.

– Brakuje konia, wieży i dwóch pionów – zauważył Nikodem, który był bardzo dokładny.

– Tak. Cztery figury zużyliśmy na wcześniejsze czary – wytłumaczył Kuki.

– Jak to: zużyliście?

– Każda figura spala się w trakcie czaru. Czyli możemy wykonać jeszcze dwanaście czarów.

– Ja nic nie rozumiem... – zawołała Zula. Wyciągnęła ze szkatułki pionka i spytała: – Czy to znaczy, że jak powiem: „chcę być chuda", to będę chuda?

– Zula, zamknij się! – wrzasnął Blubek.

Za późno. Czar zaczął działać. Pion zapłonął i wypadł z dłoni Zuli. Jednocześnie dziewczyna zaczęła się wydłużać! Rozciągała się jak guma do żucia! A równocześnie chudła, cieniała jak rozwałkowana plastelina. Wrzeszczała przy tym przeraźliwie, a jej głos też stawał się coraz cieńszy. Wciąż rosła i chudła!

– Zaraz walnie głową w sufit – jęknęła Gabi.

Na szczęście tak się nie stało. Gdy Zula osiągnęła trzy metry, przestała rosnąć. Jednocześnie była straszliwie chuda. Jej nogi były cieniutkie jak makaron spaghetti, a ręce chudziutkie jak ołówki. W pasie miała dziesięć centymetrów albo jeszcze mniej. Jej głowa chwiała się na szyi cienkiej jak łodyga kwiatu. Zula stała się najwyższą i najchudszą dziewczyną na świecie.

– Gdzie jest lustro? Muszę się obejrzeć! – pisnęła Zula.

– Lustro jest przy drzwiach – powiedziała Gabi. – Ale uważaj, żebyś się nie złamała.

Zula pobiegła. Jej pajęcze nogi wyginały się niepokojąco. Stanęła przed lustrem i pisnęła radośnie:

– Ale jestem chuda! Ekstra wyglądam! Super!

– Co teraz z nią będzie?… – spytała szeptem Gabi.

– Nic – powiedział Kuki. – Użyła pionka, więc czar za minutę przestanie działać. Zaraz będzie taka jak dawniej.

– Nie chcę być jak dawniej. Mnie się tak podoba… – piszczała Zula. – Zostanę modelką! Zgłoszę się do *Top model* i…

Nie skończyła. Minuta minęła, coś błysnęło i Zula zaczęła się kurczyć. Zmniejszała się i rozszerzała. Po kilku sekundach stała się taka jak dawniej. Była znów normalnego wzrostu i raczej okrągła.

– Dlaczego to zrobiliście!? – krzyknęła Zula.

– Samo się zrobiło… Czar pionka trwa minutę, rozumiesz? – wyjaśnił Kuki.

– Poza tym zmarnowałaś figurę na głupi numer! – zawołał Blubek.

– Straciliśmy przez ciebie jedną broń – powiedziała surowo Gabi. – Pamiętaj, nigdy więcej nie dotykaj szachów bez rozkazu dowódcy.

– Okej – mruknęła Zula i usiadła z ponurą miną.

– Ustalmy wreszcie jakiś plan – powiedział Blubek. – Powiedz, Kuki, co mamy robić. Ty jesteś dowódcą.

Kuki się zastanowił.

– Najpierw musimy wyczarować mur, który nas zabezpieczy przed atakiem Ikuka. On siedzi w latarni morskiej. Więc musimy oddzielić naszą połowę wyspy.

– Mur to nie jest dobry pomysł – powiedziała Gabi.

– Dlaczego?

– Bo każdy mur można zburzyć.

– Fakt – powiedział Blubek. – Można też przelecieć ponad nim.

– Więc co wyczarować? Płot do nieba?– spytał niepewnie Kuki.

– Ja mam lepszy pomysł – powiedziała Gabi.

Stanęli nad brzegiem morza, ukryci za skałą. Gabi miała w ręku plan wyspy, zabrany z recepcji. W drugiej ręce trzymała szachową figurę – wieżę. Wszyscy patrzyli na Gabi zaciekawieni, bo nie chciała zdradzić, na czym będzie polegał czar.

Dziewczyna wyszeptała rozkaz, przesuwając palcem po mapie dookoła ich części wyspy. Figura zapłonęła. Na trawie pojawiła się cienka kreska, ciągnąca się przez cały park. Ale nic więcej się nie zdarzyło.

– Gabi... Mów, o co chodzi – zawołał Kuki. – Co to za kreska? Co nas będzie chronić?

– Już nas chroni. Teraz nikt nie przejdzie na naszą stronę.

Kuki, Blubek, Nikodem i Zula rozglądali się niepewnie po parku. Nie było widać żadnego muru ani płotu.

– Przecież tu nic nie ma! – zawołał Blubek.

– To rzuć kamień... – zaśmiała się Gabi. – Tylko uważaj!

Blubek niepewnie podniósł kamień i rzucił. Kiedy kamień doleciał do linii granicznej, z ziemi trysnęła woda. Strumień wystrzelił pod straszliwym ciśnieniem, jak gejzer. Uderzył w kamień i odrzucił go. Woda wrzała, syczała para! Linia gejzerów ciągnęła się w poprzek całej wyspy. Nikt nie mógł przekroczyć tej wodnej ściany. Blubek rzucił jeszcze jeden kamień, wyżej, żeby przeleciał ponad nią, ale gejzery natychmiast wystrzeliły jeszcze wyżej i odrzuciły kamień.

Mur wodny przeciął wyspę na pół. Nikt ani nic nie mogło się do nich zakraść. Kuki szepnął:

– Gabi, jesteś niesamowita i...

Nie skończył, bo wodny mur zaczął się nagle zmniejszać. Woda przestała lecieć.

– Co jest grane? – spytał Blubek.

– Nie bójcie się – powiedziała Gabi. – Rozkazałam, aby to działało tylko wtedy, gdy ktoś się zbliży. Trzeba oszczędzać wodę. Kiedy czujniki odkryją, że ktoś idzie, gejzery zaraz wybuchają. Wysokość zależy od miejsca ataku. Nawet rakieta nie przeleci.

– Zaraz. A w jaki sposób my przejdziemy na drugą stronę? Na przykład jak będziemy chcieli iść tam na zwiady? – spytał Blubek.

– Chodźcie. Pokażę wam coś... – powiedziała Gabi.

Ruszyli za nią wzdłuż linii granicznej. Gabi podeszła do dwóch kamieni wystających z trawy. Jeden był czarny, a drugi czerwony. Miały wyryte jakieś znaki i leżały metr od linii granicznej. Po drugiej stronie granicy także były dwa kamienie, ledwo widoczne w trawie.

– Tu jest tajne przejście – szepnęła Gabi. – Między tymi kamieniami jest niewidzialna droga. Tylko tędy można bezpiecznie przekroczyć granicę. To jedyne przejście na drugą stronę.

– On je zauważy – powiedział Blubek.

– Jak?

– Przecież będzie je widać, kiedy gejzery wytrysną. W tym miejscu będzie luka.

– Nie. Wtedy nie ma żadnej przerwy. Ale kiedy woda nie leci, można tędy przejść.

– Pamiętajcie – szepnął Kuki – nie wolno zdradzić, że istnieje tajne przejście. Nie można o tym mówić. Nigdy.

– A co jeśli klon jest teraz po naszej stronie? – spytał Nikodem. – Mógł się tu w nocy zakraść. I teraz już tu zostanie.

– Słusznie. Musimy ustalić, gdzie on jest. – Kuki spojrzał na swój oddział. – Kto się odważy iść na zwiady, na tamtą stronę?

Zapadło milczenie. W końcu Blubek mruknął:

– Ja pójdę. Mam pietra, ale pójdę. Tylko musisz zmienić mnie w niewidzialnego.

– Pójdę z tobą – powiedziała Gabi. – We dwoje będzie bezpieczniej.

– To może po prostu ja pójdę – zaproponował Kuki, który nie chciał narażać Gabi.

– Nie. Ty jesteś dowódcą – powiedział stanowczo Blubek. – Musisz pilnować szachów.

Kuki poczuł lekką zazdrość. Sam wolałby iść na wyprawę z Gabi. Poza tym martwił się o nią.

– Blubek, pilnuj, żeby jej się nic nie stało – powiedział cicho.

– Nie jestem małym dzieckiem! – prychnęła Gabi. – Sama się będę pilnować

– No dobra – westchnął Kuki. – Ale pamiętajcie, że nie macie walczyć z Ikukiem. Sprawdźcie tylko, gdzie on jest, i wracajcie. Jasne?

– Jasne. Zmieniaj nas w niewidzialnych.

Kuki wyciągnął ze szkatułki ostatniego białego konia. Wypowiedział życzenie. Figura zapłonęła, a Blubek i Gabi zaczęli znikać. Po chwili stali się kompletnie niewidoczni.

– Pamiętajcie, że czar trwa godzinę – powiedział Kuki. – Musicie wrócić, zanim odzyskacie widzialność.

– Jasne – zabrzmiał głos niewidocznej Gabi. – Chodź, Blubek.

Niewidzialni zwiadowcy ruszyli. Widać było, jak trawa lekko się porusza, tam gdzie dotknęły jej niewidzialne stopy. Zwiadowcy przekroczyli tajne przejście i odeszli.

Kuki spojrzał na Nikodema i Zulę. Nikodem był bledszy niż zwykle. Zula nie wyglądała dużo lepiej. Byli wyraźnie przerażeni całą sytuacją. Kuki pomyślał, że musi znaleźć im jakieś zajęcie, żeby ich uspokoić.

– Słuchajcie... Może pójdziecie nakarmić kury? – spytał.

– Jakie kury? – mruknęła Zula.

– Zapomniałaś? Przecież klon zmienił wychowawczynię i innych w drób. Trzeba im dać coś do jedzenia. Ja nie mogę iść, bo muszę pilnować szachów.

– A jeżeli Ikuk czyha w jadalni? – spytał lękliwie Nikodem.

– Myślę, że jest po tamtej stronie wyspy.

– Ale pewny nie jesteś?

– Nie.

– Ja mogę iść – mruknęła Zula. – Jestem głodna, poszukam czegoś do żarcia.

Ruszyła w stronę hotelu.

– Pójdę z tobą – powiedział Nikodem i pobiegł za nią.

– Będę czekał w sali ćwiczeń – zawołał Kuki. – Zapukajcie trzy razy. I przynieście mi coś do jedzenia. Tylko nie dotykajcie trującej sałatki!

– Gabi, gdzie jesteś? – rozległ się szept niewidzialnego Blubka.

Gabi i Blubek szli przez park. Problem był taki, że nie widzieli się wzajemnie, więc łatwo mogli się zgubić.

– Gabi... jesteś tu?

– Ciii! – szepnęła Gabi. – Nie możemy gadać, bo nas Ikuk odkryje.

– To jak będziemy się porozumiewać?

– Możemy miauczeć. Na wyspie są koty, więc on się nie połapie.

– Ustalmy znaki – szepnął Blubek.

– Jedno miauknięcie znaczy „idziemy prosto” – szepnęła Gabi. – Dwa: „idziemy w prawo”, a trzy: „w lewo”.

– A jeżeli go zobaczymy?

– Wtedy syknięcie. Koty syczą, jak są złe.

– Ja chyba nie umiem miauczeć... – powiedział niepewnie Blubek.

– Każdy umie. Spróbuj.

– Miauauuu!

– Może być.

Ruszyli drogą przez park. Ikuka nigdzie nie było widać. Na skrzyżowaniu dróg Blubek miauknął dwa razy. Skręcili w prawo. Wyłoniła się przed nimi skała z latarnią. Ruszyli w jej stronę. Droga była mokra i błotnista.

Na szczycie latarni morskiej uchyliło się okno. Pojawił się w nim Ikuk. Trzymał lunetę. Przyłożył ją do oka i rozglądał się uważnie. Nagle zobaczył, że na drodze tworzą się ślady stóp, chociaż nikt tam nie szedł. Ślady w błocie powstawały same i kierowały się w stronę wieży. Klon wychylił się, żeby obejrzeć to dokładniej.

Gabi i Blubek podeszli do stóp skały, na której stała latarnia morska, i zatrzymali się. Gabi spojrzała na tarczę zegara. Było wpół do jedenastej. Zostało im pół godziny do końca niewidzialności. Nagle Gabi zobaczyła Ikuka w oknie wieży. Syknęła jak rozłoszczona kotka.

Nikodem i Zula weszli do jadalni. Stado kur i kogutów podbiegło do nich, gdacząc i piejąc radośnie.

– Czym ich nakarmimy? – spytał Nikodem.

– Najpierw nakarmimy siebie.

Zula weszła do kuchni. Otworzyła lodówkę i wyciągnęła masło, ser i kiełbasę salami.

W szafie znalazła czekoladowy sos, który wycisnęła z tubki prosto do ust. Potem zrobiła sobie kilkupiętrową kanapkę z salami i ketchupem. Na końcu zaczęła pochłaniać batoniki, które znalazła w wielkim kartonie.

– Strasznie niezdrowo się odżywiasz – mruknął Nikodem.

– Odczep się.

Nikodem, który był niejadkiem, zjadł tylko plasterek sera i pół marchewki.

Potem wzięli karton płatków i rozsypali je na podłodze w jadalni. Kury i koguty tłoczyły się, dziobiąc łakomie ziarenka. Nikodem przydźwigał jeszcze miskę z wodą.

Przed wyjściem z jadalni zerknęli w lustro, żeby sprawdzić, czy przypadkiem nie zmieniają się w kury, bo przecież klon mógł zatruć całe jedzenie. Ale na szczęście byli nadal sobą.

– Jesteś pewna, że go widziałaś? – spytał cicho Blubek.

Stali z Gabi pod drzwiami latarni morskiej. Zaczęli rozmawiać szeptem, żeby ze szczytu wieży klon nie mógł ich usłyszeć.

– Tak… Ikuk był w oknie – wyszeptała Gabi. – Widziałam go na sto procent. Musimy wracać i zawiadomić Kukiego.

– A może tam wejdziemy? – spytał cicho Blubek.

– Do latarni? Po co?

– Może uda się zdobyć czarne szachy.

– Kuki zabronił nam walczyć. On jest dowódcą i decyduje.

– Nie będziemy walczyć – szepnął Blubek. – Po prostu sprawdzimy, czy nie da się ukraść szachów.

– A jak klon nas zaatakuje?

– Jesteśmy niewidzialni. Nic nam nie może zrobić.

Gabi milczała.

– Jak się boisz, to sam pójdę – szepnął Blubek.

Zanim Gabi odpowiedziała, usłyszała szelest kroków, a potem zobaczyła, że uchylają się drzwi. Niewidzialny Blubek wszedł do kryjówki klona!

Gabi wydało się to ryzykowne. Nie chciała jednak, żeby Blubek myślał, że się boi, więc weszła za nim do latarni morskiej.

We wnętrzu było dość ciemno. Poza tykaniem zegara panowała kompletna cisza. Gabi poczuła niepokój. Byli w twierdzy wroga, bez żadnej broni. Jedyne, co ich chroniło, to niewidzialność. Gabi usłyszała ze schodów miauknięcie. To Blubek ją ponaglał. Odpowiedziała mu, miaucząc cicho, i ruszyła na schody. Starała się iść bezgłośnie, ale stare stopnie trzeszczały zdradziecko.

Ikuk siedział na najwyższym piętrze wieży. Wsłuchiwał się w trzeszczenie schodów. Wiedział, że ktoś nadchodzi, choć nikogo nie widział. Przysunął czarną szkatułkę i otworzył ją. Pogłaskał szachy. Wyciągnął figurę czarnego gońca i wyszeptał bezgłośnie rozkaz. Figura zapłonęła zimnym niebieskim płomieniem.

Po sekundzie przyfrunął jakiś przedmiot. Miękko opadł na podłogę. Był to woreczek ze złotego materiału. W środku coś stukało.

Trzeszczenie drewnianych stopni było słychać coraz bliżej. Klon chwycił szkatułkę z szachami i ukrył się w mroku, za mechanizmem zegara. Wyczarowany worek został na podłodze.

Blubek pokonał ostatnie stopnie i ostrożnie zajrzał do sali. Klona nie było nigdzie widać. Ale na środku sali coś leżało... Blubek wychylił się i zobaczył jakiś błyszczący przedmiot. Chyba worek... Co to mogło być? Może klon wyczarował sobie złoto albo specjalny rodzaj broni? Blubek pomyślał, że gdyby to zdobył, Kuki zazdrościłby mu odwagi!

Poczuł dotknięcie. To niewidzialna Gabi stanęła za nim. Blubek cicho miauknął. A potem ruszył na palcach w stronę złotego przedmiotu.

Schowany za zegarem Ikuk słyszał kroki, choć nie mógł zobaczyć niewidzialnych zwiadowców. Przywarł do ściany, ukryty w mroku.

Niewidzialny Blubek dotarł do złotego worka. Chwycił go. Kusiło go, by zaraz sprawdzić, co jest w środku, ale nie zrobił tego. Musiał się spieszyć. Na oglądanie będzie czas potem...

Blubek podniósł worek, we wnętrzu coś zagrzechotało. Pobiegł ze zdobyczą do schodów. Usłyszał ciche miauknięcie Gabi. Oboje zaczęli szybko schodzić. Kiedy trzeszczenie schodów ustało, z cienia wysunął się Ikuk.

Zaśmiał się cicho.

Z drzwi wyfrunął złoty worek. Tak to przynajmniej wyglądało, bo Blubek, który go trzymał, był niewidzialny. Gabi miauknęła dwa razy. Skręcili i ruszyli ścieżką w stronę hotelu.

– Po co zabrałeś ten worek? – szepnęła Gabi.

– Tam może być złoto albo jakaś broń. Poza tym teraz Kuki nam uwierzy, że byliśmy w twierdzy klona. Powie, że jesteśmy superodważni.

Kiedy zbiegli ze wzgórza, zegar zaczął bić jedenastą. I nagle Gabi zobaczyła Blubka, a on zobaczył ją. Czar niewidzialności przestał działać. Gabi spojrzała niespokojnie w stronę latarni morskiej.

– Blubek, musimy zwiewać! – szepnęła. – On teraz może nas zobaczyć.

– Czekaj, chcę najpierw to obejrzeć – powiedział Blubek.

Ukląkł na trawniku. Zaczął rozplątywać sznurek, którym był zawiązany złoty woreczek. Gabi podbiegła do niego.

– Blubek! Wracajmy na naszą stronę. Obejrzymy to razem z Kukim.

– Nigdy w życiu! My to zdobyliśmy, więc my to pierwsi zobaczymy!

Blubek ostrożnie otworzył worek. W środku były złote kulki rozmiaru ziaren pieprzu. Blubek wysypał je na trawę. Błyszczały niesamowicie. Blubek chciał ich dotknąć, ale wtedy złote ziarna poruszyły się i nagle wystrzeliły w górę. Pofrunęły wysoko i zawirowały w powietrzu.

– Co to jest? – szepnął niespokojnie Blubek.

Ziarna spadły, rozsypując się na dużej przestrzeni wokół Blubka i Gabi. Ułożyły się w rysunek dziwnego labiryntu.

– Blubek, to pułapka! Uciekajmy!

Za późno. Zanim ruszyli, z ziaren zaczęły wyrastać dziwne rośliny. Rosły błyskawicznie. Miały kolce i stworzyły mur nie do pokonania. Gabi i Blubek popędzili w drugą stronę, ale tu także wyrosła ściana kolczastego żywopłotu. Cierniste mury otoczyły ich ze wszystkich stron. Kolczaste rośliny wyrosły na kształt wielkiego labiryntu. Tworzyły poplątane ścieżki. Gmatwaninę dróg bez wyjścia. Kłujące ściany labiryntu miały kilka metrów wysokości, a kolce były długie jak kły tygrysa. I równie ostre!

Gabi i Blubek zaczęli biegać po labiryncie, próbując wydostać się z pułapki. Ale nie mogli odnaleźć wyjścia! Błądzili wśród wysokich kolczastych ścian, bezradni i przerażeni. W końcu Blubek spróbował połamać krzaki, chcąc przebić się przez kolczasty mur. Ale rośliny były twarde jak stal, a kolce raniły do krwi.

– Blubek, nie szalej… – powstrzymała go Gabi. – Odpoczniemy chwilę, a potem znajdziemy wyjście.

– Nigdy go nie znajdziemy – jęknął Blubek. – To moja wina… Po co brałem ten głupi worek?!

Zmęczeni usiedli na trawie w centrum labiryntu i wpatrywali się w kolczastą pułapkę. Gabi poczuła ukłucie.

– Blubek, zobacz... One rosną!

Blubek odwrócił głowę. Zobaczył, że kolce na roślinach wciąż rosną. Wydłużają się! Był to powolny proces, ale było jasne, że straszliwe igły niedługo ich dosięgną. I wtedy nie będzie już ratunku.

Kuki chodził nerwowo po sali. Był coraz bardziej niespokojny. Czas niewidzialności minął, a Gabi i Blubek nie wracali. Co oni robią? Czy klon ich dopadł? Kuki co jakiś czas wyglądał przez okno, ale przyjaciół wciąż nie było widać.

Ktoś zapukał trzy razy w drzwi: „stuk, stuk, stuk". Kuki chwycił figurę szachową i podszedł ostrożnie.

– Kto tam? – zapytał.

– My... – To był głos Zuli.

Kuki otworzył zamek i uchylił drzwi. Weszli Zula i Nikodem.

– Widzieliście ich? – spytał nerwowo Kuki.

– Kogo?

– Blubka i Gabi!

– Jak mieliśmy ich widzieć? – mruknął Nikodem. – Przecież są niewidzialni.

– Już przestali być – powiedział ponuro Kuki. – I nie wrócili.

Nikodem nie odpowiedział. Usiedli z Zulą na fotelach. Siedzieli w milczeniu może pół godziny, a Gabi i Blubek wciąż nie wracali.

– Jest tu gdzieś telewizor? – spytała Zula. – Nudzę się.

Kuki spojrzał na nią ze złością.

– Zamknij się! – krzyknął. – Jak możesz gadać o głupiej telewizji, kiedy Blubek i Gabi są w niebezpieczeństwie. – Kuki był naprawdę wściekły. – Jak przyjdzie tu klon, to przestaniesz się nudzić. On ci wymyśli dużo atrakcji!

Minęło kolejne pół godziny. Gabi i Blubek nie wrócili. Kuki podbiegł do szkatułki z szachami. Wyjął gońca.

– Idę ich ratować – zawołał. – Wy tu zostańcie.

Pomyślał, że powinien zabrać wszystkie szachy, ale było to ryzykowne. Jeśli je straci, to nie będzie już ratunku. Wsunął szkatułkę pod stół.

– Pamiętajcie! Nie możecie dotykać szachów! – rozkazał. – I nie wychodźcie stąd.

Kuki błyskawicznie przebiegł park i popędził w stronę granicy. Odnalazł kamienne znaki i przeszedł tajnym przejściem na stronę Ikuka. Nie zmienił siebie w niewidzialnego, bo to najwyraźniej nie pomogło zwiadowcom.

Spojrzał na widoczną w oddali latarnię morską. Być może Ikuk uwięził tam Gabi i Blubka. Kukiego ogarnęła złość. Chciał walczyć. Chciał stoczyć pojedynek z klonem. Ale musiał być ostrożny. Nie mógł zapominać, że Ikuk jest groźny. Jego czary były złe i podstępne. Nawet jeśli czar potrwa minutę, to skutki mogą być fatalne. Na przykład Ikuk może go zmienić w robaka i rzucić na pożarcie rybom. Co z tego, że Kuki znów zmieni się w człowieka, jeśli będzie w kawałkach. I w brzuchach ryb! Musiał być bardzo ostrożny. Ale przede wszystkim musiał odnaleźć Gabi i Blubka.

Usłyszał krzyki mew, które latały nad brzegiem morza. Spojrzał na nie i nagle przyszedł mu do głowy pomysł. Klon na pewno obserwuje wyspę. Ale w niebo raczej nie patrzy. Więc najbezpieczniej zaatakować jego twierdzę z góry, z powietrza!

„Może wyczaruję mały helikopter?" – pomyślał Kuki, ale zaraz odrzucił ten pomysł. Helikopter hałasuje. Klon go usłyszy i wyczaruje rakietę przeciwlotniczą... Lepiej, jeśli sam będzie latać! Tak! To było najlepsze rozwiązanie! Na filmach o Harrym Potterze Kuki najbardziej lubił widok latających bohaterów. Ale oni latali na miotłach, no i to były efekty komputerowe. A Kuki chciał latać naprawdę, jak latawiec albo chmura. Nie wiadomo, czy to w ogóle możliwe...

Podniósł szachową figurę i wyszeptał rozkaz. Czar zadziałał natychmiast. Gdy figura spłonęła, Kuki poczuł dziwną lekkość. Podskoczył i zawisnął w powietrzu na kilka sekund. Ale zaraz opadł na trawę. Podskoczył wyżej. Utrzymał się nad ziemią dłużej, ale znowu spadł. W końcu zaczął biec przez trawnik. Rozpędził się i odbił, jak do skoku wzwyż. I tym razem już nie opadł. Unosił się w powietrzu!

W kilka minut opanował sterowanie. To było łatwe. Gdy podnosił głowę, leciał w górę. Kiedy głowę pochylał, to pikował w dół. Kiedy wysuwał ręce do przodu, przyspieszał i leciał naprawdę prędko. Kuki latał! To było wspaniałe uczucie. Szybował i przecinał powietrze jak wielka osa. Bawił się jak mały dzieciak jeżdżący pierwszy raz na rowerze. Musiał tylko pilnować, żeby oddychać przez nos, bo w powietrzu roiło się od owadów. Połykał je, gdy oddychał przez usta.

Spojrzał na zegar na latarni morskiej i natychmiast przestał się bawić lataniem. Czar trwa godzinę, więc musi się spieszyć. Jeśli zaklęcie przestanie działać, gdy będzie w powietrzu, to runie na ziemię.

– Muszę pilnować czasu – szepnął.

Kuki pofrunął wysoko ponad wyspę i zaczął uważnie oglądać teren. Z góry wszystko było świetnie widać. Nagle dojrzał dziwny labirynt niedaleko latarni. Na pewno wcześniej go nie było...

– To robota klona!

Obniżył lot i zobaczył, że labirynt jest zrobiony z dziwnych wysokich roślin. W centrum labiryntu ktoś był, dwie nieruchome sylwetki... To Gabi i Blubek! Kuki natychmiast zanurkował w dół. Nad labiryntem zwolnił i zawisł w powietrzu. Z przerażeniem ujrzał, że jego przyjaciele siedzą między kolcami długimi na metr! Nie mogli się poruszyć.

– Gabi! Blubek!

Więźniowie labiryntu unieśli głowy.

– Kuki! Ratuj nas! – krzyknęła Gabi.

Kuki z przerażeniem zobaczył, że kolce wciąż rosną, niemal wbijając się w ramiona więźniów. To był ostatni moment, żeby ich stamtąd wyciągnąć! Kuki był wściekły, że nie zabrał więcej figur. Wtedy mógłby wyczarować jakiś sposób na wyrwanie przyjaciół z pułapki. Sfrunął niżej i zawisł w powietrzu tuż nad nimi.

– Podajcie mi ręce – zawołał. – Szybko!

Gabi i Blubek wyszarpnęli ręce z spomiędzy kolców i wyciągnęli je w górę.

Kuki chwycił je i spróbował pofrunąć, wyciągając przyjaciół z labiryntu. Jednak ciężar był za duży. Kuki nie mógł się unieść. A kolce wciąż rosły.

– Kuki! Szybciej! – błagali Blubek i Gabi. – Bo nas przebiją!

– Nie mogę was unieść! – krzyknął Kuki. – Musicie się odbić od ziemi!

Blubek i Gabi, rozdzierając rzeczy o kolce, zdołali wstać.

– Teraz!

Oboje skoczyli najwyżej jak mogli. Jednocześnie Kuki, ściskając dłonie przyjaciół, rozpaczliwym zrywem poderwał się w górę. Unieśli się na wysokość kilku metrów. To wystarczyło, by znaleźć się ponad kolczastymi ścianami. Kuki poszybował nad labiryntem. Leciał z najwyższym trudem. Gabi i Blubek mu ciążyli, ledwo ich trzymał. Czuł się jak samolot, w którym jest zbyt wielu pasażerów. Ale mimo wszystko leciał!

W oknie na szczycie latarni morskiej pojawił się Ikuk. Zobaczył szybujące sylwetki, które niknęły właśnie za drzewami. Natychmiast wyjął ze szkatułki czarnego pionka i krzyknął coś, aż echo poniosło się nad wyspą. Figura zapłonęła, a jednocześnie wszystkie mewy siedzące na plaży się poderwały. Ptaki pofrunęły z dzikim krzykiem w stronę Kukiego, Gabi i Blubka. Zaatakowały ich ze wszystkich stron. Czar zamienił mewy w dzikie drapieżniki! Otoczyły lecących, dziobiąc i szarpiąc ich szponami.

Kuki próbował unikać ataków, ale ręce miał zajęte, bo trzymał Blubka i Gabi. Na szczęście wylecieli już poza obszar labiryntu i zbliżali się do linii granicznej. Kuki wylądował na trawniku. Przelecieć nad granicą nie mógł, bo gejzery by ich zmiotły.

Ledwo dotknęli ziemi, popędzili do tajnego przejścia. Ale zaczarowane mewy wciąż ich atakowały. Były ich setki i wciąż się zlatywały nowe.

Dziobały i drapały ostrymi szponami. Kuki, Gabi i Blubek, nie mając innego wyjścia, ciskali kamieniami w stronę napastników (choć Gabi starała się nie trafiać, bo uważała, że ptaki są niewinne). Zaklęte ptaki atakowały coraz zacieklej.

Kamienna amunicja szybko się skończyły. Nie mieli już czym się bronić. Chmura mew zupełnie ich zakryła. Byli pewni, że polegną w tej walce, kiedy ptaki nagle przestały atakować. W jednej chwili wszystkie uniosły się i odleciały.

– Co jest grane? – spytał niepewnie Blubek, ocierając krew ze skaleczonego policzka.

– Już wiem. Ikuk użył pionka, więc czar trwał minutę.

– Zaraz wymyśli coś nowego – zawołała Gabi. – Wyśle żmije albo jadowite gigapająki! Trzeba stąd zwiewać!

Rozejrzeli się. Byli tuż obok linii granicznej. Ale gdzie jest tajne przejście? Zaczęli szukać kamieni, wskazujących drogę. Ale kamiennych znaków nie było! Użyli ich do obrony przed ptakami! W zamęcie walki rzucili w napastników kamieniami oznaczającymi przejście! Znaki zniknęły, a oni byli po niewłaściwej stronie granicy.

– Nudzę się – mruknęła Zula.

Nikodem i Zula wyglądali przez okno ośmiokątnej sali.

– Kiedy oni wreszcie wrócą?

Nikodem zerknął na Zulę.

– A może…?

– Co?

– Może oni nigdy nie wrócą.

– Jak to?

– Po prostu uciekli z wyspy. Zostawili nas tu samych.

– Nie wierzę – mruknęła Zula. – Nas by zostawili, ale tych szachów nie. – Pochyliła się do Nikodema i szepnęła: – Dzięki tym figurom można mieć wszystko, rozumiesz? Forsę i różne rzeczy. Gdyby te szachy były moje, zaraz bym wyczarowała superciuchy i wypasione komóry.

– Przecież one by szybko zniknęły.

– Wcale nie. Ja bym rozkazała, żeby bankomat wypluł mnóstwo forsy i kupiła wszystko, zanim ta forsa by zniknęła.

– To jest oszustwo – mruknął Nikodem.

– A ty co byś zrobił, jakby te szachy były twoje?

– Ja…

– No powiedz.

Nikodem zerknął na nią i nagle powiedział z zaciętą miną:

– Ja bym zmusił wszystkich, żeby mnie słuchali. Żeby robili, co im każę!

– Jesteś pokręcony.

Siedzieli chwilę bez słowa. Nagle Nikodem powiedział:

– Słuchaj, a może uciekniemy stąd?

– Jak?

– Weźmiemy szachy i wyczarujemy jakiś sposób, żeby stąd uciec.

Zula spojrzała na Nikodema.

– Oni się wkurzą, jeżeli zabierzemy szachy.

– A jeżeli nigdy nie wrócą? – spytał Nikodem. – Chcesz czekać, aż ten klon nas pożre? Musimy się ratować.

– Dobra – powiedziała Zula. – Ale dzielimy się szachami na pół!

Kuki, Gabi i Blubek szukali tajnego przejścia.

– Musi być gdzieś blisko – szepnął Kuki. – Pamiętam te drzewa. I pamiętam, że na przejściu rósł niebieski kwiat.

– Tu wszędzie są kwiaty – powiedziała Gabi.

– Tak, ale żółte. A tamten był niebieski. Jestem pewny, że rósł dokładnie między kamieniami.

– Dobra, poszukajmy go…

Ruszyli, wpatrując się w trawę.

– Nie idźmy blisko siebie, trzymajmy dystans – szepnęła Gabi. – Bo jak wdepniemy na gejzer, to zmieli tylko jedno z nas. I mówcie cicho, bo czujniki reagują na hałas.

Szli ostrożnie wzdłuż linii granicznej. Stawiali stopy delikatnie. Obawiali się w każdej chwili wybuchu gejzerów. Wpatrywali się w trawę, szukając niebieskich kwiatów.

– Są… Tam… – Kuki pokazał krzaczek niebieskich kwiatów wystający z trawy. – To te kwiaty!

– Na sto procent? – spytał Blubek.

– Na pięćdziesiąt.

– Pamiętasz, czy rosły na prawo, czy na lewo od tajnego przejścia?

– Pośrodku.

– Co robimy?

– Ja spróbuję przejść – powiedział Kuki.

– A jeżeli to jest inny kwiat? Ich może tu rosnąć dużo – szepnęła Gabi.

– Muszę zaryzykować. Jestem dowódcą.

Kuki spojrzał niepewnie na trawę i zrobił pierwszy krok w stronę kwiatów. Nic się nie zdarzyło. Gejzery nie wybuchły. Chłopak ostrożnie wysunął stopę i zrobił drugi krok.

Gabi zacisnęła dłonie. Wpatrywała się w Kukiego i powtarzała w myśli: „Uda mu się… Uda…".

Kuki zrobił trzeci krok. Gejzery wciąż nie wybuchały. Kuki próbował dojrzeć kamienie po drugiej strony granicy, bo przecież tam też były znaki. Ale wysoka trawa je zasłaniała. Jedynym drogowskazem był mały niebieski kwiatek. Jeśli kwiat rósł inaczej, niż to zapamiętał, to następny krok spowoduje wybuch gejzeru.

Kuki powoli uniósł nogę.

Gabi i Blubek wstrzymali oddech. Kuki ostrożnie postawił stopę tuż obok kwiatu.

Wybuch nie nastąpił. Chłopak powoli ruszył przed siebie. Zobaczył w trawie czerwony i czarny kamień oznaczające przejście po ich stronie.

– Przeszedłem – powiedział z ulgą Kuki. – Idźcie dokładnie moim śladem. Ale pojedynczo.

– Okej. Teraz ja idę – szepnął Blubek.

Ruszył. Starał się stawiać stopy dokładnie tam, gdzie Kuki. Nogi drżały mu lekko, ale się opanował. Przeszedł nad kwiatem i znalazł się obok Kukiego.

– Gabi, teraz ty.

Gabi, zanim ruszyła do przejścia, pobiegła na łąkę.

– Ej! Co robisz?

Gabi wróciła z dwoma kamieniami w ręku. Położyła je w trawie.

– Chcę zaznaczyć tajne przejście, na wypadek gdybyśmy szli tędy jeszcze raz. Kwiaty mogą zwiędnąć.

Potem ruszyła po śladach Blubka i Kukiego. Przeskoczyła zgrabnie nad kwiatem i podbiegła do chłopaków. Zatańczyła z radości, krzycząc:

– Przeszliśmy! Przeszliśmy!!!

I w tym momencie wybuchły gejzery. Widocznie czujniki zareagowały na krzyk i woda wytrysnęła.

Na szczęście oni byli już poza ich linią. Na wszelki wypadek cofnęli się kilka kroków i patrzyli, jak ściana wody unosi się na sto metrów, hucząc i sycząc. Po kilku minutach gejzery przestały tryskać. Gabi, Blubek i Kuki pobiegli do hotelu.

– Oddawaj! Słyszysz? Oddawaj je! – wrzeszczała Zula.

– Nie!

– Mieliśmy się podzielić szachami na pół, ty oszuście.

– Przecież dostałaś połowę.

– Nie kłam! Dałeś mi najgorsze. Same pionki i jednego marnego gońca. Myślisz, że mnie oszukasz!? – krzyczała Zula. – Dobrze wiem, że pionki działają tylko minutę.

Zula i Nikodem od godziny kłócili się, jak się podzielić magicznymi szachami. Każde chciało dostać jak największą część łupu.

– Daj mi króla! – wrzasnęła Zula.

– Król jest dla mnie! – krzyknął Nikodem.

– Ty oszuście!

Zula skoczyła w stronę Nikodema. Była większa od niego i naprawdę wkurzona. Chłopak rzucił się do ucieczki. Gonili się po sali, przewracając stoły i krzesła. Każde z nich ściskało w rękach swoją część figur szachowych. Zula już prawie dopadła Nikodema, ale potknęła się i wywróciła. Boleśnie uderzyła się w kolano. Teraz była naprawdę wściekła. Podniosła rękę z pionkiem i wrzasnęła:

– Zmień się w hamburgera, ty głupku!

Zanim czar się zaczął, Nikodem zdążył krzyknąć:

– A ty zmień się w pomidora, wariatko!

Było to idiotyczne, ale Nikodem i Zula byli tak rozłoszczeni, że przestali myśleć rozsądnie.

Płomienie wystrzeliły z obu pionków. Powiał silny wiatr. Kiedy ustał, Nikodema i Zuli już nie było. W tej chwili rozległo się pukanie do drzwi. Ktoś zastukał trzy razy: „stuk, stuk, stuk". Rozległ się głos Kukiego:

– Ej, Zula, Nikodem... Jesteście tam?

Brak odpowiedzi.

Kuki nacisnął klamkę. Na szczęście drzwi nie były zamknięte na klucz. Kuki, a za nim Gabi i Blubek zajrzeli do wnętrza. Nikodema i Zuli nie było.

– Gdzie oni się podziali...? – spytał Kuki. – Przecież zabroniłem im wychodzić.

– Oni nigdy nie słuchają... – mruknął Blubek.

– Zobaczcie! – zawołała Gabi. – Przygotowali dla nas jedzenie.

– Gdzie?

– Tutaj...

Na stole stały dwa talerze. Na jednym leżał hamburger, na drugim duży pomidor. Hamburger był ciepły i parował...

– No, za bardzo się nie wysilili – mruknął Blubek.

– Możesz go zjeść – powiedział Kuki. – Ja nienawidzę hamburgerów.

– Ja też – powiedziała Gabi. – Zjem tylko pomidora

– Okej…

Blubek wziął hamburgera. Już miał go ugryźć, kiedy Kuki zawołał:

– Zobaczcie! Tu leżą szachy…

Blubek i Gabi się odwrócili. Na podłodze leżały rozsypane szachy. Kuki uklęknął i zaczął je zbierać. Blubek odłożył hamburgera, a Gabi pomidora. Uklękli obok Kukiego.

– Co to może znaczyć?

– No, że oni ruszali szachy – powiedział Blubek. – Otworzyli szkatułkę mimo zakazu.

– Brakuje dwóch pionów… – powiedział Kuki. – Czyli zrobili jakiś czar.

– Dwa!

– Ale gdzie oni są…?

W tym momencie coś za nimi błysnęło i rozległ się gwałtowny trzask. Kuki, Gabi i Blubek odwrócili się szybko. Zobaczyli coś niesamowitego.

Hamburger i pomidor na talerzu zaczęły się powiększać. Tyły i puchły jak nadmuchiwane balony. Jednocześnie wyrastały z nich ręce i nogi. A potem głowy! Po kilku sekundach osiągnęły wielkość człowieka, a potem zakręciły się, zawirowały jak karuzela... I zmieniły się w Zulę i Nikodema!

Niedawny hamburger i pomidor stały na środku sali i rozglądały się nieprzytomnie.

– Co tu się dzieje!? – krzyknął Kuki. – Co wyście zrobili? Mówcie!

– My... – Zula mrugała oczyma, wciąż oszołomiona po czarze. – My... To znaczy on zrobił czar i zmienił mnie w pomidora.

– A ona zmieniła mnie w hamburgera!

– Zwariowaliście? Czemu to zrobiliście?

– Bo się pokłóciliśmy.

– Jesteście stuknięci! Mogliśmy was zjeść! Rozumiecie? Mogliśmy was połknąć, kretyni.

– No właśnie – mruknął Blubek. – Jeszcze bym się zatruł. Trupek na pewno jest ciężkostrawny.

– Dlaczego w ogóle dotykaliście szachów!? – spytał Kuki. – Przecież wam zabroniłem!

Zula i Nikodem milczeli.

– Wiecie, że szachy to jedyna szansa, żebyśmy ocaleli – zawołała Gabi. – Nie można ich używać dla zabawy i głupich numerów. W ten sposób narażacie wszystkich na niebezpieczeństwo. Nie rozumiecie tego?

Zula i Nikodem gapili się w podłogę. Nic nie mówili.

– Od dzisiaj żadne z was nie ma prawa dotykać figur szachowych – powiedział twardo Kuki. – Jeśli złamiecie zakaz, zostaniecie usunięci z oddziału. Będziecie musieli odejść. I jeśli klon was zaatakuje, nie udzielimy wam pomocy.

Przez następne kilka godzin nie odzywali się do siebie. To znaczy Gabi, Kuki i Blubek siedzieli w jednym kącie sali i cicho rozmawiali, a Zula i Nikodem usiedli w drugim i milczeli. Atmosfera była nieprzyjemna. W końcu Zula mruknęła:

– Jestem głodna. Czy możecie wyczarować jakiś obiad?

– Nie będziemy marnować szachów na takie czary – powiedział Kuki.

– Mamy głodować?

– Po prostu sami ugotujemy obiad. To nic trudnego.

– Oni powinni gotować za karę – zawołał Blubek, wskazując na Nikodema i Zulę.

Kuki już chciał powiedzieć, że to dobry pomysł, ale nie zrobił tego. Uznał, że jak zaczną gnębić Nikodema i Zulę, to dojdzie do buntu.

– Każdego dnia ktoś inny będzie przygotowywać jedzenie – powiedział.

– Kto gotuje pierwszy? – spytał Blubek.

– Losujemy.

Kuki podzielił kartkę na pięć części. Na jednej narysował widelec. Zwinięte losy wsypał do czapki.

Pierwszy wyciągnął los Blubek.

Wyjął karteczkę i rozwinął. Była pusta.

– Jabadabadu! – zawołał radośnie. – Mam dziś wolne!

Potem losowała Zula i Nikodem. Oni też wylosowali puste kartki.

Czwarty los wyciągnęła Gabi.

– Pokaż! – zawołali wszyscy.

Gabi pokazała kartkę. Była pusta.

– No nie – jęknął Kuki. – To znaczy, że ja jestem kucharzem.

Kuki nienawidził gotowania. Chciał już powiedzieć, że dowódcy nie zajmują się gotowaniem, ale się powstrzymał. Nie mógł dawać złego przykładu.

– Dobra, idę pichcić! – mruknął. – Ale nie spodziewajcie się ekstrapyszności. Blubek, obejmujesz na razie dowództwo nad oddziałem.

Kuki wyszedł.

– Poczekaj… – Gabi pobiegła za nim. – Pomogę ci. Samemu będzie ci nudno.

– Dzięki.

Poszli razem do kuchni.

W kuchennym magazynie było mnóstwo jedzenia. W wielkich lodówkach znaleźli zamrożone mięso, sery i lody. W koszach leżały warzywa i owoce. W szafach były pojemniki z mąką i ryżem, powidła i czekolada.

– Co ugotujemy? – spytał niepewnie Kuki.

– Nooo... Coś pysznego – zaśmiała się Gabi. – Coś, co oni lubią.

– Nie wiem, co oni lubią. Wiesz, Gabi, ja naprawdę nie umiem gotować – westchnął Kuki. – Jestem najmłodszy w domu, więc zawsze za mnie wszystko robili. Raz w życiu przygotowałem galaretkę cytrynową. Ale niechcący wsypałem sól zamiast cukru. Wszyscy się wściekali. Myśleli, że chciałem zrobić głupi numer.

– U nas najczęściej gotuje tato – powiedziała Gabi. – Uwielbia to robić, a ja mu pomagam. Tato mówi, że mam instynkt superkucharza.

– No to mów, co mam robić. Będę twoim pomocnikiem.

– Ugotujemy coś łatwego. Zupę pomidorową. I naleśniki. To jest prościzna.

– Naleśniki to nie jest prościzna – westchnął Kuki.

– Jest. Trzeba tylko je odpowiednio podrzucać na patelni. Tak mówi mój tato.

– Dobra. Co mam robić?

– Najpierw musimy zebrać produkty.

Zaczęli przeszukiwać kuchnię.

– Są pomidory! – zawołał Kuki.

– A ja mam pietruszkę i marchew! – krzyknęła Gabi.

– Po co?

– To jest potrzebne, żeby zrobić bulion.

– Nie wiem, co to znaczy, ale zgadzam się. Co dalej?

Gabi podała mu kosz z warzywami.

– Umyj to wszystko i obierz. To znaczy tak oskrob. A ja poszukam bazylii. Tato mówi, że bazylia to podstawa w pomidorówce.

Gabi pobiegła do ogrodu. Kuki opłukał warzywa i zaczął je skrobać małym nożykiem. Szło ciężko. Rozejrzał się po kuchni, szukając jakiegoś ratunku. I zobaczył napis „Obieranie warzyw”. Był na wielkiej maszynie z błyszczącego metalu.

Natychmiast złapał miskę i wsypał zawartość do pojemnika maszyny. Po namyśle wrzucił także pomidory, bo je chyba też trzeba obrać…

Zerknął na panel sterowania.

„Szkoda, że nie ma tu Blubka – pomyślał. – On jest lepszy we obsłudze takich machin…”

W końcu nacisnął czerwony guzik i dodatkowo przycisk turbo, żeby przyspieszyć pracę.

Maszyna ruszyła. Huczała jak helikopter. Wyraźnie się rozpędzała. Nagle coś zawyło i z pojemnika zaczęły wylatywać kawałki pomidorów i marchwi. TRACH! PAC! PLASK! Pomidory wyskakiwały z maszyny i waliły w ściany i sufit.

– O rany! Nie założyłem pokrywki! – jęknął Kuki.

Faktycznie przed włączeniem należało założyć na pojemnik osłonę.

Kuki chciał wyłączyć robota, ale nie dało się do niego podejść. Pomidorowe pociski wyskakiwały z pojemnika, przelatując ze świstem koło jego głowy. Chłopak zanurkował pod stół.

Weszła Gabi z pęczkiem bazylii w ręku. PAC! Oberwała w czoło kawałkiem marchwi. Potem zaskoczoną dziewczynę trafił w policzek pomidor.

– Ała!

– Gabi! Chowaj się!

Gabi wskoczyła pod stół.

– Co tu się dzieje?

– Obieram warzywa…

– Zwariowałeś! Wyłącz to!

Ale maszyny nie można było wyłączyć. Pomidory i marchewki zmieliły się na papkę przypominającą ketchup i tryskały z kuchennego robota jak wściekła fontanna. Wreszcie cała amunicja została wystrzelana. Warzywa wylądowały na ścianach i suficie, a robot sam się zatrzymał.

Kuki i Gabi wypełzli spod stołu. Kuchnia wyglądała jak pobojowisko. Ściany były czerwone jak po bitwie wampirów. Słychać było ciche „plask, plask". To kawałki pomidorów odklejały się od sufitu i spadały na podłogę.

– No to zupy pomidorowej chyba nie będzie – westchnęła Gabi.

– Przepraszam – szepnął Kuki.

– Nie martw się. Początki zawsze są trudne – roześmiała się Gabi. – Zrobimy zupę groszkową. Widziałam kilka puszek zielonego groszku. Tylko go nie obieraj.

– Nie! – krzyknął Blubek.

– Dlaczego?

– Bo wam zabraniam!

Blubek, Zula i Nikodem okropnie się kłócili. Zula chciała iść do świetlicy oglądać telewizję. Nikodem nie miał na to ochoty, ale złościło go, że musi słuchać Blubka. Więc powiedział, że też chce iść. Blubek się nie zgodził. Trochę na złość, ale też dlatego, że włóczenie się po hotelu było niebezpieczne. Klon mógł jakimś sposobem zakraść się tu i zaatakować.

– Zabraniam wam wychodzić! – rozkazał Blubek.

– Nie możesz nam niczego zabraniać! – krzyknęła Zula.

– Mogę! – warknął Blubek. – Jestem teraz dowódcą. To znaczy zastępcą.

– Mam to gdzieś – wrzasnęła Zula i wybiegła z pokoju.

Nikodem zerknął na Blubka. Zobaczył, że ten nie wie, co zrobić, więc pisnął:

– Ja też mam to gdzieś.

I wybiegł.

– Wracajcie. Rozkazuję wam wracać! – krzyknął Blubek.

Ale nikt mu nie odpowiedział.

Zupa z zielonego groszku bulgotała w dużym garnku. Kuki mieszał ciasto w wielkiej misce i patrzył z podziwem na Gabi, która smażyła naleśniki. Dziewczyna we właściwym momencie podrzucała naleśnik, który obracał się w powietrzu i zgrabnie lądował na patelni.

Kuki w tym czasie szykował nową porcję ciasta, a potem odbierał gotowy naleśnik od Gabi. Fajnie im się razem pracowało. Naprawdę super im szło.

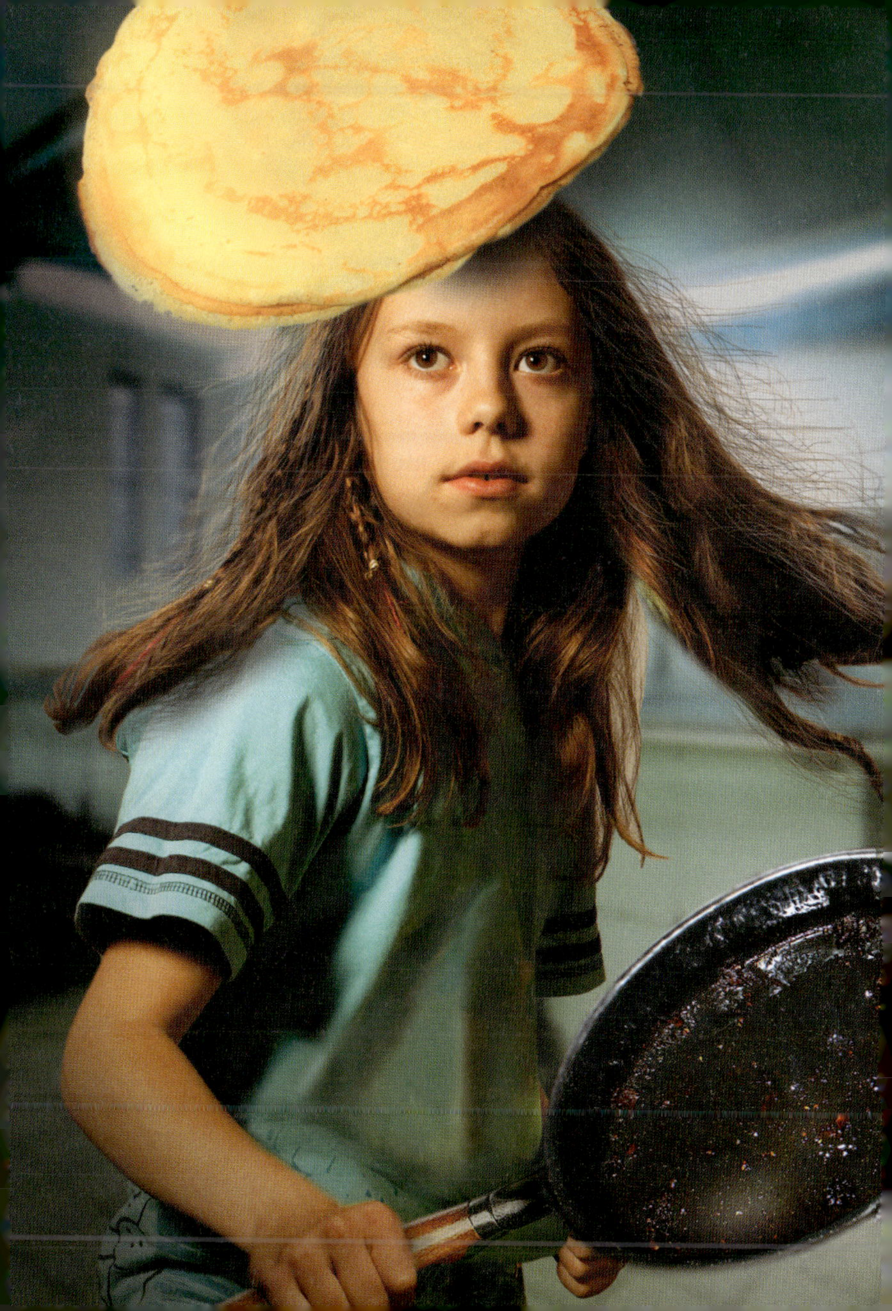

– Wiesz co, Kuki? – zawołała Gabi.

– Co?

– Dobrze nam idzie. Możemy być małżeństwem.

Kuki spojrzał na nią zaskoczony. Gabi roześmiała się, widząc jego speszoną minę, i podrzuciła naleśnik pod sam sufit. Kuki stwierdził, że Gabi ładnie wygląda, kiedy tak podrzuca naleśniki. Dziewczyna zerknęła na niego i żeby wypaść jeszcze lepiej, wykręciła piruet jak baletnica. Niestety poślizgnęła się na rozgniecionym pomidorze i przewróciła. Gorąca patelnia uderzyła ją w kolano.

– Ała!

Kuki podbiegł do Gabi. Miała rozbite kolano. Leciała jej krew.

– Boli cię? – zapytał wystraszony Kuki.

– No pewnie, że boli.

– Poczekaj. Nie ruszaj się. Znajdę jakąś apteczkę.

Kuki pobiegł do jadalni. Na szczęście na ścianie wisiała apteczka. Kuki zabrał wszystkie bandaże, plastry i płyn odkażający. Popędził do kuchni.

Kiedy wrócił, Gabi stała już nad kuchenką i smażyła kolejny naleśnik. Co jakiś czas przykładała do skaleczonego kolana papierowy ręcznik.

– Miałaś się nie ruszać! – zawołał oburzony Kuki. – Możesz mieć złamaną nogę.

– Nic mi nie jest.

– Nieprawda. Krew ci leci!

– Tylko trochę.

– Siadaj na krześle.

Gabi posłusznie usiadła. Kuki delikatnie wytarł krew z jej kolana. Przemył skaleczenie płynem odkażającym. Nakleił plaster i na wszelki wypadek obandażował kolano i spory kawałek nogi.

– Dzięki. – Gabi zerknęła na kolano – Wyglądam jak ranny wojownik. Gdzie się nauczyłeś bandażować?

– Od mamy. Wciąż rozwalałem kolana, więc mama ciągle naklejała plastry albo bandażowała. Na końcu zawsze całowała skaleczone miejsce, żeby szybciej się goiło. To znaczy, jak byłem małym dzieciakiem.

Zula i Nikodem siedzieli w świetlicy przed wielkim telewizorem. Na ekranie latały jakieś kropki i zygzaki. Zula naciskała guziki w pilocie, ale niczego to nie zmieniało. Obrazu nie było.

– Nie męcz się – mruknął Nikodem. – Nie będzie działać.

– Czemu?

– Wyspa odpłynęła od brzegu. Nie da się odbierać telewizji, bo jesteśmy daleko od nadajnika. Telefony też tu nie działają.

– A skąd się bierze prąd?

– Ze słońca. Mają baterie słoneczne na dachu.

Zula ze złością rzuciła pilota na stół.

– Umrzemy tu z nudów. I z głodu.

Trzasnęły drzwi. Do świetlicy wbiegł Blubek. Trzymał pod pachą szkatułkę z szachami.

– Mówiłem, że macie tu nie przychodzić. Powiem Kukiemu, że złamaliście rozkaz. Natychmiast wracajcie. Słyszysz, Nikodem?

– Nie będę cię słuchać – powiedział chłopak.

– To oberwiesz.

Nikodem zerknął na Blubka, który był od niego dużo większy. Ale z uporem powiedział:

– Nie będziesz mi rozkazywać.

Blubek odłożył szachy na stół. Podszedł do Nikodema i złapał go za ramię.

Rozłoszczony chłopak szarpnął się mocno. Zrobił to tak nieoczekiwanie, że Blubek się przewrócił. A właściwie wywrócili się obaj. Teraz Blubek naprawdę się wściekł. Rzucił się na Nikodema. Zaczęli się szamotać i turlać po podłodze. Wyglądało to na całkiem poważną bijatykę.

Zula przyglądała się bójce z zainteresowaniem, zadowolona, że wreszcie coś się dzieje. Rozsiadła się w fotelu, żuła gumę i patrzyła, jak chłopaki przetaczają się po dywanie. Blubek był większy i silniejszy, ale Nikodem był strasznie rozłoszczony. Nie było łatwo go pokonać. Tłukł Blubka pięściami i wierzgał nogami, aż spadły mu sandały. W końcu Blubek przycisnął go do podłogi i unieruchomił.

– Poddajesz się, Trupek!? – krzyknął. – Będziesz mnie słuchać!?

Chłopak milczał. Znieruchomiał. Blubek zobaczył, że Nikodem płacze. Zrobiło mu się trochę głupio. Nie wiedział, jak zakończyć całą sprawę. Na szczęście wtedy otworzyły się drzwi i wszedł

Kuki. Spojrzał zdziwiony na Blubka trzymającego Nikodema.

– Co się dzieje?

– Nie chciał mnie słuchać – mruknął Blubek. Puścił Nikodema i wstał. – Kazałem im zostać w pokoju, a oni sobie wyszli.

Kuki zerknął na płaczącego Nikodema i rozłoszczonego Blubka. Uznał, że najlepiej z wyjaśnieniem sprawy poczekać, aż się uspokoją. Tak zawsze robiła jego mama, kiedy pobił się ze starszym bratem.

– Potem o tym pogadamy – powiedział Kuki. – Teraz chodźcie na obiad.

Była piękna pogoda, więc obiad postanowili zjeść na tarasie. Usiedli wszyscy przy stole pod białym parasolem. Świeciło słońce i szumiało morze. Gdyby nie klon, to właściwie czuliby się jak na fajnych wakacjach.

– Pyszna zupa – powiedział Blubek. – Naprawdę super.

– Naleśniki też w porzo – pochwaliła Zula.

Zula lubiła naleśniki. Szczególnie że Gabi z Kukim wymyślili różne fajne dodatki: krem bananowy, czyli starte banany z powidłami, i sos lodowy, czyli lody z owocami wkładane do naleśników. Naprawdę się postarali i wszyscy to docenili. To znaczy wszyscy z wyjątkiem Nikodema, który siedział z obrażoną miną i się nie odzywał. Zjadł tylko kilka łyżek zupy, a naleśników nawet nie tknął.

– Nikodem… Zjedz coś – powiedziała Gabi.

– Nie mam ochoty.

– Będziesz głodny.

– To moja sprawa.

Gabi westchnęła, ale nic więcej nie powiedziała.

Blubek, któremu humor się poprawił po zjedzeniu pięciu naleśników, powiedział:

– Fajnie, że wiatr wieje w tamtą stronę.

– Czemu?

– Bo Ikuk czuje zapach jedzenia, a sam głoduje.

– Dlaczego głoduje? – zdziwił się Kuki.

– Bo po jego stronie nie ma żadnego jedzenia, rozumiecie? Musi być nieźle wygłodniały.

– Przecież może sobie wyczarować jedzenie – powiedziała Zula.

– Nie może – zaśmiał się Blubek.

– Czemu?

– Bo czarne szachy robią tylko złe czary. To znaczy, że klon może wyczarować tylko truciznę, a prawdziwego jedzenia nie. Musi być strasznie głodny.

Blubek odwrócił się w stronę latarni morskiej i krzyknął, aż echo poniosło nad wyspą:

– Ikuk! Jemy pyszne naleśniki! Właśnie wciągam szóstego! Pychota!!!

Blubek chciał zawołać po raz drugi, ale Kuki go powstrzymał.

– Przestań.

– Dlaczego?

– Bo to nie jest fajnie być głodnym.

– Żal ci tego drania?

Kuki nie odpowiedział.

W oknie latarni morskiej siedział Ikuk. Patrzył w kierunku hotelu. Budynek był ukryty za drzewami, ale klon czuł zapach jedzenia płynący stamtąd. Kiedy usłyszał wołanie Blubka: „Jemy pyszne naleśniki!", twarz wykrzywiła mu złość.

Ikuk był bardzo głodny. Przed chwilą wyczarował talerz makaronu, ale zanim zaczął jeść, zrobił próbę. Pozwolił, by na talerzu usiadła mucha. Przyglądał się jej uważnie.

Mucha zjadła okruszynkę makaronu i natychmiast przewróciła się martwa. Teraz Ikuk był już pewny, że czarne szachy nie potrafią wyczarować jedzenia. Mogą wyczarować tylko truciznę. Stracił niepotrzebnie jedną figurę, a i tak był głodny. Klon czuł się też samotny. Słyszał odległe śmiechy i głosy, a on był zupełnie sam. Rosła w nim złość.

– Kuki, ty chyba zwariowałeś! – zawołał Blubek.

– Uważam, że powinniśmy to zrobić.

– Zwariowałeś!

– Nie. Uważam, że trzeba dać Ikukowi obiad. To znaczy coś do jedzenia.

Wszyscy patrzyli zdumieni na Kukiego.

– Ale po co? Żeby był mocniejszy i nas szybciej wykończył? – jęknął Blubek.

– Już wiem – szepnęła Zula. – Ty chcesz mu dać zatrute jedzenie, żeby się go pozbyć, prawda?

– Nie. Żadnych trucizn. Chcę mu dać prawdziwe jedzenie.

– Ale po co?

– Po prostu nie chcę, żeby głodował.

– Kuki ma rację – powiedziała Gabi. – Możemy z Ikukiem walczyć, ale uczciwie. Powinny być równe szanse. Dlatego trzeba się podzielić jedzeniem.

Nikt się nie odezwał, ale Zula nie wyglądała na przekonaną. Nikodem wcale się nie odzywał.

Kuki i Gabi przygotowali kosz z jedzeniem. Włożyli do niego naleśniki, bochen chleba, jabłka i trochę ciastek. Gabi zakryła to ładną kolorową serwetką.

– Jak mu to damy? – spytała.

– Położymy kosz po jego stronie – powiedział Kuki. – Potem wyślemy mu wiadomość, że dostał od nas jedzenie.

– A kto zaniesie kosz?

– Nikodem. On jeszcze nic nie robił – mruknął Blubek. – A w dodatku powinien mieć jakąś karę za nieposłuszeństwo.

– Zgoda. Nikodem, zanieś ten kosz na stronę Ikuka i połóż za linią graniczną, na skrzyżowaniu dróg – powiedział Kuki. – Pamiętasz, gdzie jest tajne przejście?

Nikodem milcząco skinął głową. Miał obrażoną minę i się nie odzywał, ale wziął kosz i ruszył w stronę granicy.

Kiedy zniknął za drzewami, Blubek zapytał:

– Kuki, dlaczego właściwie dałeś klonowi jedzenie? Co nam to da?

– Nie wiem… Po prostu zrobiło mi się go żal. I pomyślałem, że jak zrobimy dla niego coś… no wiesz, coś dobrego, to może on przestanie być taki zły.

– Masz rację – powiedziała Gabi. – Tato mówił, że jeśli zrobisz komuś coś złego, to ten ktoś się mści. I walka trwa bez końca. Można ją przerwać tylko wtedy, gdy zrobi się coś dobrego.

Nikodem z trudem niósł ciężki kosz.

– Oni są głupi – mruczał rozłoszczony. – Wstrętni. Nie znoszę ich. Nie będą mi rozkazywać…

Pakunek był ciężki, a droga prowadziła pod górę. Do granicy było jeszcze kilkaset metrów. Nikodemowi nie chciało się dalej dźwigać kosza, ale bał się, że jak nie posłucha rozkazu, to oberwie. Zatrzymał się, żeby odpocząć.

Obok miejsca, gdzie stanął, był rów głęboki może na metr. Nikodem zerknął do niego i wpadł na pewien pomysł. Obejrzał się w stronę hotelu. Był schowany za drzewami, więc oni go teraz nie widzą… Nikodem chwycił kosz i wysypał jedzenie do rowu. Chleb i wszystkie inne rzeczy poleciały do dziury. Zapachniało naleśnikami.

Chłopak przykrył pusty koszyk serwetką i pobiegł w stronę tajnego przejścia. Przekroczył linię gejzerów i szybko przebiegł do skrzyżowania dróg. Położył tam pusty koszyk. Wiał wiatr, więc żeby koszyk się nie przewrócił, włożył do niego kilka dużych kamieni. Nikodem roześmiał się złośliwie, wyobrażając sobie, jak klon znajduje kamienie zamiast jedzenia. Potem popędził z powrotem do hotelu.

– Zaniosłeś jedzenie? – spytał Kuki.

– Tak – skłamał Nikodem. – Koszyk leży po jego stronie, na skrzyżowaniu dróg.

– Dobra – ucieszył się Kuki. – Teraz musimy go zawiadomić, że dostał jedzenie.

– Jak? – spytał Blubek.

– Alfabetem Morse'a – powiedział Kuki.

– Myślisz, że on zna alfabet Morse'a? – wątpiła Gabi.

– Ja znam. Więc on chyba też, bo jest moim klonem.

Ustawili lampę na dachu zamku i nadali światłem sygnał.

Komunikat brzmiał: „Zanieśliśmy ci jedzenie. Leży na skrzyżowaniu dróg. Nie bój się. To nie jest oszustwo".

Ikuk zobaczył błyski światła i odczytał wiadomość. Zastanawiał się, co zrobić. Oni dali mu jedzenie? Dlaczego? Klon nie mógł tego pojąć. Był pewny, że to pułapka. Oszustwo! Ale kusiło go, by to sprawdzić. Ikuk poczuł coś dziwnego. Nagle zapragnął, żeby ktoś był dla niego dobry. Nigdy nie wcześniej czegoś takiego nie czuł. Poza tym był naprawdę głodny. Postanowił sprawdzić, czy przesyłka z jedzeniem naprawdę istnieje.

Wziął na wszelki wypadek kilka szachowych figur do obrony. Wyszedł ze swej twierdzy i kryjąc się za drzewami, skradał się w stronę granicy. Zatrzymał się na skrzyżowaniu dróg. Stał tu koszyk. Był przykryty serwetką w czerwoną kratkę. Wyglądał miło i zachęcająco.

Klon zawahał się. Bał się pułapki. Ale w końcu przemógł lęk i podszedł ostrożnie do koszyka. Uklęknął obok niego. Chwycił serwetkę, ale nie miał odwagi jej zdjąć. Tak strasznie chciał, żeby tam było prawdziwe jedzenie. Marzył nie tylko o jedzeniu, ale też o tym, żeby ktoś był dla niego dobry. Ściągnął serwetkę i zajrzał do koszyka. Zobaczył trzy wielkie kamienie.

Kamienie! Oni dali mu kamienie! Zadrwili z niego!

Klon zastygł. Ale ciągle miał nadzieję. A może pod kamieniami jest prawdziwe jedzenie? Odwrócił kosz i wysypał zawartość. Niczego poza kamieniami nie znalazł. Kosz był pusty.

Ikuk wstał. Twarz wykrzywiała mu wściekłość.

– Zemszczę się na was, oszuści – szepnął. – Zemszczę się! Zobaczycie!

Kuki i Gabi zmywali naczynia w kuchni (to też należało do obowiązków kucharzy). Mieli świetny humor. Ugotowali super obiad, a najważniejsze, że podzielili się z klonem jedzeniem. Naprawdę liczyli, że to doprowadzi do pokoju między nimi. Że teraz uda się tę sprawę załatwić bez pojedynków i bitew.

Powoli zapadał zmrok. Zaczynała się ich pierwsza samotna noc na wyspie.

Nakarmili panią Szulc i pozostałe kury w jadalni i poszli na taras. Zula, Nikodem i Blubek grali w monopol i wyglądało na to, że kłótnie na razie się skończyły. Gabi i Kuki dołączyli do reszty.

Wkrótce wszyscy grali, śmiejąc się albo złoszcząc, w zależności od szczęścia w grze.

♝

W latarni morskiej klon siedział w oknie, wpatrując się w niebo. Czekał na zapadnięcie zmroku. Wreszcie słońce zaszło. Wtedy klon włączył lampę w latarni morskiej i zaczął ją rytmicznie gasić i zapalać.

Kuki zobaczył błyski światła na niebie.

– Hej! Klon nadaje sygnał!

Wszyscy zaczęli się wpatrywać w niebo. Kuki odczytywał znaki Morse'a.

– Co on napisał? – spytał Blubek.

– „Zaraz dostaniecie podziękowanie".

Kuki spojrzał na Gabi. Uśmiechnął się z ulgą.

– Wziął nasz prezent i teraz chce nam podziękować.

– Ciekawe, co nam da? – mruknął Blubek.

Kuki pomyślał, że to nieważne. Najważniejsze, że klon wyciąga rękę do zgody. Że chce przerwać walkę.

Skończyli grę i czekali. Po chwili coś pojawiło się na niebie. Nadchodziło od strony latarni morskiej. Zaciekawieni podbiegli do balustrady tarasu. Nie spodziewali się niebezpieczeństwa, przecież mieli dostać podziękowanie.

Wtedy zza drzew wynurzyła się chmura o dziwnym kształcie. Czujniki nie reagowały na chmury, więc bez trudu przepłynęła na ich stronę. Chmura zawisła nad hotelem. Miała dziwny czarno-fioletowy kolor i nadymała się, jakby oddychała.

Patrzyli na nią niepewnie.

– Kuki, co to jest? – szepnął Blubek.

– Nie wiem, może…

TRACH! Z chmury wystrzeliła błyskawica, trafiając w dach hotelu. Posypały się dachówki.

– On wysłał do nas burzę! – wrzasnął Blubek. – Ten drań wysłał do nas burzę! Chce nas wykończyć! To jest jego podziękowanie!!!

Błysnęło ponownie. Całe niebo się rozjarzyło i rozległ się przeraźliwy huk. Piorun trafił w sosnę rosnącą przy tarasie. Drzewo zapłonęło i runęło na taras tuż obok nich.

– Uciekajmy! – krzyknęła Gabi.

Wszyscy rzucili się do budynku. Tylko Kuki stał bez ruchu i patrzył jak zahipnotyzowany w chmurę.

– Kuki, chowaj się!

Gabi chwyciła Kukiego za rękę. Pociągnęła go do budynku. Ledwo odbiegli, kiedy z chmury wystrzeliła kolejna błyskawica i uderzyła w taras. Dokładnie tam, gdzie stali przed chwilą.

Wpadli do holu, myśląc, że będą tu bezpieczni. Ale nagle firany w oknach uniosły się i z trzaskiem otworzyły się drzwi. Do wnętrza wleciała ognista kula.

– Piorun kulisty! – krzyknęła przerażona Gabi.

Rzucili się do ucieczki. Piorun pognał za nimi korytarzem jak ognisty potwór.

– Chowajcie się! Tutaj!

Blubek wciągnął wszystkich do toalety. To był ostatni moment.

Piorun kulisty ze świstem przeleciał korytarzem, na szczęście omijając ich kryjówkę. Uderzył w okno na drugim końcu, rozwalił je i wyleciał do parku.

Ale kolejne pioruny uderzały wciąż w zamek. Hotel dygotał, sypał się tynk i cegły. W oknach pękały szyby.

– Kuki, musimy to powstrzymać, bo hotel się zawali! – zawołała przerażona Gabi.

Kuki nie odpowiedział. Był tak oszołomiony, że nie umiał podjąć decyzji. Naprawdę nie spodziewał się, że w podzięce za jedzenie klon wyśle im burzę. Czuł się okropnie.

– Kuki! Musisz nam powiedzieć, co mamy robić – szepnął Blubek. – Jesteś dowódcą.

Kuki się opanował.

– Przerwę tę burzę! – zawołał. – Zostańcie tu!

– Idę z tobą! – zawołał Blubek.

– Nie!

Kuki ostrożnie wyjrzał na korytarz. Piorun kulisty zniknął, ale burza nadal szalała. Korytarz co chwila rozjarzał się od błyskawic. Pioruny waliły w zamek, który trząsł się i jęczał.

Kuki wyskoczył z kryjówki i przebiegł przez korytarz. Popędził na drugie piętro. Wpadł do ośmiokątnej sali, gdzie ukryte były szachy. Wyciągnął ze szkatułki pionka. Wybiegł z sali i popędził na koniec korytarza. Była tam drabina, którą wchodziło się na dach. Chłopak wspiął się, otworzył stalową klapę i wysunął głowę. Nad nim było niebo pełne błyskawic. Widok był przerażający, ale Kuki pokonał strach. Wyszedł na dach. Burza szalała ponad nim. Kuki miotany przez wiatr doszedł do krawędzi dachu. Stąd widział całe niebo, nic nie przesłaniało widoku. Kuki uniósł szachowego piona.

– Niech przyjdzie tu druga burza! – krzyknął. – I niech pokona jego burzę!

Pionek zapłonął. I wtedy zaczęło się dziać coś niesamowitego. Znad morza przyleciała wielka chmura o żółtym kolorze. Stanęła naprzeciw czarnej chmury. Podniebne potwory zastygły, patrząc na siebie, jak wojownicy przed bitwą. Zapadła cisza. A potem z żółtej chmury wystrzeliła błyskawica. TRACH! Ognisty pocisk trafiał w chmurę Ikuka. Czarny obłok zachwiał się jak bokser trafiony pięścią. Ale zaraz nadął się i wypluł błyskawicę większą od poprzednich. Ognisty oszczep przeszył przeciwnika. Chmura Kukiego zaiskrzyła i runęła w dół. Ale tuż nad ziemią zatrzymała się i znów uniosła się w górę. I wystrzeliła trzy błyskawice. Lecz chmura Ikuka odskoczyła. Błyskawice przemknęły tuż obok Kukiego i uderzyły w zamek. Zaczęła się straszliwa bitwa chmur. Toczyła się nad głową Kukiego, który stał na dachu, wpatrzony w to straszne widowisko.

Chmury rzucały się na siebie jak potworne smoki. Atakowały i odskakiwały. Zadawały sobie ciosy błyskawicami jak wojownicy *Gwiezdnych wojen*. Niebo płonęło, a zamek trząsł się od huku piorunów. Kuki obserwował bitwę z zapartym tchem. Błyskawice przelatywały obok niego jak pociski. Chmury krążyły wokół zamku, tocząc zaciekły bój. Nagle chmura Ikuka, uskakując przed ciosem, nadziała się na piorunochron sterczący z dachu. Długi szpikulec przebił ją jak szpada. Strzeliły płomienie. Czarna chmura miotała się jak zraniony potwór.

Wtedy chmura Kukiego wzniosła się wysoko. I wystrzeliła błyskawicę większą niż wszystkie poprzednie. Ogniowy oszczep, rozdzierając powietrze, pomknął w dół. TRACH! Trafił w środek chmury Ikuka. Rozległ się potworny huk. Czarna chmura eksplodowała i została rozerwana na strzępy. Pękła jak balon i znikła.

Zwycięska żółta chmura uspokoiła się, złagodniała i powoli odpłynęła w mrok. Burza się skończyła.

Resztę nocy postanowili spędzić w jadalni. Gdyby klon wysłał następną burzę, tam było bezpieczniej niż w ośmiokątnej sali. Kuki z Blubkiem obeszli hotel, sprawdzając szkody. Pioruny zniszczyły w paru miejscach dach, wybite były szyby w wielu oknach. Na strychu zapaliły się jakieś papiery, ale szybko je ugasili.

– Dobrze, że nie rozwalił całego hotelu... – szepnął Kuki.

– Następnym razem go rozwali – mruknął Blubek. – Kuki, trzeba coś wreszcie zrobić. Musimy go unieszkodliwić, bo on spowoduje nieszczęście.

– Tak – powiedział Kuki. – Jutro musimy go złapać.

Spali na stołach. Żeby było wygodniej, położyli na nich stos obrusów. Gabi żartowała, że czuje się jak talerz naleśników. W nocy nic złego się nie zdarzyło. Rankiem obudziło ich pianie koguta w krawacie (czyli zmutowanego dyrektora hotelu).

Nakarmili drób, zjedli śniadanie i urządzili naradę.

– Musimy go pojmać – powiedział twardo Kuki. – Nie możemy pozwolić, żeby dalej robił złe rzeczy.

– Lepiej go zmienić w szczura albo w kamień – mruknął Nikodem.

Prawdę mówiąc, Nikodem bał się, że jak klon znajdzie się w ich niewoli, to wyda się sprawa z wyrzuconym jedzeniem. I wszyscy będą na niego wściekli.

– Nie. Po prostu go złapiemy – powiedział Kuki. – Potem zdecydujemy, co robić dalej.

– To będzie niebezpieczna akcja – szepnęła Gabi. – On może wyczarować coś naprawdę groźnego. Latającego potwora albo armię gigapająków.

– Wiem – powiedział Kuki. – Ale musimy tam iść i go schwytać. Nie mamy innego wyjścia.

– Chyba że… – zastanowił się Blubek.

– Co?

– Że to nie my będziemy go łapać.

– A kto?

– Łapacz!

Blubek wpadł na naprawdę świetny pomysł. Chodziło o to, by stworzyć supermaszynę do złapania klona. Blubek nazwał ją automatycznym łapaczem. Wszystkim (poza Nikodemem) ten pomysł bardzo się spodobał. No bo nie musieli sami się narażać.

Natychmiast usiedli i zaczęli projektować łapacza. Pracą kierował Blubek. Był naprawdę dobry w technicznych sprawach. Ale inni też dodawali swoje pomysły. Przekrzykiwali się, wymyślając coraz lepsze rzeczy.

– Musi super szybko biegać!

– I mieć tytanowe pazury do wspinania.

– I komputerowy nos do węszenia.

– Musi mieć rozciąganą rękę do łapania – zawołał Kuki. – Pamiętacie tę sprężynową łapę olbrzyma? Zrobimy taką samą, tylko dłuższą.

– Dobra. Ale zróbmy też lepijęzor – zawołała Gabi.

– Co to jest lepijęzor? – zdziwił się Blubek.

– Taki klejący język, który jest wystrzeliwany na dużą odległość. Przykleja się do kogoś. A potem się zwija i przyciąga go do siebie. Jaszczurki mają takie języki.

– Super pomysł! – zaśmiał się Blubek.

– I musi mieć też wciągacz – powiedziała Zula. – To znaczy taką ssawę do wciągania jak odkurzacz!

– Ekstra!

– I niech ma gaz ogłupiająco-rozśmieszający – dodała Gabi. – No wiecie, takie łaskotki w sprayu. Łapacz plunie gazem, klon będzie się zwijać ze śmiechu i wtedy on go capnie.

– To jest dziecinne – zaprotestował Blubek.

– Wcale nie. Czytałam o tym w jednej książce. To dobrze działa.

– No to dajmy mu jeszcze zdalnie sterowane lasso – powiedział Blubek.

– I latające kajdanki – zaśmiała się Zula.

– Okej. To wystarczy.

Blubek wziął szachową figurę i wypowiedział życzenie:

– Chcemy robota łapacza dokładnie według tego projektu.

TRACH! Trawnik rozsunął się jak zamek błyskawiczny i z ziemi wynurzyła się przerażająca machina. Wyglądała jak klatka na sześciu łapach. Miała sześć wyłupiastych oczu, które sterczały dookoła hełmogłowy. Łapacz miał też mnóstwo dziwnych urządzeń przymocowanych do stalowego ciała. Wyglądał niesamowicie i budził strach. Blubek był dumny ze swego dzieła.

– Jest super! Teraz trzeba go zaprogramować. Chodź tu, Kuki. Stań przed nim.

– Po co? – spytał niepewnie Kuki.

– Łapacz musi wiedzieć, kogo ma złapać. A ty wyglądasz tak samo jak klon. Robot cię zeskanuje i zapisze w pamięci. Wtedy będzie wiedział, kogo złapać.

Kuki stanął przed łapaczem. Machina z bliska wyglądała jeszcze groźniej niż z daleka. Blubek nacisnął kilka klawiszy na klawiaturze na plecach robota. W łapaczu mignęły diody i jego sztuczne oczy zaczęły wpatrywać się w Kukiego. Rozległo się ciche „klik-klik”.

– Teraz coś powiedz, Kuki.

– Po co?

– On musi zapamiętać twój głos. Powiedz cokolwiek.

– Cokolwiek! – zawołał Kuki.

Znów rozległo się ciche „klik-klik”. A potem łapacz wysunął długi nos na wysięgniku i zaczął obwąchiwać Kukiego.

– Co on robi?

– Zapamiętuje twój zapach.

Klik-klik.

– Gotowe – powiedział Blubek. – Zapisał w pamięci twój obraz, głos i zapach. Teraz wie, kogo ma złapać.

– Okej. Musimy go przeciągnąć na drugą stronę granicy i tam wypuścić na łowy.

– Może najpierw sprawdźmy, czy on w ogóle działa – powiedziała Gabi. – To znaczy, czy umie biegać.

– Myślisz, że coś źle wymyśliłem? – oburzył się Blubek.

– Nie, ale lepiej zrobić próbę.

– Jak chcecie – mruknął trochę obrażony Blubek. – Kuki, schowaj się i nie odzywaj, bo inaczej on się rzuci na ciebie.

Kuki schował się za Blubkiem, który nacisnął czarny guzik na plecach robota. Łapacz wysunął nogi i ruszył. Człapał dosyć powoli.

– Straszny flegmatyk – zaśmiała się Gabi. – Nawet ślimaka nie dogoni.

– Nie znasz się – oburzył się Blubek. – On teraz oszczędza energię. Jak wykryje klona, to włączy turbo.

– Mam nadzieję! – zawołał Kuki.

Ledwo to powiedział, łapacz stanął jak wryty i szybko odwrócił głowę. Sztuczne oczy spojrzały na Kukiego uważnie. Stalowy nos się poruszył.

– Co on kombinuje? – spytał niepewnie Kuki.

Zanim Blubek odpowiedział, łapacz skoczył w stronę Kukiego. Nie przypominał już ślimaka. Pędził jak sprinter.

– Kuki, zwiewaj!!! – wrzasnął Blubek.

Kuki rzucił się do ucieczki. Łapacz pognał za nim. Sześć stalowych łap poruszało się błyskawicznie. TRACH! TRACH! TRACH!

Blubek i Gabi popędzili za nimi.

– Co on chce od Kukiego!? – wołała Gabi.

– Myśli, że to klon. Chce go złapać!

– Czemu!?

– Bo go zaprogramowałem, żeby złapał kogoś, kto wygląda jak Kuki.

– Blubek, ty zwariowałeś!

– To nie moja wina! Mówiłem, żeby go nie włączać, jak Kuki jest w pobliżu.

– Trzeba złapać łapacza – jęknęła Gabi – zanim on złapie Kukiego!

Popędzili przez park, szukając wszędzie robota. Ale łapacz i Kuki gdzieś zniknęli.

– Poszukaj ich na plaży – krzyknął Blubek – ja sprawdzę w parku!

Gabi popędziła w stronę morza, a Blubek pognał parkową aleją.

TRACH! Łapacz przeskoczył ławkę i wylądował na drodze. Jego głowa kręciła się jak antena radaru. Nagle coś w nim pisnęło, mechaniczny nos wysunął się i zaczął węszyć. Sześć oczu spojrzało w jednym kierunku. Robot zobaczył Kukiego wychylającego się zza lodziarni.

Chłopak cofnął się szybko, ale łapacz popędził w jego stronę. Stalowe łapy łomotały o bruk. ŁUP! ŁUP! ŁUP! Kuki rzucił się do ucieczki. Zaczęli gonić się dookoła budynku jak pies z kotem. Kuki liczył na to, że łapaczowi wyczerpią się baterie. Ale robot zatrzymał się nagle i coś w nim zapiszczało. Na jego brzuchu zaczęła się otwierać klapka.

Kuki także zastygł, przytulony do ściany po drugiej stronie budki. Zastanawiał się, co robot kombinuje. Usłyszał ciche brzękniecie. Odwrócił się błyskawicznie.

Po trawie skradała się stalowa ręka na sprężynie. Kuki natychmiast rzucił się do ucieczki. Wiedział, jak groźna jest ta broń. Sam ją wymyślił! Pędził jak oszalały przez łąkę, ale sprężynowa łapa była szybsza. Wystrzeliła do przodu, naciągając sprężynę. TRACH! Dopadła Kukiego i złapała go za kaptur.

Na szczęście bluza była rozpięta. Kuki wysunął ręce z rękawów. Sprężynowa łapa szarpnęła za bluzę i przyciągnęła ją do robota. Ten zaraz poznał, że w środku nie ma Kukiego. Cisnął bluzę na drogę i pognał za chłopakiem.

Kuki uciekał jak wystraszony królik. Nagle coś świsnęło i z robota wystrzelił błyszczący przedmiot. Kuki obejrzał się i jęknął. Latające kajdanki! Mknęły z przeraźliwym gwizdem w stronę Kukiego. Chłopak padł na trawę, robiąc unik. Stalowe bransoletki przeleciały obok jego głowy. Kuki zerwał się i rzucił do ucieczki. Ale latające kajdanki zawróciły. Dogoniły go, gdy przeskakiwał stos obciętych gałęzi. KŁAP! KŁAP! Latające kajdanki atakowały, próbując zacisnąć się na rękach Kukiego. Zrozpaczony chłopak porwał z ziemi dwa kije i uniósł w górę. To go uratowało. TRZASK! Kajdanki zatrzasnęły się na kijach zamiast na rękach Kukiego! Chłopak odrzucił kije i pognał w stronę plaży. Łapacz popędził za nim.

Kuki biegł najprędzej jak umiał. Ale łapacz biegł jeszcze szybciej. Był coraz bliżej.

Gabi pędziła drogą w stronę plaży. Kukiego nigdzie nie było widać. Dziewczyna minęła lodziarnię. Zobaczyła leżącą na drodze bluzę w paski. To była bluza Kukiego! Gabi podniosła ją i oglądała z przerażeniem. Czy to znaczy, że łapacz dopadł Kukiego? I co z nim zrobił?

Kuki skręcił w stronę wielkich skał stojących nad brzegiem morza. Wskoczył między nie, licząc, że łapacz się tu nie wciśnie. Pobiegł kamiennym tunelem, ale potknął się i przewrócił. W tym momencie przybiegł łapacz. Robot faktycznie nie mógł się zmieścić między skałami. Patrzył na leżącego Kukiego sześcioma oczami i węszył stalowym nosem. Kuki już myślał, że jest bezpieczny, ale szybko się rozczarował. Bo nagle otworzyła się klapka pod nosem łapacza i wysunęło się coś długiego i wijącego się jak wąż.

– Lepijęzor! – jęknął przerażony Kuki.

Zanim uciekł, stalowy jęzor wystrzelił na odległość kilku metrów. Jego lepki koniec przykleił się do buta Kukiego. Łapacz zaczął zwijać jęzor, wlokąc chłopaka. Kuki rozpaczliwe próbował zdjąć but, ale sznurowadło się zaplątało. Przemknęło mu przez głowę, że wymyślili straszną broń, a ona obróciła się przeciw nim. Przypomniało mu się, jak mama mówiła: „Nie rób drugiemu, co tobie niemiłe". Kuki szarpał nogą, próbując oderwać się od lepijęzora, który ciągnął go do klatki. Był już metr od łapacza, kiedy udało mu się zerwać sznurowadło i zrzucić adidasa. Łapacz wciągnął sam but. Wypluł go z obrzydzeniem i ponownie wystrzelił język, ale Kuki już uciekł głębiej między skały. Przecisnął się skalistym tunelem i po kamiennych schodach zbiegł na plażę. Łapacza nie było widać.

Kukiemu zdawało się, że już jest bezpieczny. Wtedy coś trzasnęło i na szczycie skały ukazał się robot. Zobaczył Kukiego. Wykonał niesamowity skok i wylądował na plaży. Kuki rzucił się do ucieczki. Łapacz popędził za nim.

Rozległ się świst i w powietrze pofrunęła jakaś linka. Zdalnie sterowane lasso! Kuki błyskawicznie chwycił kosz na śmieci i włożył go na głowę.

Lasso spadło, zaciskając się na koszu i dłoni Kukiego. Chłopak zdołał wyszarpnąć rękę i lasso porwało tylko kosz. Pojemnik śmignął w powietrzu i wylądował obok łapacza. Robot kopnął go ze złością i pognał za Kukim.

Blubek pędził przez park. Musiał znaleźć łapacza i wstukać w klawiaturę kod „stop-0-0". To go zatrzyma. Ale robota nigdzie nie było widać. Blubek się pocieszał, że nawet jeśli łapacz dopadnie Kukiego, to go tylko uwięzi i zaniesie do hotelu. Tam będą mogli Kukiego uwolnić. Ale jeśli coś pójdzie nie tak, to Kuki może oberwać. Na przykład sprężynowa łapa urwie mu ucho albo lepijęzor przyklei się do włosów i go oskalpuje… Nie przetestowali dobrze łapacza i to był błąd. Blubek rozglądał się uważnie po parku, ale ani łapacza, ani łapanego nie było nigdzie widać.

Kuki biegł przez plażę. Stopy grzęzły mu w piasku. Słyszał za sobą jazgot silników łapacza. Robot co jakiś czas wystrzeliwał lepijęzor albo wysuwał sprężynową łapę. Kuki robił rozpaczliwe uniki, ale wiedział, że to nie będzie trwało wiecznie. Łapacz w końcu go dopadnie. W takich tarapatach Kuki jeszcze nie był.

Na szczęście stalowe nogi łapacza także zapadały się w piach i nie biegł zbyt szybko. Nagle robot się zatrzymał. Coś zabrzęczało i z jego stóp wysunęły się płozy. Wyglądały jak deski snowboardowe. Łapacz przestał się zapadać w piasek. Ślizgał się po plaży jak zwariowany narciarz. Biegł teraz dużo szybciej od Kukiego. Doganiał go!

Zrozpaczony chłopak nie wiedział, co robić. Nagle zobaczył wieżyczkę ratownika. Stała na plaży blisko morza. Oczywiście ratownika tam nie było, ale Kuki mógł się ukryć na niej, licząc, że łapacz tam się nie wdrapie. Chłopak popędził do wieżyczki. Wspiął się po drabinie i skulił na platformie. Łapacz dobiegł do wieżyczki kilka sekund po nim. Jego sztuczne oczy wpatrywały się w Kukiego, który kulił się na górnej platformie.

Robot zaczął się wspinać po drabinie. Na szczęście szybko ześlizgnął się i spadł. Ale zaraz się podniósł i wysunął z łap stalowe pazury. Teraz bez trudu złapał szczeble drabiny. Zaczął wspinać się na wieżyczkę jak upiorny pająk.

– O rany – jęknął bezradnie Kuki. – Wymyśliliśmy go za dobrze!

Robot był już metr od niego. Wtedy Kuki zobaczył, że drabina nie jest przymocowana. Była tylko oparta o wieżę. Kuki złapał ją i odepchnął. Drabina runęła na piasek, a łapacz spadł razem z nią. Przewrócony na plecy, wierzgał stalowymi nogami jak upiorny robak. Ale zaraz się zerwał. Na szczęście drabina wygięła się przy upadku. Nie dało się już po niej wchodzić.

Robot, wyraźnie rozwścieczony, podbiegł do wieży. Zaczął nią potrząsać. Chciał przewrócić wieżyczkę! Konstrukcja drżała, ale była mocno wbita w piasek. Na razie się trzymała.

Kuki skulił się na środku platformy. Liczył, że jeśli łapacz nie będzie go widzieć, to się znudzi i odejdzie. Ale robot był uparty.

Gabi pędziła drogą wzdłuż wydm. Trzymała w ręku bluzę Kukiego. Nagle usłyszała hałasy dochodzące znad morza. Natychmiast skręciła w ścieżkę między skałami, prowadzącą na plażę. Przy ostatniej skale zatrzymała się i ostrożnie wyjrzała. Zobaczyła łapacza, który trząsł metalową wieżyczką. Na jej szczycie mignęła pomarańczowa koszulka. Tam był Kuki!

„Jeśli łapacz przewróci jego kryjówkę, Kukiego nic nie uratuje!" – pomyślała w panice Gabi. Co robić? Nagle wpadła na pomysł. Szybko włożyła na siebie bluzę Kukiego, zapięła zamek i wbiegła na plażę. Liczyła, że jak łapacz zobaczy bluzę, pomyśli, że to Kuki, i będzie starał się ją złapać. Gabi odciągnie łapacza od Kukiego, a potem wyrzuci bluzę do morza. W tym czasie Kuki zwieje.

To mogło się udać!

Dziewczyna opuściła nisko kaptur, żeby zasłaniał jej całą twarz, i podbiegła do łapacza.

Ten usłyszał kroki i odwrócił się. Zobaczył Gabi w bluzie Kukiego.

Robot wpatrywał się w nią uważnie. Jego kamery poruszały się na stalowych ramionach. Rozpoznał bluzę, ale inne elementy się nie zgadzały... Łapacz wysunął swój komputerowy nos i zaczął węszyć. Poczuł zapach Kukiego, który wciąż tkwił w bluzie. Wtedy skoczył w kierunku Gabi. Ta zaczęła uciekać w stronę morza, żeby odciągnąć robota jak najdalej od wieżyczki.

Kuki wychylił się i zobaczył uciekającą Gabi. Najpierw nie rozumiał, co ona robi. Ale błyskawicznie pojął, że próbuje go w ten sposób uratować.

„Ona jest niesamowita!" – pomyślał.

Gabi odbiegła kilkadziesiąt metrów od wieżyczki. Już miała zdjąć bluzę i cisnąć ją do wody, kiedy łapacz uniósł rękę. Wystrzeliła z niej biała smuga. Obłok gazu trafił w Gabi.

Dziewczyna zastygła. Wiedziała, co się stało. Gaz ogłupiający! Sama to świństwo wymyśliła! Gaz zdziałał natychmiast. Gabi zaczęła się śmiać jak szalona.

Padła twarzą na piasek i chichotała. Trzęsła się ze śmiechu. Nie mogła się podnieść ani uciekać. Niesamowity śmiech zupełnie ją obezwładnił. Robot poczłapał w jej stronę. Nie spieszył się. Wiedział, że uciekinier należy już do niego.

Robot stanął obok Gabi, która wciąż trzęsła się ze śmiechu. Nie miała nawet siły zdjąć kaptura, by robot zobaczył, kim jest naprawdę.

TRACH! W łapaczu otworzyły się drzwi klatki. Coś syknęło. To uruchomiła się ssawa. Gabi została błyskawicznie wciągnięta do klatki. TRZASK! Klatka się zamknęła. W tym momencie Gabi przestała się śmiać. Gaz przestał działać. Dziewczyna otworzyła oczy i zobaczyła, że jest uwięziona.

Łapacz powoli odwrócił się i ruszył przez plażę z uwięzioną Gabi.

W tym momencie Kuki zeskoczył z wieży na piasek. Lądując, przewrócił się i stłukł kolano, ale to nie miało znaczenia. Musiał uwolnić Gabi! Pozbierał się i pobiegł za łapaczem. Robot maszerował ze swym łupem powoli i Kuki łatwo go dogonił. Szum morza tłumił jego kroki, więc łapacz go nie słyszał. Kuki skradał się za nim, nagle skoczył i dopadł do robota. Natychmiast zaczął stukać w klawiaturę umieszczoną na jego plecach. Pisał byle co, aby tylko zakłócić działanie łapacza. To był błąd.

Robot zastygł. Potem coś zgrzytnęło, z jego głowy strzeliły iskry i uniósł się dym. Wyraźnie coś się w nim zepsuło. Łapacz zaczął skakać jak zwariowany kangur, stalowa głowa wirowała jak śmigło. A potem pogalopował jak spłoszony koń w stronę granicy. A przecież powinien iść do hotelu!

Kuki słyszał rozpaczliwe wołanie Gabi uwięzionej w brzuchoklatce pędzącego robota. Pognał za nim. Łapacz biegł w stronę linii gejzerów. Jego głowa dymiła. Kuki zobaczył z przerażeniem, że robot przebiega przez tajne przejście na drugą stronę granicy. No tak! Znał tajne przejście, bo miał tamtędy wyruszyć po klona.

Łapacz minął linię graniczną i pobiegł w stronę latarni morskiej! Pędził z uwięzioną Gabi prosto do twierdzy Ikuka!

Kuki chciał popędzić za robotem, ale usłyszał krzyk:

– Kuki! Stój!

To nadbiegał Blubek. Kuki popędził do przyjaciela.

– Blubek, on złapał Gabi! Porwał ją na tamtą stronę!

– Wiem! Widziałem wszystko…! – krzyczał zdyszany Blubek. – Niepotrzebnie ruszałeś sterownik! Łapacz poszedłby do hotelu i oddał nam Gabi. A teraz nie wiadomo, co zrobi, bo zepsułeś mu komputer.

– Musimy tam iść ratować Gabi!

– Wiem! Ale trzeba wziąć ze sobą szachy. Nie możemy iść bez broni. Klon na pewno już na nas czeka.

Kukiego przeszły dreszcze. Oczywiście! Klon zobaczy, co się dzieje, i schwyta Gabi. Muszą ją ratować, ale potrzebna im broń do walki. Popędzili z Blubkiem do hotelu.

Gabi klęczała w brzuchoklatce, trzymając się kurczowo krat. Robot podskakiwał jak zwariowana małpa. Przy każdym podskoku Gabi obijała się o kraty albo przewracała na podłogę. Czuła się jak pasażer szalonej karuzeli. Robot wciąż zmieniał kierunek biegu, raz galopował w prawo, raz w lewo. Jego GPS był wyraźnie zepsuty. W końcu łapacz ustalił jakiś kierunek. Minął latarnię morską i pognał w stronę morza. Gabi była przerażona. Co będzie, jeśli robot wpadnie do wody? Z nią zamkniętą w środku!

Na szczycie latarni morskiej otworzyło się okno i wychylił się Ikuk z lunetą w ręku. Zobaczył robota pędzącego w stronę morza i Gabi w jego wnętrzu. Nie rozumiał, co to oznacza. Widział, jak łapacz pędzi grzbietem skalistego cypla, dobiega do krawędzi skały zawieszonej wysoko nad wodą i nagle skacze do morza!

TRACH! Robot uderzył w wodę i zatonął.

Gabi wrzasnęła ze strachu, kiedy łapacz runął do morza. Stalowy robot błyskawicznie zatonął, a klatka wypełniła się wodą.

Uwięziona dziewczyna rozpaczliwe szarpała kratę, ale nie mogła jej otworzyć. Była pięć metrów pod wodą, w klatce, bez możliwości wyjścia.

„Zaraz zabraknie mi powietrza" – pomyślała rozpaczliwe Gabi.

Klon zbiegł ścieżką ze stromego brzegu nad samo morze. Ukląkł na kamieniach i wyjrzał ostrożnie. Zobaczył pod wodą cielsko zatopionego robota. I Gabi miotającą się w jego wnętrzu.

Klon uniósł rękę z szachową figurą. Powiedział coś cicho i figura zapłonęła.

W tej chwili zatopiona Gabi poczuła coś dziwnego. Już nie brakowało jej powietrza. Mogła oddychać... To było niesamowite! Oddychała w wodzie! Jak to możliwe? Spojrzała w błyszcząca blachę na suficie klatki i zobaczyła swe odbicie. Ale w odbiciu nie było Gabi. Zobaczyła rybę!

Gabi została zmieniona w rybę!

Chciała krzyknąć ze strachu, ale nie mogła. Przecież ryby nic potrafią krzyczeć!

Na szczęście Gabi potrafiła wciąż myśleć jak człowiek. Zobaczyła, że teraz może zmieścić się między prętami klatki. Natychmiast przecisnęła się przez kratę i wypłynęła na wolność. Gabi-ryba chciała popłynąć na drugą stronę wyspy, licząc, że odnajdzie ją Kuki i zmieni z powrotem w człowieka. Ale w tej chwili coś zielonego przecięło wodę. Oplotło ją i uwięziło. Sieć! Klon złapał ją w sieć!

Gabi pofrunęła w górę, miotając się bezradnie w siatce. Klon wyciągnął sieć na brzeg. Delikatnie wyjął trzepoczącą się rybę i wrzucił ją do słoja z wodą. Gabi była znów uwięziona, i to podwójnie. W ciele ryby i w szklanym słoju.

Blubek i Kuki dobiegali do hotelu, kiedy zobaczyli na niebie błyski światła.

– Klon wysyła jakąś wiadomość – krzyknął Blubek.

Kuki odwrócił się i zaczął odczytywać znaki. Gdy błyski ustały, Kuki zbladł.

– Kuki, co jest? – spytał Blubek, który nie znał alfabetu Morse'a. – Co ten drań napisał?

– „Jeśli chcesz odzyskać Gabi, oddaj mi białe szachy" – wyszeptał Kuki.

– Jestem głupi! Jestem po prostu kretynem! – wściekał się Blubek. – Źle zaprojektowałem tego debilnego łapacza. Powinien mieć zdalne sterowanie na pilota!

– Nie gadaj już o tym! – zawołał Kuki. – Teraz musimy ją ratować!

Siedzieli wszyscy w ośmiokątnej sali i próbowali wymyślić sposób na ocalenie Gabi.

– Minęła godzina, więc łapacz przestał istnieć – powiedział Kuki. – Ale klon w tym czasie uwięził Gabi.

– I wyczarował dla niej specjalne więzienie – powiedział ponuro Blubek. – Takie, którego nigdy nie otworzymy.

– Nie mów tak – zawołał Kuki.

– Co chcesz zrobić? – spytał Blubek. – Oddasz mu szachy?

– Tak – szepnął Kuki. – Gabi jest ważniejsza niż wszystkie magiczne przedmioty.

– Jasne. Ale jeżeli oddamy klonowi szachy, to będziemy bezbronni. Ikuk znów uwięzi Gabi i nas wszystkich. Albo zamieni w psią kupę.

– Ale jak nie oddamy szachów, to on się zemści na Gabi – wyszeptał Kuki.

Milczeli. Nie wiedzieli, co robić. Wreszcie odezwała się Zula:

– Ja mam pomysł.

Spojrzeli na nią zdziwieni. Zula najczęściej mówiła, że nic jej nie obchodzi.

– Jaki masz pomysł? – spytał niechętnie Kuki.

– Jak byłam mała, to robiłam często taki żart. Kładłam na ulicy portfel, a jak ktoś chciał go podnieść, to portfel zwiewał. Bo był na żyłce, którą ja ciągnęłam.

– Po co o tym gadasz? – mruknął Blubek.

– Bo możemy temu draniowi zrobić niezły numer – powiedziała Zula. – I uratować biedną Gabi. Posłuchajcie…

Pomysł Zuli był naprawdę niezły. O ile uda się go wykonać.

Kuki wziął silną latarkę i wszedł z Blubkiem na dach. Nadał w stronę kryjówki klona świetlną wiadomość:

„Jeśli oddasz Gabi, oddamy ci szachy"

Minęła chwila i dostali odpowiedź: „Zanieś szachy na moją stronę, na skrzyżowanie dróg. Dziś o północy. Wtedy ją odzyskasz". A po chwili światło błysnęło jeszcze raz i Kuki odczytał następną wiadomość: „Pamiętaj. Wiem, ile masz figur. Musisz oddać wszystkie".

Zapadł zmierzch. Niebo nad wyspą stało się ciemne i ponure, tylko nad morzem została smuga światła z zachodzącego słońca. W końcu i ona zgasła.

Siedzieli w jadalni i jedli późny obiad. Kucharzem był Nikodem i ugotował zupę fasolową. Była okropnie słona, bo kiedy Nikodem ją solił, spadła zakrętka z solniczki i do zupy wsypała się cała jej zawartość. Blubek wściekł się na niego i prawie się pobili. Kuki nie miał siły ich godzić. Zbytnio martwił się o Gabi i prawie nic nie jadł.

– Zjedz trochę tego paskudztwa – powiedział Blubek. – Bo nie będziesz miał siły na akcję.

– Nie jestem głodny – mruknął Kuki.

Spoglądał wciąż na zegarek. Czas płynął strasznie powoli.

Wreszcie Blubek powiedział:

– Chodź, Kuki. Musimy się przygotować.

Pół godziny przed północą Kuki i Blubek wyruszyli. Zabrali szkatułkę z szachami. Zula i Nikodem zostali w hotelu. Mieli zabarykadować się w ośmiokątnej sali i nikogo nie wpuszczać.

– A co będzie, jak nie wrócicie? – szepnął Nikodem.

– Wrócimy.

Blubek i Kuki szli przez ciemny park w stronę granicy. Wiał silny wiatr i fale z hukiem rozbijały się o brzeg. Kukiemu zdawało się, że wyspa lekko się kołysze. Dotarli do linii gejzerów. Z trudem odszukali w ciemnościach tajne przejście. Blubek poświecił latarką, sprawdzając, czy na pewno dobrze trafili. Kamienne znaki były na miejscu. Kuki otworzył szkatułkę i wyciągnął jedną z figur, wieżę. Uniósł rękę i bezgłośnie wyszeptał rozkaz. Tym razem figura się nie zapaliła. Ale właśnie tak miało być. Czar zacznie działać dopiero za godzinę. To była część sprytnego planu Zuli. Kuki schował figurę, zamknął szkatułkę i przeszli z Blubkiem przez granicę.

Znaleźli się na terytorium Ikuka. Skradali się, kryjąc się za drzewami. Przed skrzyżowaniem dróg zatrzymali się i schowali za lodziarnią. Na szczęście wyszedł księżyc i wreszcie było coś widać. Blubek wyciągnął lornetkę i wpatrywał się w skrzyżowanie.

– Gabi tam nie ma... – szepnął. – Ale coś stoi na drodze. Zobacz...

Podał przyjacielowi lornetkę.

Kuki zobaczył w dużym zbliżeniu jakiś przedmiot. Przypominał mały samochód. Miał może pół metra długości.

– Pójdę to obejrzeć – powiedział Kuki.

– To może być pułapka – szepnął Blubek. – Dotkniesz tego i zapadnie się ziemia czy coś w tym rodzaju...

– Chyba nie. Przecież ja mam szachy, a on nie chce ich zniszczyć.

– Iść z tobą? – spytał Blubek.

– Nie. Czekaj tu na mnie. Jakby co, to mnie ratuj.

– Jasne. Trzymaj się.

Kuki uśmiechnął się do przyjaciela i ruszył. Blubek obserwował go, jak odchodzi. Był bardzo niespokojny.

Kuki skradał się, kryjąc się w przydrożnych krzakach. Ostatnie kilka metrów się czołgał.

W końcu dotarł do dziwnego pojazdu. Była to miniaturowa ciężarówka. Samochodzik miał może pół metra długości. Przypominał modele, które kiedyś zbierał jego brat. Ale był zrobiony z grubego żelaza i przez to bardzo ciężki. Co to mogło znaczyć?

Kuki zobaczył, że pojazd ma w dachu otwór. Obok był napis: „Wrzuć tu szachy, jeśli chcesz ją znaleźć".

Kuki się zawahał. Jeśli pozbędzie się szachów, to zostanie bezbronny... Ale nie miał wyjścia. Mógł tylko wierzyć, że pomysł Zuli ocali jego i Gabi.

Otworzył szkatułkę. A potem jedną po drugiej wrzucił białe figury do otworu w dachu samochodu. Stuk... stuk... Szachy wpadały do wnętrza jak do dziwnej skarbonki. Kukiemu przypomniały się pojazdy stojące w supermarketach, do których dzieci wrzucały pieniądze, żeby się w nich bujać.

W końcu w dłoni Kukiego została ostatnia figura, biały król. Jeśli go wrzuci, będzie całkowicie bezbronny. Korciło go, by ukryć króla. Ale jeśli klon naprawdę wie, ile Kuki ma figur, to nie odda mu Gabi.

Kuki wrzucił ostatnią figurę. Wpadła z głuchym stuknięciem do wnętrza auta. TRACH! W samochodzie włączyły się światła. Coś zgrzytnęło i miniaturowy pojazd ruszył. Kuki pobiegł za tajemniczym samochodem, który toczył się z chrzęstem parkową aleją. Wreszcie zatrzymał się obok kamiennej ławki. Coś na niej było... Kuki podbiegł do ławki. Stał na niej szklany słój z wodą. Pływała w niej srebrna ryba, mieniąc się w blasku księżyca. Kuki zapomniał o niebezpieczeństwie. Przycisnął twarz do naczynia. Uwięziona ryba podpłynęła i Kukiemu wydało się, że ma ludzkie oczy! Kuki wyszeptał:

– Gabi, czy to ty? Daj mi znak!

I wtedy ryba pokiwała głową. To była Gabi!

Kuki usłyszał czyjeś kroki. Odwrócił się błyskawicznie. Za nim stał Blubek.

– Co się dzieje? – spytał nerwowo Blubek. – Co ten łobuz wykombinował?

Kuki uniósł słój.

– To jest Gabi! – szepnął. – Ikuk zmienił ją w rybę!

– Co za drań! – syknął Blubek – A szachy?

Kuki rozejrzał się. Dziwny pojazd, do którego włożył szachy, zniknął.

Klon siedział w oknie latarni morskiej. Trzymał w ręku sterownik. Z daleka było słychać chrzęst stalowych kółek trących o żwir na drodze. Po chwili z mroku wyjechał miniaturowy samochód i zatrzymał się obok latarni morskiej.

Po chwili uchyliły się drzwi latarni. Ikuk ostrożnie wyjrzał. Podbiegł do miniaturowej ciężarówki i nacisnął jakieś miejsce na dachu. Drzwi w aucie się otworzyły. Klon uklęknął i delikatnie wyciągnął z wnętrza białe szachy. Oglądał je z zachwytem.

Kuki i Blubek szli w stronę granicy, niosąc ostrożnie słój z Gabi-rybą. Woda w słoju chlupotała. W pewnej chwili Kuki potknął się i omal się nie przewrócił. Na szczęście Blubek go przytrzymał.

Gdyby rozbili słój i wylali wodę, Gabi nic by nie uratowało! W każdej chwili oczekiwali napaści, ale klon nie atakował. Bezpiecznie dotarli do granicy i przekroczyli ją tajnym przejściem.

Ikuk siedział w sali zegarowej na szczycie wieży. Wcale nie zamierzał atakować Kukiego. Wiedział, że skoro Kuki nie ma szachów, to nie odczaruje Gabi. Będzie cierpiał, patrząc na zaklętą dziewczynę i nie mogąc nic zrobić. Taka zemsta bardzo klonowi odpowiadała.

– Jesteście pewni, że to Gabi? – spytała Zula, kiedy Kuki z Blubkiem przynieśli słój z rybą.

– Tak – westchnął Kuki.

– Skąd wiesz?

– Spytałem, czy to ona, i ta ryba dała mi znak. To znaczy pokiwała głową.

– Ten klon mógł wykręcić jakiś numer – powiedziała Zula. – Lepiej sprawdzić, czy to na pewno Gabi.

– Ciekawe, jak chcesz to sprawdzić? – mruknął Blubek.

– Zapytam ją o coś, co wie tylko prawdziwa Gabi.

Zula pochyliła się nad słojem.

– Ej… ryba. Powiedz, czy twoja komórka to iPhone? – spytała.

Ryba pokręciła głową.

– Sony?

Ryba pokiwała głową.

– Zgadza się – mruknęła Zula. – A kolor ma zielony?

Zaprzeczenie.

– Niebieski?

Ryba pokiwała głową.

– Okej. To jest Gabi – stwierdziła Zula. – I co z nią zrobimy?

– Trzeba ją odczarować! – zawołał zdenerwowany Kuki. – Ale jak twój pomysł okaże się głupi, to nie odzyskamy szachów. I ona zawsze będzie rybą.

– Kuki, nie denerwuj się – uspokajał przyjaciela Blubek. – Wiesz, że czary trwają tylko jakiś czas.

W najgorszym razie Gabi za rok będzie znów człowiekiem.

– Niekoniecznie – mruknął Nikodem.

– Co ty bredzisz? – krzyknął Blubek. – Czemu niekoniecznie?

– Ja mam akwarium i znam się na rybach – powiedział Nikodem. – Gabi zmieniła się w zwinnika jarzeńca, po łacinie *Hemigrammus erythrozonus*. Takie ryby żyją dwanaście lat. Najwyżej! A Gabi ma już dwanaście lat. Jak na rybę jest strasznie stara.

Wszyscy spojrzeli z przerażeniem na biedną Gabi. Chyba musiała usłyszeć, co mówili, bo zastygła bez ruchu.

– A w ogóle w tym słoiku to ona się udusi – mruknął Nikodem. – Najlepiej włożyć ją do akwarium.

Poszli do holu, gdzie stało wielkie akwarium.

– Nikodem, czy te ryby… te z akwarium, nie zjedzą Gabi? – spytał Kuki.

– To glonojady. Nie są drapieżne. To Gabi może je pożreć, bo ona jest rybą drapieżną.

– Gabi nie jest drapieżna – oburzył się Kuki. – Ona jest łagodna!

Ostrożnie przełożył rybkę do akwarium. Gabi plusnęła do wody i wyraźnie się ożywiła. Pływała szybko, ciesząc się większą przestrzenią. „Dobrze chociaż, że Gabi jest rybą, a nie na przykład myszą, bo zawsze lubiła pływać" – pomyślał Kuki.

Przycisnął twarz do szyby akwarium. Gabi podpłynęła.

– Gabi, nie bój się... – wyszeptał Kuki. – Uratujemy cię. A... A nawet jeżeli zostaniesz rybą, to ja i tak będę cię lubił. Przysięgam!

– Kuki... Musimy iść na taras – powiedział Blubek. – Zaraz się zacznie.

– Dobrze... Nikodem, ty tu zostań. Pilnuj akwarium i Gabi.

Blubek, Zula i Kuki pobiegli na taras. Stanęli przy balustradzie i czekali, aż zegar wybije godzinę pierwszą. Wtedy miał zacząć działać plan Zuli.

W latarni morskiej Ikuk ułożył przed sobą białe figury szachowe. Patrzył na nie z radością. Teraz tylko on miał magiczne szachy. Wszystkie istniejące figury, czarne i białe. Tylko on miał magiczną moc! Mógł zrobić wszystko, co zechce. Ale pierwszy czar będzie zwyczajny. Jedzenie!

Klon był straszliwie głodny. Od wczoraj nic nie jadł. Ale teraz urządzi sobie wielką ucztę! Będzie kurczak i spaghetti z pięcioma sosami! Pięć sałatek i pierogi. I naleśniki! Potem ciastka bananowe i słodki marcepan... Ułożył cudowny jadłospis.

W tym momencie zegar wybił pierwszą. Klon nie zwrócił na to uwagi. Wyciągnął rękę w stronę białej figury, by wykonać czar. Ale zanim jej dotknął, figura zapłonęła! Sama!

Klon spojrzał zaskoczony.

Szachowa wieża zapaliła się, zanim wypowiedział życzenie... O co tu chodzi?

Pozostałe białe figury nagle drgnęły. Poruszyły się. Ikuk patrzył na to niepewnie.

– Co się dzieje? – wyszeptał.

TRACH! Białe figury podskoczyły i zaczęły uciekać! Skakały po podłodze jak żywe stworzenia. Klon rzucił się w pogoń, ale figurki umykały przed nim jak myszy przed kotem. Dobiegły do schodów, skoczyły i poturlały się po stopniach. Klon popędził za nimi, ale białe szachy były już na dole i uciekły przez otwarte drzwi. Ikuk próbował je złapać, ale figury umykały, skacząc jak koniki polne. Klon rzucił się na trawę jak bramkarz i niemal ich dopadł, ale wtedy figury uniosły się górę i pofrunęły. Ikuk patrzył z rozpaczą, jak białe szachy odlatują, znikając w ciemnościach.

– A co będzie, jak się nie uda… – szepnął Kuki.

– Uda się – mruknęła Zula.

Blubek, Kuki i Zula stali na tarasie i z napięciem wpatrywali się w niebo. Czekali.

Czas mijał i nic się nie działo. W końcu Kuki wybuchnął, krzycząc do Zuli:

– To był głupi pomysł! Wymyśliłaś coś głupiego! Specjalnie! Przez ciebie Gabi nigdy już nie będzie dziewczy…

– Kuki! Zobacz! – krzyknął Blubek – Tam!

Coś błysnęło w ciemnościach. Zza drzew wyfrunął biały król. Szachowa figura poszybowała w ich stronę. Po chwili pojawiła się biała królowa i pozostałe figury! Leciały prosto do nich jak białe motyle. Latające szachy zatoczyły krąg wokół Kukiego i wylądowały w otwartej szkatułce. Wróciły wszystkie figury, które zaniósł do klona, z wyjątkiem jednej, która wywołała ten czar. Kuki zamknął szkatułkę. A potem powiedział:

– Zula, dzięki… Świetnie to wymyśliłaś.

Bo na tym właśnie polegał pomysł Zuli. Rozkazać białym figurom, żeby po godzinie uciekły od klona. I same do nich wróciły!

Wszyscy stanęli przed akwarium, w którym pływała Gabi-ryba. Zula trzymała ręcznik. Kuki miał w dłoni figurę białej królowej. Miał wypowiedzieć życzenie, by Gabi znów była dziewczyną.

– Czekaj! – zawołała Zula. – Najpierw musisz zamknąć oczy.

– Czemu? – zdziwił się Kuki.

– Nie rozumiesz? – zaśmiała się Zula. – Przecież ta ryba nie ma ciuchów. Jest nieubrana! Nie możesz na nią patrzeć, jak zmieni się w Gabi. Wszyscy zamykajcie oczy.

Kuki, Blubek i Nikodem zacisnęli powieki. Kuki podniósł białą królową i powiedział:

– Chcę, aby Gabi była taka jak... Jak przed zamianą w rybę!

Figura zapłonęła. Błysnęło jaskrawe światło i chlusnęła woda.

Kuki, który wciąż miał zamknięte oczy, zapytał nerwowo:

– Zula, i co?

– O kurczę... – jęknęła Zula. – Ona zmieniła się w ośmiornicę.

– Co!? – krzyknął przerażony Kuki.

Żartowałam. Możesz już na nią spojrzeć.

Kuki otworzył oczy. W akwarium stała Gabi, owinięta w ręcznik. Była znowu dziewczyną. Prawdziwą Gabi!

Kuki popędził do niej.

– Gabi... Jak to dobrze, że znowu jesteś! – wyszeptał.

A potem nagle objął ją i pocałował.

Następnego dnia obudzili się bardzo późno, bo byli wykończeni po nocy pełnej niesamowitych zdarzeń. Pierwszy wstał Blubek, który miał tego dnia dyżur. Zrobił dla wszystkich kakao i trochę kanapek. Chleb był stary i suchy. Blubek zastanawiał się, czy nie wyczarować świeżego, ale figury już się kończyły i szkoda ich było na taki czar. Blubek wyniósł kanapki i dzbanek z kakao na taras. Był ciepły, słoneczny ranek. Ale kiedy Blubek rozejrzał się, wydało mu się, że coś jest nie tak. W parku były kałuże, choć raczej nie padał deszcz. Ze szczelin w ziemi wypływała woda...

Postanowił, że powie o tym Kukiemu i razem to sprawdzą. Zawołał:

– Śniadanie gotowe!

Chleb faktycznie był stary i suchy. Moczyli go w kakao, żeby trochę zmiękczyć. Jedli śniadanie, ziewając, bo wciąż czuli trudy nieprzespanej nocy.

– Gabi, fajnie być rybą? – spytał Kuki.

– Fajnie się nurkuje – powiedziała Gabi. – Ale poza tym było okropnie. Było mi stale zimno. A najgorsze, że nie mogłam mówić. Umiałam tylko wydawać różne dźwięki, ale wy ich nie słyszeliście. Zresztą i tak byście nie zrozumieli.

– Mogliśmy zrobić czar, żebyś gadała jak Budyń – zaśmiał się Blubek.

– Co to za budyń? Jakiś gadający deser? – zainteresowała się Zula.

– Budyń to pies. Umie mówić – powiedziała Gabi. – Ale teraz siedzi w klatce. To znaczy w hotelu dla psów.

– Szkoda, że go tu nie ma – westchnął Kuki. – Powinienem wysłać mu wiadomość, ale telefony nie działają.

– Kuki, czy widziałeś tę wodę? – spytał Blubek

– Jaką wodę?

– No tam, w parku. Na trawie i wszędzie są kałuże. Wczoraj ich nie było.

– Może padał deszcz.

– Nie padał, bo drzewa są suche.

Po śniadaniu wszyscy poszli do parku, żeby sprawdzić, o co chodzi z tą wodą.

Przez trawę płynęły małe strumyczki. W kilku miejscach ze szczelin tryskały niewielkie fontanny. Kuki nabrał trochę wody w dłoń i spróbował.

– Jest słona – mruknął. – To woda morska.

– Ale skąd się tu wzięła? – spytał Blubek.

– Mnie się wydaje, że wyspa zaczyna przeciekać – powiedziała Gabi. – To znaczy popękała i przepuszcza wodę. To mogło się stać w czasie tej upiornej burzy.

– Jak to: przecieka? – zdziwił się Blubek. – Przecież wyspa to nie łódka!

– Ta wyspa oderwała się od dna i płynie. Więc jest jak statek. Jeśli będzie dziurawa, to może zatonąć. Jak Titanic.

Rozejrzeli się niepewnie dookoła. Na razie wyspa nie tonęła, ale faktycznie przeciekała.

– Jeszcze nie tonie, więc się tym nie martwmy – powiedział Kuki. – Ale trzeba pilnować, żeby nie narobić więcej dziur. To znaczy w czasie jakiejś walki z klonem.

– No właśnie – mruknął Blubek. – Trzeba się naradzić, co dalej robimy.

Ruszyli z powrotem do hotelu. Nagle Blubek zawołał:

– A co to jest?

W rowie blisko granicy coś leżało. Jakieś pakunki.

Nikodem szybko powiedział:

– To nic, to jakieś śmieci. Chodźmy!

Ale Gabi, Kuki i Blubek uklękli nad dziurą.

– Tam jest chleb i naleśniki... I jabłka... – zawołała Gabi. – Skąd to się wzięło w tej dziurze?

Blubek wstał.

– Ja wiem, skąd się to wzięło – mruknął groźnie. Podszedł do Nikodema, który cofnął się wystraszony. – Kazaliśmy ci zanieść jedzenie dla Ikuka, tak? A ty je wyrzuciłeś do śmieci! – powiedział rozwścieczony Blubek. – Zgadza się?

Nikodem milczał. Blubek odwrócił się do Kukiego i Gabi.

– Ten drań nie wypełnił rozkazu. Nie zaniósł klonowi jedzenia! Przez to Ikuk się wściekł, bo myślał, że go oszukujemy. I teraz szaleje i walczy z nami. Dlatego wysłał burzę i mało nas nie rozwalił.

Kuki spojrzał na Nikodema.

– Czy to prawda? Wyrzuciłeś jedzenie dla niego? – spytał, choć nie było żadnych wątpliwości. Ale Kuki chciał usłyszeć przyznanie się do winy.

Nikodem milczał.

– Mów! – krzyknął Blubek.

– Nie będziecie mi rozkazywać – powiedział Nikodem.

– Co takiego!? – wrzasnął Blubek. – Zrobiłeś taki numer i jeszcze się stawiasz?

– Nie będziecie mi rozkazywać! Ja mogę robić, co chcę.

– Nie możesz!

– Mogę!

Nikodem chciał pobiec do hotelu, ale Blubek złapał go za rękę.

– Stój!

Nikodem próbował się wyrwać.

– Zostaw mnie! – krzyknął. – Zostaw!

Bezskutecznie próbował uwolnić rękę. W końcu z całej siły kopnął Blubka w kolano.

– Ała! – wrzasnął Blubek i rzucił się na Nikodema.

Potoczyli się na trawę.

– Przestańcie! – zawołała Gabi.

Ale Blubek i Nikodem bili się nie na żarty. Kuki chciał przerwać bijatykę, ale nie sposób było rozdzielić walczących. Przetaczali się po trawie i tłukli z całej siły. Blubek był dużo silniejszy, ale Nikodem wpadł w histerię. Kopał i bił małymi pięściami jak wariat. W końcu Blubek przycisnął go do ziemi, ale wtedy Nikodem porwał garść piasku i rzucił mu w oczy. Blubek puścił go i zaczął przecierać powieki. Nikodem zerwał się i uciekł. Zniknął za drzewami.

Blubek i Gabi chcieli go gonić, ale Kuki ich zatrzymał.

– Czekajcie, niech trochę ochłonie. Potem z nim pogadamy.

Poszli do hotelu, bo Blubek musiał przemyć zapiaszczone oczy.

Nikodem biegł przez park. Pędził na oślep, rozłoszczony i rozżalony. Płakał. Nagle zobaczył, że przed nim jest granica. Na trawie leżały kamienne znaki. Tutaj było tajne przejście.

Nikodem obejrzał się. Wiedział, że Blubek i reszta będą go szukać. Na pewno będą chcieli go sprać! Bez namysłu przekroczył granicę i przeszedł na stronę Ikuka. Tutaj nie będą go szukać… Nikodem pobiegł przez park. W końcu zatrzymał się na skrzyżowaniu dróg, niedaleko latarni morskiej. Usiadł na ławce i oddychał ciężko. Zupełnie

nie wiedział, co robić dalej. Nagle usłyszał jakiś szelest. Odwrócił się.

Za nim stał klon.

W pierwszej chwili Nikodem pomyślał, że to Kuki. Ale natychmiast pojął, że to Ikuk. Klon patrzył na niego uważnie. Trzymał w ręku czarną figurę szachową.

Nikodem przeraził się. Klon zaraz zrobi jakiś czar! Zmieni go w rybę albo w pająka. I nikt go nie uratuje, bo przecież nikt go tu nie lubi. „A może klon wie, że to przeze mnie głoduje? Że wyrzuciłem jego jedzenie – pomyślał przerażony Nikodem. – I teraz się zemści! Oczywiście, że to zrobi... Zaraz wymyśli jakiś straszny odwet!"

Nikodem zawołał rozpaczliwe:

– Słuchaj... To nie była moja wina! Naprawdę! Ja nie chciałem tego zrobić!

Klon milczał. Patrzył na Nikodema z napięciem. Jego oczy dziwnie błyszczały. Przerażony Nikodem szeptał błagalnie:

– Proszę cię! Nie rób mi nic złego. Błagam! Jak mi nic nie zrobisz, to... To zdradzę ci tajemnicę!

Wielką tajemnicę! Powiem ci coś bardzo ważnego, tylko nie zmieniaj mnie w rybę. Błagam!

Klon zrobił krok w jego stronę. Uniósł dłoń z szachową figurą.

Nikodem wrzasnął:

– Nie! Nie chcę być rybą! Ja nie umiem pływać! Posłuchaj... Zdradzę ci tajemnicę! Powiem ci, gdzie jest tajne przejście... To jest droga przez granicę. Tamtędy można przejść do nich... Patrz... Widzisz! Tam gdzie są te drzewa. Tam znajdziesz kamienie ze znakami. Tamtędy można do nich przejść. Zdradziłem ci największą tajemnicę, więc mi nic nie zrobisz, prawda?

Klon nie odpowiedział. Nikodem opadł bezradnie na ławkę. Nie miał już sił mówić ani uciekać. Czekał na wyrok.

Ikuk milczał. Aż nagle się roześmiał. Śmiał się długo i głośno.

Potem podniósł do góry szachową figurę. Był to czarny goniec. Klon wypowiedział rozkaz. Szeptał go cicho i bardzo długo. Wreszcie skończył i figura zapłonęła.

TRACH. Wielka skała nad brzegiem morza pękła. I wynurzyła się z niej jakaś postać. Była ogromna i wciąż rosła. Po chwili była tak wielka jak latarnia morska.

Nikodem patrzył na to szeroko otwartymi oczami, niemal nie oddychając.

Postać wyglądała jak olbrzymi rycerz. Albo jak gigantyczny bojowy robot. Była zrobiona z czarnego metalu, błyszczącego w słońcu. Miała dwie głowy, które kołysały się, otwierając wielkie paszcze. Na jednej głowie był ostry róg. Z drugiej wystawało wielkie oko na giętkim ramieniu. Z ramion monstrum sterczały stalowe ręce z pięściami wielkimi jak domy. Ale najbardziej przerażająca była trzecia ręka, która wychodziła z paszczy potwora. Jak dziwny jęzor wyskakiwała spomiędzy zębów, przebierając stalowymi pazurami. Jakby chciała coś złapać i wciągnąć do paszczy!

– Teraz was pokonam! – krzyknął Ikuk, aż echo poniosło się nad wyspą

Do rąk klona spadł sterownik. Ikuk wdusił czarny przycisk i bojowa machina ruszyła w stronę tajnego przejścia w granicy. Czarny Rycerz szedł powoli, a od jego kroków drżała ziemia. Ikuk wbiegł do latarni morskiej. Wspiął się na ostatnie piętro i usiadł w oknie. Stamtąd widział całe pole walki i mógł sterować stalowym potworem!

Nikodem siedział skamieniały ze strachu. Ławka trzęsła się od kroków bojowej maszyny, która przeszła tuż obok niego. TRACH! TRACH! TRACH! Czarny Rycerz szedł w stronę tajnego przejścia.

Nikodem patrzył na to przerażony. Niszczycielski robot zaraz przekroczy granicę. Zaatakuje Kukiego i resztę! A oni się go nie spodziewają. Nie zdążą przygotować obrony! Potwór zniszczy wszystko i wszystkich. Przez niego!

Nikodem zerwał się z ławki i popędził w stronę granicy. Nie biegł drogą, tylko na skróty, przez krzaki. Pędził jak szalony. Gałęzie drapały mu twarz, ale nie zwracał na to uwagi. Nikodem dobiegł do tajnego przejścia przed bojowym robotem. Przekroczył granicę i popędził do hotelu. Czuł, jak drży za nim ziemia. Czarny Rycerz nadchodził.

Kuki, Blubek, Gabi i Zula siedzieli w ośmiokątnej sali. Zastanawiali się, jak ukarać Nikodema za to, że wyrzucił jedzenie. Na przykład mógłby cały tydzień być kucharzem. Nikodem nie wracał i zaczęli się martwić, czy z nerwów nie wpadł do jakiejś przepaści. Już chcieli go szukać, kiedy usłyszeli krzyk:

– Kuki! Kuki!

Wyskoczyli wszyscy na korytarz.

Biegł Nikodem. Pędził jak szalony.

Blubek zawołał:

– A, jesteś! No to teraz pogadamy!

Nikodem nie zwrócił na niego uwagi. Podbiegł do Kukiego i krzyknął:

– On tu idzie! Musicie się bronić! Kuki! On zaraz tu będzie. Zniszczy nas!

– Kto nas zniszczy? – spytał zdziwiony Kuki.

– Ikuk wyczarował stalowego potwora! Wielkiego jak zamek! On tu idzie! – krzyczał Nikodem.

– Skąd to wiesz?

– Ja tam byłem…

– Przeszedłeś na tamtą stronę!? – zawołała Gabi.

– Tak! Musicie wyczarować jakąś obronę. Szybko…

– Zaraz… Przecież żaden robot nie przejdzie przez linię gejzerów – zawołał Blubek.

– Przejdzie! – jęknął Nikodem. – Klon zna tajne przejście… Wie, gdzie ono jest!

– Co? – zdumiał się Kuki. – Skąd klon wie, gdzie jest tajne przejście!?

Nikodem spojrzał niepewnie na Kukiego i szepnął:

– Ja… Ja mu to powiedziałem.

– Ty zdrajco! – wrzasnął Blubek.

Chciał rzucić się na Nikodema. Ale w tej chwili hotel zadrżał. Okna otworzyły się z trzaskiem.

– Kuki… Naprawdę coś tu idzie – zawołała Gabi.

Rozległ się huk ciężkich kroków. Budynek się trząsł. Coś się zbliżało.

Wszyscy rzucili się do okien. Zobaczyli, jak sponad drzew wyłaniają się dwie stalowe głowy. A potem drzewa runęły złamane i wynurzał się Czarny Rycerz.

Patrzyli na niego oniemiali ze strachu. Wreszcie Blubek wrzasnął:

– Kuki! Co mamy robić!?

– Trzeba wyczarować wojownika do walki z nim!

Kuki popędził po szachy. Wyciągnął figurę i już chciał wypowiedzieć życzenie, ale Blubek go zatrzymał.

– Czekaj! Daj mi minutę. Ja wymyślę coś odpowiedniego...

Blubek zaczął szybko rysować coś na kartce. Szeptał nerwowo:

– Akcelerator... Silnik jonowy... Plazmowa kula demolka! Miecz irydowy... Nie, tytanowy!

– Blubek, szybko! – krzyczała Gabi, stojąca przy oknie. – On podchodzi!

– Zaraz... Jeszcze chwila... – Blubek szybko rysował i mamrotał pod nosem: – Możliwość lotu... Grawitron. I szczęka lustrzana...

– On zaraz tu będzie!

Kuki rzucił się do okna. Czarny Rycerz był sto metrów od zamku.

– Blubek! Szybko!

TRACH! Z dłoni Czarnego Rycerza wyleciała jakaś smuga i uderzyła w budynek. TRZASK! Wielki kawał ściany pękł i runął z hukiem.

– Bombarduje nas! Blubek, tempo! Bo nas rozwali!

Blubkowi drżały ręce. Rysował z szaloną szybkością, szepcząc:

– Tarcza krystaliczna. I miniżołnierze…

– Dodaj mu galaretę! – krzyknęła Gabi.

– Co? Ach, już wiem. I galareta obezwładniająca…

– Blubeeeek! On się zbliża!

– Dobra! Gotowe!

Blubek uniósł rysunek i szachową figurę i krzyknął:

– Wyczaruj to! I zdalne sterowanie!

Figura zapłonęła. Dmuchnęła wichura. Wybrukowany plac przed hotelem zadrżał. Kamienie poruszyły się i wystrzeliły w górę. Z ziemi zaczęło się coś wynurzać. Coś ogromnego.

Kuki i reszta patrzyli na to z otwartymi ustami, niemal nie oddychając.

Z czeluści wyłonił się srebrzysty Wojownik. Wyglądał przerażająco. Całe ciało miał pokryte kolcami jak gigantyczny jeż. Miał trzy ręce. W jednej trzymał stalową linę. Na jej końcu była rozpalona do czerwoności kula. Wojownik wymachiwał nią, tworząc wokół siebie niesamowity wir. W drugiej ręce miał miecz, z którego leciały srebrne iskry. W trzeciej trzymał szkarłatną tarczę zrobioną z rubinów. Głowa Wojownika miała dwie paszcze pełne zębów, jedną z przodu, drugą z tyłu. Szyję oplatał mu dziwny kołnierz z promienistymi ostrzami.

– Ożeż ty… – jęknęła Zula. – Jak na filmie 3D!

Srebrny Wojownik ruszył w kierunku Czarnego Rycerza. Tamten skoczył w jego stronę. Stalowe olbrzymy stanęły naprzeciwko siebie jak dwa drapacze chmur i zamarły w bezruchu. Przez chwilę trwała całkowita cisza.

W latarni morskiej Ikuk przycisnął oko do lunety. I przesunął joystick.

Wtedy Czarny Rycerz runął z rykiem na Srebrnego Wojownika i zaczął się straszliwy pojedynek.

Blubek poruszył joystickiem i wirująca na linie kula trzasnęła w bok przeciwnika. Rycerz Ikuka zachwiał się, ale nie upadł. Ryknął, a jego głowa wystrzeliła do przodu i złapała linę. Szczęki zacisnęły się, przegryzając stalowy sznur. Kula się oderwała. Rozgrzany do czerwoności pocisk pomknął w stronę hotelu.

– Uwaga! – krzyknął Blubek.

Rzucili się na podłogę, wszyscy z wyjątkiem Blubka, który nie spuszczał wzroku z pola walki. ŚWIST! HUK! Kula rąbnęła w ścianę sali, wybijając dziurę rozmiaru autobusu. Pęd powietrza zmiótł Blubka, który potoczył się na podłogę. Pył i gruz posypały się na niego.

Kuki i Gabi rzucili się ratować przyjaciela.

– Blubek! Jesteś cały?

– Rozwaliłem łapę! – jęknął Blubek. – Walcz za mnie!

Kuki złapał kontroler i skoczył się do okna. Gabi chwyciła rękę Blubka. Ze skaleczonej dłoni leciała krew.

– Porusz palcami – szepnęła. – Dobrze... Nie masz nic połamanego. Tylko skaleczenie! Opatrzę cię.

Kuki wychylił się z okna. Zobaczył, jak Czarny Rycerz atakuje Srebrnego, uderzając go stalowymi pięściami. Każda pięść miała rozmiar samochodu i ważyła chyba tonę. Trzaskały w zbroję Srebrnego Wojownika jak młoty. ŁUP! ŁUP! ŁUP! Pękła jakaś blacha w jego zbroi i pofrunęła na ziemię.

Kuki szybko wykonał ruch joystickiem. Srebrny Wojownik odskoczył. Atakujący omal się nie przewrócił. Kuki przesunął joystick. Srebrny Wojownik zamachnął się mieczem. Uderzył. Rozległ się straszliwy zgrzyt i jedna z gigantycznych pięści przeciwnika została odcięta. Runęła z hukiem na ziemię, wybijając wielką dziurę.

Czarny Rycerz zastygł.

– Hurra! – krzyknął Kuki.

Ikuk w latarni morskiej wychylił się i poruszył manipulatorem.

Wtedy pięść na lewej ręce Czarnego Rycerza rozprostowała się. Pięć pazurów wystrzeliło do przodu, zmieniając się w pięć mieczy. Ostrza wbiły się w bok Srebrnego Wojownika i cofnęły. I znów uderzyły.

Kuki poruszał joystickiem jak szalony. Miecz Srebrnego odbijał ciosy i sam atakował. Ale miecze Czarnego Rycerza były dłuższe. Srebrny Wojownik nie mógł dosięgnąć wroga, więc cofał się, zasłaniając rubinową tarczą. Pięciomiecz uderzał w nią, odłupując szkarłatne kamienie. Sypały się iskry. Wtedy Blubek wyrwał się opatrującej go Gabi, podbiegł i krzyknął:

– Kuki! Galareta! Zielony guzik! Wciśnij go!

Kuki wdusił zielony przycisk na kontrolerze.

Z hełmu Srebrnego Wojownika wysunęła się błyszcząca lufa i plunęła wielką kulą zielonej substancji. Kleista maź trafiła przeciwnika, całkowicie go oblepiając.

Czarny Rycerz ryknął. Galaretowata masa okleiła go jak wielka guma do żucia. Potwór miotał się, bezskutecznie próbując się oczyścić. Jego sklejone ramiona nie mogły się poruszać. Srebrny Wojownik zaatakował. Skoczył i zadał cios mieczem.

TRACH! Zgrzytnęło niesamowicie. Stalowa ręka robota została odcięta i runęła na ziemię. Pięciomiecz wbił się w skałę. Tam gdzie uderzył, pękła wyspa. Z dziury wytrysnęła woda na wysokość kilkunastu metrów. Czarny Rycerz zakręcił się w tym strumieniu jak w wielkim prysznicu. Woda zmyła klejącą masę. Robot znów mógł walczyć!

Ikuk wychylony z okna swej twierdzy szarpnął joystickiem i czarny olbrzym otworzył paszczę. Wysunęła się z niej ręka-jęzor. Skoczyła do przodu. Złapała miecz Srebrnego Wojownika.

Kuki próbował coś zrobić, poruszał joystickiem, ale nie mógł uwolnić broni Srebrnego. Stalowa ręka przyciągnęła miecz. Wielkie szczęki czarnego robota się zacisnęły. Zmiażdżyły miecz, rozłupując go na kawałki.

Srebrny był teraz bezbronny. Kuki pociągnął joystick do siebie i jego wojownik odskoczył.

Ikuk w latarni się zaśmiał. Wygrywał. Czarny Rycerz znów ruszył do ataku. Kuki skoncentrował się maksymalnie. Uniósł kontroler. Wcisnął czerwony guzik.

Rubinowa tarcza Wojownika zaczęła się obracać. Wirowała jak śmigło. Powierzchnia tarczy błyszczała oślepiająco. Wytworzył się niesamowity wir powietrza, a huraganowy wiatr uderzył w Czarnego Rycerza.

Robot się zakołysał. Kuki przesunął kontroler szybkości. Wiatr stał się tak mocny, że łamały się drzewa. Czarny Rycerz zachwiał się i runął na ziemię. TRACH! Ziemia pękła tam, gdzie Rycerz upadł. Trysnęły kolejne strumienie wody. Robot leżał nieruchomo.

– Pokonałem go! – krzyknął Kuki. – Wygrałem!

Ikuk wychylił się z okna latarni morskiej, niemal wypadając. Jego twarz wykrzywiał grymas złości. Szarpnął joystickiem.

Płomienie trysnęły z silników Czarnego Rycerza. Leżący robot zadrżał, uniósł głowy i poderwał się z ziemi. Znów ruszył do walki.

Kuki na chwilę zamarł, ale natychmiast pchnął joystick.

Srebrny podniósł wirującą tarczę. Wichura znów uderzyła.

W latarni morskiej Ikuk przesunął manipulator w górę. Wtedy szyje dwóch głów Czarnego Rycerza się wydłużyły. Przypominały szyje dwugłowej żyrafy. Albo dwa węże dusiciele. Stalowe głowy wzniosły się ponad wichurę. I nagle spadły, uderzając w tarczę jak młoty. Trzaskały w nią na zmianę ze straszną siłą, jak kule, które burzą domy. TRACH! ŁUP! TRACH!

Kuki szarpnął manipulatorem. Jego wojownik próbował uskoczyć, ale młotogłowy atakowały z dwóch stron. Uderzały i kąsały jak wściekłe tygrysy. TRZASK! Rubinowa tarcza pękła, rozsypując się na setki odłamków. Srebrny Wojownik nie miał już czym się zasłaniać. Młotogłowy biły w niego w szaleńczym rytmie. Kawałki zbroi Srebrnego fruwały w powietrzu.

Blubek dopadł do przyjaciela:

– Kuki! Naciśnij multi! – zawołał, przekrzykując straszliwy hałas.

– Co!?

– Multi! Żółty przycisk! Szybko!

Kuki odnalazł żółty guzik. Wcisnął go z całej siły.

Wtedy Srebrny na sekundę znieruchomiał. A potem zbroja na jego piersi otworzyła się jak wielka szafa. I z wnętrza wyfrunęło kilkuset małych wojowników. Wyglądali jak miniatury Srebrnego, ale mieli wirujące skrzydła. Rój latających wojowników runął na Czarnego Rycerza. Zaatakowali go ze wszystkich stron. Pikowali i kłuli małymi mieczami jak straszliwe osy. Owadożołnierze mieli najwyżej pół metra wzrostu. Przy olbrzymim Czarnym Rycerzu wyglądali jak komary. Ale było ich wielu i atakowali go za wszystkich stron. Czarny robot próbował się oganiać, ale napastnicy pikowali z różnych kierunków. Ich miecze wirowały jak wiertła wiertarek. Wbijały się w czarną zbroję, cięły przewody i niszczyły mechanizmy. Wkrótce Czarny Rycerz został pokłuty i pocięty przez maleńkich napastników. Zastygł i znieruchomiał. Z jego stalowego ciała kapał olej i stopiony metal. Młotogłowy bezradnie zwisały na długich szyjach.

Mali wojownicy uznali, że wykonali swoją pracę. Zawrócili i pofrunęli do Srebrnego. Jego zbroja znów się otworzyła, a oni wlecieli do niej jak pszczoły do ula.

A potem z kołnierza wokół szyi Srebrnego Wojownika wysunęły się długie ostrza. Było ich kilkadziesiąt. Otaczały jego głowę jak srebrzyste promienie. Nagle ten straszliwy kołnierz zaczął wirować. Ostrza ze świstem cięły powietrze.

Srebrny Wojownik ruszył w stronę Czarnego Rycerza. Za chwilę krąg wirujących ostrzy przetnie robota na pół i walka się zakończy.

W latarni morskiej klon patrzył z przerażeniem na klęskę swojej machiny bojowej. Ale nie poddał się. Chwycił kontroler i nacisnął ostatni, czarny guzik.

Wtedy wysunęło się oko z jednej z głów Czarnego Rycerza. Spojrzało na Srebrnego Wojownika i nagle wystrzeliła z niego świetlista smuga. Laserowa błyskawica trafiła w brzuch Srebrnego Wojownika. Tam gdzie było jego centrum energii. Syknęło, buchnął dym i w zbroi wypaliła się dziura. Odsłoniły się przewody. Laserowe ostrze przecięło je. TRACH! Strzeliły iskry. Wszystkie światła srebrnego robota zgasły. Jego zbroja straciła blask, a ręce bezwładnie opadły. Srebrny Wojownik znieruchomiał.

Kuki poruszał joystickiem, naciskał wszystkie guziki, ale jego robot nawet nie drgnął.

– Co się dzieje? – szepnął Kuki.

– Przeciął mu przewody zasilające – jęknął Blubek. – On już nie ma energii!

Straszliwe oko Czarnego Rycerza wpatrywało się w nieruchomego Wojownika. Srebrny nie mógł mu już zagrozić. Pozbawiony energii, był tylko martwą górą metalu. Robot Ikuka odwrócił głowę i spojrzał na zamek. Zobaczył w oknie Kukiego. Coś zgrzytnęło. Czarny Rycerz ruszył w stronę hotelu. Jego siłowniki, uszkodzone przez małych żołnierzy, piszczały i skrzypiały. Jednak robot Ikuka wciąż działał! Szedł z trudem, ale zbliżał się do zamku. Ziemia huczała od kroków olbrzyma.

– Musimy uciekać! – krzyknęła Gabi.

– Czekajcie! – krzyknął Blubek. – Spróbuję naprawić Srebrnego. Połączę mu przewody...

– Idę z tobą! – krzyknął Kuki.

– Nie! Stój tu ze sterownikiem. Jak tylko uruchomię zasilanie, pchnij robota do ataku. Ale nie za wcześnie, bo mnie zmiażdży...

Blubek popędził do drzwi. Po chwili wybiegł przed hotel. Kryjąc się za krzakami, przekradł się w stronę nieruchomego Srebrnego Wojownika. Zaczął wspinać się po jego nodze. Teraz dopiero było widać, jak gigantyczny jest ten robot. Blubek wyglądał jak pająk wspinający się po ścianie wieżowca. Na szczęście w stalowym pancerzu były nity, których chwytał się Blubek. Bolała go zraniona ręka, ale nie miało to znaczenia. W końcu dotarł do rozszarpanej blachy na brzuchu Wojownika. Osmalone przewody wisiały bezwładnie. Blubek przyjrzał im się. Potem owinął dłonie bluzą, żeby nie poraził go prąd, i złapał niebieski kabel. Zetknął go ze srebrnym. Strzeliły iskry. Blubek zmrużył powieki i skręcił przewody. Teraz musiał zrobić to samo z czerwonym przewodem.

Czarny Rycerz szedł wciąż w stronę hotelu, na szczęście bardzo powoli, bo jego lewa stopa była popękana. Nagle robot zatrzymał się. Jedna z jego głów się odwróciła. Oko wysunęło się i spojrzało na Blubka.

– Zwiewaj, Blubek! – wrzasnął Kuki z okna. – On cię zobaczył! Uciekaj!

Ale Blubek pracował jak szalony, próbując skręcić czerwone kable. Były gorące, parzyły nawet przez bluzę.

Czarny Rycerz ruszył w jego kierunku.

– Blubek, uciekaj!

Blubek w końcu posłuchał. Błyskawicznie zsunął się po nodze Srebrnego Wojownika.

– Kuki! – krzyknął. – Wystartuj go!

Kuki błyskawicznie chwycił joystick. Poruszał nim. Ale Srebrny Wojownik nie zareagował. Nawet nie drgnął! Nadal stał martwy i nieruchomy.

– Blubek, on nie działa! – zawołał zrozpaczony Kuki do Blubka, który stał wciąż obok nieruchomego Wojownika.

Czarny Rycerz już nadchodził. Był dziesięć metrów od Blubka.

– Uciekaj! – krzyczał Kuki.

Blubek rzucił się do ucieczki, ale potknął się i przewrócił. Czarny Rycerz był metr od niego. Na szczęście Blubek zauważył szczelinę w ziemi, wybitą stopami walczących. Błyskawicznie do niej wskoczył. Czarny Rycerz pochylił się. Ręka-jęzor wystrzeliła z jego paszczy, zmierzając w stronę Blubka. Chłopak skulił się w kryjówce. Ręka robota próbowała go stamtąd wyłuskać, ale stalowe paluchy nie mogły się zmieścić w szczelinie. Rozłoszczony olbrzym zaczął uderzać wielotonową nogą w ziemię. ŁUP! ŁUP! Jeszcze chwila i rozdepcze Blubka!

Kuki chciał już pędzić na pomoc przyjacielowi, kiedy usłyszał:

– Ja tam pójdę!

Był to głos Nikodema!

Przerażony chudzielec kulił się dotąd w kącie, czasem tylko wyglądając przez okno. A teraz zerwał się, krzycząc:

– Ja go uratuję! Wiem, jak to zrobić!

Podbiegł do ściany. Szarpnął lustro, które tam wisiało, i ściągnął je z muru.

– Nikodem! Co robisz? Stój!

Ale chłopak już wybiegł z sali z lustrem w rękach. Po paru sekundach zobaczyli go, jak pędzi przez plac przed hotelem. Biegł w stronę Czarnego Rycerza.

– On zginie! – zawołała przerażona Zula.

Nikodem zatrzymał się przed Czarnym Rycerzem i podniósł lustro.

– Co on robi? – jęknęła Gabi.

Byli pewni, że Czarny Rycerz rozgniecie go w ciągu sekundy. Ale tak się nie stało. Oko olbrzyma spojrzało w stronę lustra. I stalowy potwór zadrżał. Czarny Rycerz ujrzał swoje odbicie i przeraził się! Zobaczył w lustrze drugiego Czarnego Rycerza!

Komputerowy mózg nie umiał pojąć różnicy między prawdą a jej odbiciem! Potwór zobaczył samego siebie i cofał się przerażony!

W latarni morskiej rozwścieczony Ikuk szarpał joystick, chcąc zmusić swego robota do walki, ale ten nie chciał walczyć. Cofał się wystraszony. Pomysł Nikodema był genialny!

Blubek wypełzł z dziury. Spojrzał oszołomiony na cofającego się robota i na Nikodema, który ocalił mu życie. A potem skoczył w stronę Srebrnego Wojownika. Raz jeszcze wspiął się na jego stalowe cielsko i poprawił połączenie kabli. Strzeliły iskry z przewodów. Srebrny się wyprostował. Jego zbroja rozjarzyła się światłem! Znowu wypełniała go energia.

Blubek zsunął się na trawę i dał znak Kukiemu. Ten przesunął kontroler. TRACH. Wojownik odwrócił się i ruszył w stronę Czarnego Rycerza. Na jego drodze stał Nikodem, zbyt maleńki, by robot mógł go zauważyć.

– Nikodem, uciekaj, bo cię rozdepcze! – zawołał Blubek.

Ale chudzielec był tak podekscytowany, że go nie usłyszał. Więc Blubek podbiegł do niego, złapał za rękę i odciągnął. W ostatniej chwili, bo sekundę później Srebrny Wojownik przebiegł po tym miejscu i runął na Czarnego Rycerza.

Walka zaczęła się od nowa. Bojowe roboty złapały się za ramiona jak zapaśnicy sumo. Zaczęły wirować w bitewnym tańcu. Pod ich stopami kruszyła się ziemia. Od wstrząsów pękały mury zamku.

Kuki przesunął akcelerator w joysticku na maksymalną szybkość.

To samo zrobił Ikuk.

Do sali wbiegli Blubek z Nikodemem.

– Naciśnij flyera! – krzyczał Blubek. – Niebieski guzik!

Kuki odszukał na sterowniku niebieski przycisk. Wdusił go. Buchnął ogień ze srebrnych stóp i Wojownik uniósł się w górę. Poleciał razem z Czarnym Rycerzem, którego wciąż trzymał. Wysoko pod chmurami nadal toczyli pojedynek. W końcu zacisnęli stalowe ramiona, próbując zgnieść zbroję przeciwnika. TRACH! Huknęło straszliwie. To zbiorniki energii robotów pękły i eksplodowały. Ogromna kula ognia rozbłysła na niebie. Roboty się rozpadły. Odłamki Rycerza i Wojownika stopiły się w wielką bryłę i runęły na ziemię. Rozległ się ogromny huk. Wyspa się zakołysała. Skały i ziemia popękały. Utworzyły się olbrzymie szczeliny i przepaści, z których trysnęła woda. A potem wszystko ucichło.

Bitwa była skończona.

Kuki, Gabi, Blubek, Nikodem i Zula oddychali ciężko. Nikt się nie odzywał, jakby wciąż nie wierzyli, że ocaleli. Że pokonali strasznego Czarnego Rycerza. Przez chwilę panowała zupełna cisza. A potem nagle, jednocześnie, wszyscy zerwali się i zaczęli krzyczeć.

– Wygraliśmy! Pokonaliśmy go! Udało się! Wygraliśmy!!!

Blubek podbiegł do Nikodema.

– Nikodem... Dzięki, że mnie uratowałeś! Gdyby nie ty, toby mnie zmiażdżył...

Nikodem nie odpowiedział. Ale uśmiechał się. Był chyba bardzo z siebie dumny.

Gabi podeszła do Kukiego.

– Świetnie walczyłeś... – szepnęła. – Byłeś niesamowity!

– To zasługa Blubka – powiedział Kuki. – Zaprojektował superwojownika!

– Słuchajcie! – zawołała Zula. – Teraz musimy sobie wyczarować wielką wyżerkę! Po prostu zrobimy superucztę na cześć zwycięstwa!

– Dobra!

– Chodźcie do jadalni!

– Kto jest kucharzem!?

– Wszyscy!

Śmiejąc się, ruszyli do drzwi. W tym momencie rozległ się dziwny dźwięk. Głuche dudnienie. Jakby coś pękało albo przesuwały się wielkie głazy.

– Co to jest? – szepnął Blubek.

Huk narastał. Nagle ze szpary w podłodze trysnęła woda.

– Co się dzieje?

Kuki podbiegł do okna. Wyjrzał i krzyknął przerażony:

– Toniemy!

Widok był okropny. Z dziur, które wybiły roboty, tryskała woda. Wyspa pękała i rozpadała się. Morze zalewało park i hotel. Woda sięgała już do wysokości pierwszego piętra i wciąż się podnosiła. W parku wystawały z wody tylko czubki drzew. Pogruchotana wyspa zanurzała się w morzu!

– Utopimy się! – jęknął Nikodem.

– Musimy zrobić czar, żeby wyspa przestała tonąć!

Kuki popędził do stołu, na którym leżała szkatułka z białym królem. Ostatnią figurą szachową.

Kuki otworzył szkatułkę. W tej chwili coś trzasnęło i hotel się przechylił. Wszyscy się przewrócili, a figura białego króla wyleciała ze szkatułki. Potoczyła się po przekrzywionej podłodze, wprost do wielkiej dziury w ścianie.

– On wpadnie do wody! – krzyknęła rozpaczliwie Gabi.

Próbowali złapać figurę, ale biały król toczył się błyskawicznie po przechylonej podłodze. Zanim go złapali, wyleciał przez dziurę w ścianie. I spadł do morza. Figura miała ciężką magnetyczną podstawę, więc utonęła błyskawicznie. Kuki patrzył bezradnie, jak biały król, ich ostatnia nadzieja, znika w wodnej otchłani. Nie było żadnej szansy, by go wyciągnąć.

Wyspa zanurzała się coraz bardziej, a zamek przechylał się jak Titanic przed zatonięciem.

– Zwiewajmy stąd! – wrzasnął Blubek.

Ruszyli do drzwi. Musieli wspinać się na czworakach, bo podłoga była uniesiona jak stroma góra.

Wreszcie wydostali się na korytarz. Zalewała go już woda.

– Na dach! – zawołał Kuki. – Musimy wejść na dach! Szybko!

Kamiennymi schodami wbiegli na ostatnie piętro hotelu. Woda pędziła tuż za nimi. Po metalowej drabinie wspięli się do okna dachowego i wyszli na dach.

Widok był przerażający. Morze zalało całą wyspę. Wystawał tylko czubek latarni morskiej i dach zamku. Budynek był przechylony, więc z trudem utrzymywali się na stromym dachu. Pomagając sobie nawzajem, doczołgali się do małej wieżyczki na skraju budynku. Wpełzli do środka.

W wieżyczce było mało miejsca, więc ścisnęli się jak ptaki w gnieździe. A wyspa zanurzała się coraz bardziej.

Na drugim końcu tonącej wyspy w oknie latarni morskiej stał Ikuk. Woda sięgała niemal do parapetu, a wieża była przechylona. Ikuk patrzył z rozpaczą, jak tonie czarny król, jego ostatnia figura szachowa. Gdy latarnia morska zaczęła się zanurzać, klon próbował ocalić szkatułkę z cenną figurą. Ale wyślizgnęła mu się z rąk i wpadła do wody. Ostatnia czarna figura utonęła.

– Ile?
– Bez zmian – szepnęła Gabi.
– Jesteś pewna? – spytał Kuki.
– Chyba tak…

Gabi wychyliła się z okna wieżyczki. Zrobiła na ścianie kreskę i co chwilę sprawdzała, czy znak zakrywa woda. Ale kreska wciąż była ponad powierzchnią morza. To znaczyło, że wyspa przestała się zanurzać. Dach hotelu i czubek latarni morskiej wciąż wystawały z wody.

– Chyba już się nie zanurza – powiedziała Gabi.

– I tak zatonie – mruknął Blubek. – To tylko kwestia czasu.

– Co teraz zrobimy? – zapytał niepewnie Nikodem.

Nikt nie odpowiedział. Milczeli, bezradni i przestraszeni.

W końcu Zula spytała:

– Czy ktoś ma coś do jedzenia?

– Ja mam batonik musli – powiedział Nikodem. – Ale jest bardzo mały.

– Podzielisz się?

– Tak...

Nikodem wyciągnął batonika, rozpakował i podzielił go starannie na pięć części. Każdemu dał po jednej. Raczej się tym nie najedli, ale niczego więcej nie mieli.

– Ciekawe, czy Ikuk się uratował – szepnął Kuki, wpatrując się w latarnię morską.

– Jak przypłynie stalowy rekin, żeby nas pożreć, to znaczy, że się uratował i wysyła nam pozdrowienia – powiedział Blubek. – Sprawdź lepiej, czy się zanurzamy.

Kuki zerknął na kreskę.

– Nie. Przestaliśmy się zanurzać.

Słońce powoli zachodziło. Morze dookoła zatopionej wyspy było zupełnie puste. Nie było widać żadnego lądu ani statku, który mógłby ich uratować. Kuki z ulgą zobaczył, że na drugim końcu dachu siedzi stado kur i kogutów. To znaczy, że zaczarowani uczestnicy obozu też się uratowali, przynajmniej do czasu, kiedy wyspa całkiem zatonie.

– Ej! Zobaczcie! Tam coś płynie! – zawołała nagle Zula.

Wychylili się wszyscy.

– To jest pomarańcza!

Faktycznie, w stronę wieżyczki płynął owoc o pięknym pomarańczowym kolorze. Widocznie wypłynął z zatopionej kuchni. Byli tak wygłodniali, że patrzyli na niego jak na obietnicę wielkiej uczty. Kuki wychylił się z okna. Blubek przytrzymał go za nogi, a Kuki próbował złapać kołyszący się na wodzie owoc. Niestety pomarańcza wymknęła mu się z dłoni i pchnięta falą odpłynęła.

– Szlag by to trafił – jęknęła Zula.

Patrzyli ponuro, jak pomarańcza powoli odpływa w stronę latarni morskiej.

Ikuk zobaczył przepływającą obok okna pomarańczę. Wychylił się, próbując ją wyłowić. Ale pomarańcza ominęła jego rękę i odpłynęła.

Klon patrzył na to zrozpaczony, lecz nie miał siły wskoczyć do wody i jej gonić. Był bardzo osłabiony. Już drugi dzień nic nie jadł. Morze wdarło się na ostatnie piętro latarni i zalało podłogę, więc Ikuk musiał siedzieć na parapecie okna. Spoglądał na staroświecki czarny telefon zawieszony na ścianie. W końcu zszedł z parapetu i brodząc w wodzie, podszedł do aparatu.

Podniósł słuchawkę, usłyszał sygnał. Telefon działał. Ale klon nie miał do kogo zadzwonić. Był przecież zupełnie samotny. Nie miał rodziców ani przyjaciół. Nikogo bliskiego, kogo mógłby prosić o pomóc. Ikuk pomyślał, żeby zadzwonić po prostu gdziekolwiek. Pod jakikolwiek numer. Jeśli ktoś odbierze, to poprosi go o ratunek. Ale nie zadzwonił. Bo klon nigdy nikomu nie pomógł, więc nie wierzył, że ktoś mógłby pomóc jemu. Odłożył słuchawkę telefonu.

– Już wiem! Wiem! – zawołał Kuki.

– Co wiesz? No gadaj! – pytał Blubek.

– Wiem, jak wezwać pomoc!

– Jak?

– Jest telefon, z którego możemy zadzwonić!

– Jaki telefon? Przecież komóry tu nie działają!

– W latarni morskiej jest telefon alarmowy. Pamiętacie? Ten stary czarny aparat. To jest radiotelefon i działa zawsze. Tak mówiła pani Szulc.

– Na pewno nie działa, bo go morze zalało – mruknęła Zula.

– Nie wiadomo. To radiotelefon. Może mieć własne zasilanie.

– Jak chcesz się dostać do latarni? – spytał Blubek.

– Popłynę.

– Zwariowałeś? To jest za daleko! Nie dopłyniesz.

– Spróbuję.

– A Ikuk? Jeżeli on tam jest, to cię załatwi.

Kuki zastanowił się.

– Posłuchajcie. Jeżeli Ikuk ma nadal szachy, to użył magii i uciekł stąd. A jeżeli czarne szachy utonęły, to nic mi nie zrobi. Płynę.

– Popłynę z tobą – zawołała Gabi.

– Nie zgadzam się.

– Pływam lepiej od ciebie!

– To bez sensu, żeby dwie osoby ryzykowały – zaprotestował Kuki.

– Nie pozwolę ci płynąć samemu – powiedziała stanowczo Gabi. – W morzu są prądy. Jak zniesie cię na pełne morze, to nigdy nie wrócisz.

– Płyńcie na desce – powiedział Nikodem.

– Na jakiej desce...?

– Wszyscy muszą wstać.

Wstali. Okazało się, że jedna z desek w podłodze jest luźna. Nikodem ją poniósł.

– Wygląda na dosyć grubą. Powinna was utrzymać.

Zrobili próbę. Położyli deskę na wodzie. Kołysała się na falach i nie tonęła.

– Okej. To dobry pomysł.

– Ale i tak płynę z tobą – uparła się Gabi.

– No dobrze – westchnął Kuki.

Zdjęli buty i bluzy i wskoczyli do wody. Była dość ciepła.

– Kuki... A jeżeli one jeszcze tu są...? – spytała nagle Gabi.

– Kto?

– Te żarłoczne ryby. No wiesz, te które zjadły most i odcięły wyspę.

– Chyba już zniknęły – próbował uspokoić ją (i siebie) Kuki.

– Chyba...

– Nie gadajmy o tym. Płyniemy.

Chwycili deskę i zaczęli wiosłować nogami. Poruszali się nawet dosyć szybko. Niestety wiatr znosił ich w bok, więc musieli mocno pracować, żeby utrzymać kierunek. Po piętnastu minutach zbliżyli się do latarni morskiej. Z wody wystawało tylko ostatnie piętro.

Ostrożnie, starając się nie hałasować, dopłynęli do ściany. Kuki złapał metalowy hak sterczący pod oknem.

– Zaczekaj tu na mnie – szepnął do Gabi.

– Idziemy razem.

– Nie. Jeżeli on mnie zaatakuje, to będziesz mnie ratować.

Chłopak podciągnął się i zajrzał przez okno. Klona nie było widać.

Kuki wszedł do wnętrza. Pomieszczenie było zalane wodą do wysokości kolan. Zegar przestał chyba chodzić, bo nie było słychać tykania. Kuki pamiętał, że telefon wisiał na ścianie po drugiej stronie. Ruszył tam. Ostrożnie brodził w wodzie, rozglądając się czujnie. W końcu obszedł mechanizm zegara dookoła. I wtedy zobaczył klona.

Ikuk leżał skulony na parapecie okna.

Kuki stanął jak wryty, ale klon nie drgnął. Spał głębokim snem. Kuki rozejrzał się, szukając czarnych szachów, ale nigdzie ich nie było.

Kuki wpatrywał się w twarz śpiącego. Widział Ikuka pierwszy raz od dnia, kiedy go wyczarował. Pomyślał, że mógłby podkraść się do niego i go związać. Ale nie potrafił zaatakować śpiącego. Poza tym klon zacząłby walczyć. Nie wiadomo, jak by się to skończyło. Nie. Nie było czasu na bijatyki. Teraz najważniejsze to wezwać pomoc.

Kuki ostrożnie minął śpiącego Ikuka i podszedł do telefonu. Podniósł słuchawkę. Usłyszał sygnał. Telefon działał! Ale wtedy Kuki uświadomił sobie, że nie pamięta numeru prawie żadnej z osób, do których mógłby zadzwonić! W komórce wszystkie numery są w zapisane w pamięci telefonu. Nie trzeba ich znać. Dlatego Kuki pamiętał tylko trzy numery. Do rodziców, alarmowy na policję (nauczyli go tego w szkole) i do psiego hotelu, w którym był Budyń.

Jaki numer wybrać? Rodzice i rodzeństwo byli na wycieczce w górach, więc do nich się nie dodzwoni. Może zadzwonić na policję? Ale co im powie? Że olbrzymie roboty rozwaliły wyspę? Policja w to nie uwierzy! Wyśmieją go.

W końcu Kuki postanowił, że najpierw zadzwoni do Budynia. On oczywiście uwierzy i może jakoś wezwie pomoc. Przecież jest psem, który umie mówić! Wykręcił numer za pomocą staroświeckiej tarczy. Usłyszał komputerowy głos: „Po sygnale możesz mówić do swojego psa".

– Budyń! Posłuchaj! – szepnął Kuki. – Musisz nas ratować! Jesteśmy na wyspie, która tonie. Oderwaliśmy się od brzegu i toniemy, rozumiesz?! Musisz nas uratować, bo zginiemy. Musisz kogoś zawiadomić! Słyszysz, Budyń?! Jak nam nie pomożesz, to zginiemy! Musisz nas ratować!

W tej chwili Kuki usłyszał: „Pik. Pik. Czas rozmowy minął".

Odłożył słuchawkę. Postanowił, że teraz zadzwoni na policję. Układał sobie w głowie, co powiedzieć, żeby mu uwierzyli. W końcu podniósł słuchawkę. W tym momencie usłyszał szelest. Odwrócił się błyskawicznie.

Za nim stał Ikuk.

Kuki gwałtownie odskoczył. Poślizgnął się i upadł tak nieszczęśliwie, że pociągnął przewód telefonu. Czarny aparat oderwał się od ściany, spadł i roztrzaskał się na kawałki.

Kuki zerwał się i odskoczył kilka kroków. Szykował się do obrony, ale klon go nie atakował. Patrzyli na siebie z napięciem.

W końcu Kuki szepnął:

– Słuchaj... Może się pogodzimy? Mamy wszyscy kłopoty. Jeśli chcemy się uratować, to nie powinniśmy teraz walczyć!

Ikuk nie odpowiedział.

W tej chwili Kuki poczuł, że wieża drgnęła i przechyliła się. Usłyszał krzyk Gabi:

– Kuki! Wychodź! Wyspa się zanurza! Kuki! Bo cię wciągnie! Szybko!

Podbiegł do okna. Woda wyraźnie się podniosła. Na morzu pojawiły się wielkie fale. Latarnia morska się kołysała. Kuki wyskoczył przez okno. Już z wody zawołał do Ikuka:

– Słuchaj, jeśli chcesz, to możesz do nas przypłynąć. Nic ci nie zrobimy!

Ikuk nie odpowiedział.

– Kuki, wracajmy! Szybko! – zawołała Gabi. – Chyba idzie sztorm!

Rzeczywiście fala zrobiła się wyższa i wiał silny wiatr. Kuki złapał deskę. Odwrócił się jeszcze, lecz klon nie pojawił się w oknie. Zaczęli z Gabi płynąć w stronę zamku. Machali nogami z całych sił, ale deska prawie się nie przesuwała. Fale wciąż rosły, a wiatr spychał ich na pełne morze.

– Kuki… Na tej desce nie dopłyniemy – krzyknęła Gabi. – Musimy płynąć wpław. Dasz radę?

– Chyba tak.

Zostawili ciężką deskę i zaczęli płynąć. Przebijali się przez fale z trudem, ale powoli zbliżali się do zamku. Widzieli już Blubka i resztę machających do nich z wieżyczki. Po dziesięciu minutach byli już całkiem blisko, ale Kuki czuł, że jest wykończony.

– Pomóc ci? – spytała Gabi.

– Nie.

Gabi zerknęła na niego. Widziała, że Kuki płynie resztkami sił. Chwyciła go za ramię.

– Obróć się na plecy. Przez chwilę będę cię holować.

Kukiemu zrobiło się wstyd, że Gabi musi mu pomagać, ale wiedział, że w pływaniu jest od niego lepsza. Położył się na plecach, a dziewczyna trzymała go za ramię i holowała.

Po kilku minutach Kuki powiedział:

– Okej, mogę już płynąć sam.

Znowu ruszyli w stronę hotelu. Dopłynęli wreszcie do wieżyczki, a Blubek i Zula pomogli im wejść. Usiedli na podłodze i oddychali ciężko. Byli wykończeni.

– I co? – spytał Blubek. – Zadzwoniliście po pomoc?

– Zadzwoniłem tylko do Budynia – powiedział Kuki.

– Tylko do Budynia? – zdziwił się Blubek. – Czemu nie zadzwoniłeś na policję?

– Bo telefon się rozwalił.

– A klon?

– Jest tam. Ale nie ma czarnych szachów. Chyba utonęły.

– Zaatakował cię?

– Nie.

Zamilkli. Skulili się w ciasnej wieży, patrząc na wzburzone morze. Wichura się wzmagała. Wielkie fale uderzały w ich schronienie. Woda zakryła kreskę, którą Gabi narysowała godzinę temu. Wyspa zanurzyła się o kolejny metr, a wieżyczka i latarnia morska ledwo wystawały nad powierzchnię wody.

– Kuki... Mam nadzieję, że Budyń cię usłyszał i coś zrobi – powiedziała cicho Gabi.

– Przecież to tylko zwykły pies – mruknęła Zula. – W dodatku siedzi w klatce.

– Budyń to nie jest zwykły pies – szepnął Kuki.

– Czy ten kundel zwariował? – zawołał brodaty dozorca z psiego hotelu.

Kundelek z zadartym ogonem skakał jak szalony po klatce. Miotał się i rzucał na kratę.

– Ej! Odbiło ci? Czego ty chcesz? Uspokój się! – krzyknął dozorca. – Bo nie przyniosę ci żarcia.

Budyń miotał się w klatce jeszcze gwałtowniej.

– Głupi kundel! – mruknął brodacz i poszedł.

Budyń od razu przestał skakać i usiadł na podłodze klatki. Przed chwilą usłyszał straszną wiadomość przekazaną przez Kukiego. Jego przyjaciele są w niebezpieczeństwie! Budyń natychmiast chciał ruszyć im na pomoc. Ale jak się wydostać z tej przeklętej klatki? Zaczął skakać na drzwi i zachowywać się jak wariat, licząc, że dozorca weźmie go na spacer. Wtedy byłaby szansa na ucieczkę. Ale dozorca był wstrętny. Nawet mu do głowy nie przyszło, żeby otworzyć klatkę!

Zrozpaczony Budyń chciał już zawołać ludzkim głosem, żeby pomogli ratować jego przyjaciół. Ale nie zrobił tego. Lepiej jeszcze nie zdradzać tajemnicy, że potrafi mówić.

– Ej, malutki, co ty kombinujesz? – zaszczekał wielki bernardyn z sąsiedniej klatki.

Budyń oczywiście nie mógł odpowiedzieć, bo nie umiał szczekać. Ale dobrze rozumiał, co mówi jego sąsiad.

– Chcesz stąd zwiać? – spytał bernardyn.

Budyń przytaknął. Bernardyn popatrzył na niego uważnie.

– Jesteś pewny?

Budyń energicznie pokiwał łebkiem.

– No to posłuchaj, mój mały – warknął bernardyn. – Jest tylko jeden sposób, żeby stąd uciec. Umiesz zrobić „zdechł pies!"?

Budyń pokręcił głową.

– No to patrz i ucz się…

Brodaty dozorca przygotowywał w magazynie jedzenie dla psów. Nałożył do pojemnika karmę, potem dosypał piasku i zmielonych odpadków. Zawsze tak robił, żeby oszczędzić na wydatkach. Potrząsnął pojemnikiem. Potem kopnięciem otworzył wahadłowe drzwi i ruszył w stronę psich klatek. Nagle zatrzymał się jak wryty. Co to jest?

Kundel w klatce numer 13 leżał na grzbiecie. Łapy miał uniesione w górę. Był sztywny jak deska. Kiedy dozorca podszedł do kraty, pies dostał drgawek. Zatrząsł się, rozpaczliwie machając łapkami. Wywrócił oczy, aż mu białka błysnęły, i zawył: „Auuuu!”. Potem padł na bok i już się nie poruszył.

Dozorca przycisnął twarz do kraty.

– Ej… Kundel… Co jest? – mruknął. – Co to za wygłupy?

Pies nawet nie drgnął.

– Rany – szepnął dozorca. – Ten kundel chyba wykitował. Hej… Rusz się.

Budyń nie reagował. Leżał sztywno.

– On naprawdę wykorkował – jęknął brodacz. – Będzie afera! Szefowa mi głowę urwie. Ale to nie moja wina, że żarcie jest zgniłe i z piaskiem! Takie mi kazali podawać…

Dozorca odłożył pojemnik i szybko wysupłał z kieszeni klucze. Trzęsącymi się rękoma otworzył kratę i wszedł do klatki. Kucnął obok psa.

– Ej, ty, kundel… Rusz się! Chyba nie chcesz wykitować na moim dyżurze, co? Nie rób mi tego! Hej! – Brodacz zdjął rękawice i włożył palec do pyska Budynia, żeby sprawdzić, czy oddycha. I wrzasnął: – Ała!

Budyń ugryzł go w palec. A potem kundelek zerwał się i wyskoczył z klatki. Tylną łapą zatrząsnął drzwi, aż klucz wypadł z zamka. I pognał do wyjścia.

Dozorca rzucił się do kraty.

– Ty wredny kundlu! Ty oszuście! – wrzeszczał, szarpiąc bezradnie drzwi klatki.

Budyń, który był już na końcu sali, odwrócił się i szepnął do bernardyna:

– Dzięki!

I wybiegł.

Dozorca rozpaczliwie próbował się wydostać z klatki, ale drzwi nie dały się otworzyć. W końcu wrzasnął:

– Dopadnę cię jeszcze, ty kundlu!

Budyń pędził korytarzem. Wpadł do holu. Minął kobietę siedzącą przy biurku, która na szczęście gapiła się w ekran komputera i go nie zauważyła.

Kundelek pognał do drzwi. Otwierały się na fotokomórkę, ale czujnik był wyżej niż jego głowa.

Drzwi nie chciały się otworzyć! Budyń zaczął skakać.

Kobieta przy biurku podniosła głowę i zauważyła go wreszcie.

– Alarm! – krzyknęła. – Kundel zwiał z klatki!

Popędziła w stronę psiaka. Prawie złapała jego ogon, kiedy drzwi zaczęły się rozsuwać. Budyń wybiegł do ogrodu. Przemknął przez niego jak błyskawica. Miał szczęście, bo przez bramę właśnie wchodziła właścicielka hotelu. Pies śmignął między jej nogami i wybiegł na ulicę. Właścicielka wrzasnęła, próbowała go chwycić, ale potknęła się i rymnęła na ziemię. Zanim wstała, kundelek przebiegł jak sprinter sto metrów ulicy i zniknął za narożnikiem.

Cały hotel rozbrzmiewał radosnym szczekaniem. To psy w klatkach przekazywały sobie wiadomość, że kundel Budyń zwiał.

Budyń pędził ulicą, oglądając się co chwila, by sprawdzić, czy ktoś go nie ściga.

Po kwadransie biegu był już kompletnie wykończony. Musiał choć przez chwilę odpocząć. Schował się za małym sklepikiem i padł na trawę, dysząc ciężko.

Pierwsza część akcji ratunkowej się udała. Zwiał z klatki. Ale jak dostać się do Kukiego? Budyń pamiętał nazwę wyspy, na której był obóz. Mógłby pobiec na dworzec i ukryć się w pociągu, który tam jedzie. Ale co dalej? Jeśli magia oderwała wyspę i zawlokła ją daleko od lądu, to Budyń musi mieć łódź albo statek. Ale skąd pies ma wziąć łódź i jak nią kierować? Przecież Budyń nie miał rąk... Lepiej byłoby tam polecieć jakimś helikopterem. Wtedy łatwo by ich znalazł, ale skąd wziąć heli... Nagle Budyń znieruchomiał. A potem zerwał się z miejsca, krzycząc:

– Już wiem! Wiem! Wiem!!!

Właścicielka sklepiku wyjrzała, żeby sprawdzić, co za człowiek tak krzyczy. Ale zobaczyła tylko kundelka, który gnał jak małe ferrari. Chwilę później ulicą przejechał z piskiem opon czarny samochód. Miał napis „Psi Raj". Za kierownicą siedział brodaty mężczyzna.

Obok mostu Waszyngtona znajdowała się niewielka plaża. Mimo upału było tu pusto. Tylko kilka kotów zjadało resztki pizzy wyciągnięte z kosza. Nagle jeden z kocurów miauknął ostrzegawczo. Pozostałe uniosły głowy. Po schodach zbiegał na plażę kundelek z zadartym ogonem. Zerknął na koty, potem wszedł na piasek i zaczął węszyć. Starannie badał nosem plażę, szukając czegoś. W końcu zaczął kopać w piasku, tuż obok kotów. Nerwowo rozgrzebywał piach, mrucząc:

– Chyba tutaj to zakopałem… To musi gdzieś tu być! Musi…

Koty patrzyły na niego niechętnie. Nie podobało im się, że jakiś kundel wszedł na ich teren. Wcale się nie bały małego psiaka. Największy kocur, zabijaka z nastroszonymi wąsami, syknął złowrogo. Pozostałe koty ruszyły w stronę Budynia. Schodziło ich się coraz więcej. Wyłaziły z dziur pod mostem i osaczały kundelka.

Budyń nie zwracał na nie uwagi. Był tak zajęty przekopywaniem piachu, że w ogóle nie zauważał gromadzących się kocurów. Nagle coś uderzyło go w ogonek i nie było to miłe pogłaskanie.

Psiak podniósł łepek umorusany piaskiem. I zobaczył, że otacza go krąg kotów. Syczały jak żmije i szykowały się do ataku. Kundelek odskoczył. Jednego kota by się nie bał, a nawet chętnie zagoniłby go na drzewo. Ale tu było dwadzieścia kotów. I wciąż nadchodziły nowe. Ich zielone oczy błyszczały złowieszczo.

Budyń odezwał się przymilnie:

– Ej, kociaki... Jesteście naprawdę fajne. Takie puszyste i milutkie.

Koty syknęły wściekle. Budyń nieco się odsunął.

– O co wam chodzi, kotki? Myślicie, że chcę zjeść waszą pizzę? W ogóle nie mam na nią ochoty. Ja szukam czegoś zupełnie innego. Rozumiecie? Mam tu coś ważnego do znalezienia i...

W tym momencie największy kocur uderzył go łapą z wysuniętymi pazurami. Budyń odskoczył i warknął:

– Ej, wąsaty... Nie lubię, jak ktoś mnie ciągnie za ogon. Bardzo się wtedy denerwuję. I na przykład mogę ugryźć. Chcecie zobaczyć, jakie mam zęby? O takie – tu górne, a tu dolne. Może nie są zbyt duże, ale bardzo ostre... Naprawdę umiem nieźle dziabnąć! Więc lepiej idźcie do kina albo na imprezkę, a ja spokojnie poszukam...

– Miauuuu – największy kocur zamiauczał przeraźliwie.

To był sygnał do ataku. Kocia banda rzuciła się na Budynia. Psiak umknął pod filar mostu. Tam dzikie kocury go dopadły. Wtedy Budyń odwrócił się i zaczął gwałtownie kopać, sypiąc za siebie piasek. To była jego ulubiona taktyka bojowa. Obsypać wroga tumanem piachu! Zrobić burzę piaskową! Budyń umiał kopać jak zwariowana koparka.

Koty odskoczyły, bo piach właził im w ślepia. A Budyń nagle przestał kopać. Coś zauważył. Coś błyszczącego! Pochylił się nad wygrzebaną dziurą, odgarnął piach łapą i zaczął krzyczeć:

– Jest! Mam! Znalazłem!

W dziurze leżał mały srebrny guzik. Dra-kula! Ich cudowny pojazd zmniejszony do rozmiaru guzika! Właśnie jej szukał Budyń. Błyskawicznie wyjął srebrzysty przedmiot. Koty patrzyły na niego zdumione. Ale po chwili znów ruszyły w jego stronę, szykując się do ataku. Wtedy rozległy się kroki. Ktoś zbiegał po schodach. Koty odwróciły głowy.

Na plażę wbiegł brodaty mężczyzna w czarnym fartuchu. W ręku trzymał worek.

Koty przezornie umknęły, ale dozorca na zwracał na nie uwagi. Patrzył na Budynia. I uśmiechał się tryumfalnie.

– Znalazłem cię, kundlu! – szepnął złowieszczo. – Mówiłem, draniu, że cię dopadnę!

Dozorca podniósł worek i skoczył w stronę Budynia.

Kundelek błyskawicznie nacisnął nosem srebrny guzik. TRACH!

Dozorca stanął jak wryty, bo z ziemi zaczęła wyrastać błękitna kula. Stawała się coraz większa. Ogromna! Świeciła niesamowitym blaskiem. Otworzył się właz, kundelek wskoczył do jej wnętrza. Oszołomiony dozorca zrobił krok w stronę kuli. Wyciągnął niepewnie rękę.

W tym momencie właz się zamknął. Rozległ się huk włączanych silników i kula potoczyła się prosto na dozorcę. Chciał uskoczyć, ale się przewrócił. Ogromna kula toczyła się wprost na niego. Dozorca wrzasnął ze strachu, pewny, że zaraz go rozgniecie. Ale tuż przed nim dra-kula podskoczyła i dała wielkiego susa. TRACH. Kula wylądowała na moście! Samochody zatrzymały się z piskiem hamulców. Kierowcy patrzyli ze zdumieniem na niesamowity pojazd toczący się po moście. A potem dra-kula skoczyła i jak wielka piłka przeleciała ponad pojazdami. Spadła i znowu się odbiła. Robiąc gigantyczne skoki, świetlista kula popędziła drogą. Po chwili zniknęła.

Budyniowi trudno było kierować dra-kulą. Pojazdem sterowało się za pomocą joysticka, a przecież psy nie mają rąk! W końcu kundelek chwycił manipulator w zęby. Było to niewygodne i utrudniało oddychanie, ale jakoś udawało się prowadzić pojazd.

Na szczęście kierunek ustalił system nawigacyjny. Starczyło, że Budyń powiedział nazwę wyspy, a GPS wyznaczył trasę. Pojazd przemieszczał się niezwykle szybko. Skoki kuli miały czasem po parę kilometrów długości. Dra-kula zgrabnie przeskakiwała nad rzekami i domami, wybierając najkrótszą drogę.

Słońce już zachodziło, gdy Budyń zobaczył morze. Kula wtoczyła się na pustą plażę i zatrzymała się. Kundelek podbiegł do okna, przyciskając pyszczek do szyby. Rozglądał się uważnie, ale żadnej wyspy nie zobaczył. Na brzegu były tylko resztki połamanego mostu. Dalej ciągnęła się wodna pustka aż po horyzont.

Ekran nawigacji migotał niepewnie. Ale po chwili GPS ściągnął nowe dane i kula wykonała wielki skok, wprost na wodę. Zaczęła ślizgać się po morzu jak gigantyczny surfer. Na każdej fali odbijała się i znów spadała w dół. Bryzgi wody spływały po oknach pojazdu. W końcu dra-kula uniosła się ponad morze i pofrunęła na północ.

Wkrótce słońce zaszło i zapadł zmrok. Pojazd leciał w ciemnościach przez wiele godzin, a wyspy wciąż nie było widać. Budyń już myślał, że dra-kula pomyliła kierunek. I wtedy zobaczył światełko. Było małe i pulsowało rytmicznie tuż nad wodą. Budyń wypuścił joystick i podbiegł do okna. Zobaczył, że światło pochodzi z zatopionej latarni morskiej. Ponad powierzchnię wystawał tylko jej szczyt.

– Zatopiona wyspa! – krzyknął Budyń. – To oni!

Była północ. Gabi, Blubek, Nikodem i Zula spali skuleni w wieżyczce. Nie było tu dość miejsca, by wyprostować nogi, więc leżeli pozwijani jak gąsienice. Kuki nie spał, bo pełnił wartę. Umówili się, że będą na zmianę trzymać straż przez całą noc. Chodziło o to, żeby nie przegapić statku, gdyby przypadkiem tędy przepływał. Niestety nie mieli latarki, żeby dawać znaki. Gdyby pojawił się jakiś statek, mogli tylko krzyczeć i machać.

Kuki siedział w oknie wieży, wpatrując się w morze. Świecił się reflektor na latarni morskiej, widocznie miał swój akumulator. Światło powoli omiatało wodę. Ale klon nie nadawał żadnej wiadomości.

Nagle Kuki coś zauważył. Wychylił się z okna. Na ciemnym niebie pojawił się święcący punkt. Maleńka błyszcząca kropka. Wyglądała jak księżyc, ale światełko się powiększało. Rosło. Wreszcie stało się kulą, wielką i błyszczącą. Kula leciała w ich stronę. Co to mogło być? I nagle Kuki przypomniał sobie. To ich wyczarowany pojazd! Dra-kula! Widocznie Budyń ją znalazł i leci im na pomoc. On jest genialny!

Kuki zaczął krzyczeć:

– Obudźcie się! Gabi, Blubek! Zula! Nikodem! Obudźcie się!

– Co jest? Co się stało?

– Budyń tu leci! – krzyczał Kuki – Ma nasz pojazd! Dra-kulę! Patrzcie! Tam!

Wszyscy zerwali się i spojrzeli w niebo.

Święcąca kula nadlatywała. Było już słychać jednostajny szum jej silników. Dra-kula się zbliżała! Zaraz będą uratowani!

Budyń wpatrywał się w światło latarni morskiej. Wcześniej zobaczył dach jakiegoś zatopionego budynku, ale w ciemnościach psiak nie mógł tam nikogo dostrzec. Budyń przestawił joystick i skierował pojazd prosto do zatopionej latarni.

– Dokąd on leci? – zawołał Blubek, widząc, że dra-kula ich mija.

Wszyscy zaczęli krzyczeć:

– Hej! Budyń!

– Tu jesteśmy!

– Budyń!

– Tutaj!!!

Machali i wrzeszczeli, ale pojazd minął ich i poleciał w stronę latarni morskiej.

Budyń nie słyszał wołania, bo huk silników i szum morza głuszył głosy. Poleciał prosto do latarni morskiej. Zatrzymał pojazd obok jej dachu wystającego z wody. Psiak otworzył właz. Powęszył. Zdawało mu się, że czuje zapach Kukiego. Tak, na pewno! Jego szef tu był!

Kundelek dał susa i wskoczył przez okno do wnętrza latarni. Woda zalała podłogę, więc krótkonogi Budyń musiał podnosić wysoko łapy. Zaczął biegać po sali, węsząc i wołając:

– Hej! Szefie! Przyjechałem! Gdzie jesteś, szefie?!

Rozległ się szelest. Budyń spojrzał w górę. Zobaczył, że ktoś siedzi na belce pod stropem. Błysnęło światło latarni i Budyń ujrzał twarz Kukiego.

– Szefie! – krzyknął radośnie. – Jak to dobrze, że tu jesteś! Przyjechałem na ratunek! Mam superpojazd ratunkowy! A gdzie Gabi i Blubek!?

Klon nie odpowiedział. Patrzył uważnie na gadającego psa. Nie znał go i nie wiedział, co o nim myśleć. Potem spojrzał w okno. Zobaczył kołyszący się nad wodą pojazd.

– Szefie, czemu nic nie gadasz? – zawołał Budyń. – Powiedz, co jest grane? Gdzie Gabi i Blubek? Ej, szefie, zejdź wreszcie!

Klon zeskoczył z belki. Chlapnął w wodę, poślizgnął się i upadł. Był tak osłabiony głodem, że nie mógł się podnieść. Budyń rzucił się radośnie w jego stronę. Skakał wokół leżącego. Obwąchiwał go, cieszył się i krzyczał:

– Szefie! Widzę, że jesteś wykończony. Pewnie ostatni obiad był tak dawno, że zapomniałeś kiedy! Nic się nie martw, zaprogramowałem dra-kulę, żeby leciała prosto do domu. Tam zrobimy superwyżerkę! Jak to dobrze, że udało się ciebie znaleźć...

Klon wstał. Bez słowa ruszył w stronę okna. Budyń pobiegł za nim. Klon niezdarnie wskoczył do pojazdu. Budyń też dał długiego susa i wylądował w dra-kuli.

– Szefie! – zawołał. – Czemu nic nie gadasz? Co się sta...?

Nie skończył. Klon nagle złapał psa za kark. Podszedł do włazu i wyrzucił kundelka daleko w morze. Budyń chlupnął do wody. Po chwili wynurzył się i patrzył oszołomiony na Ikuka.

– Szefie! – zawołał rozpaczliwe. – Czemu to zrobiłeś?

W odpowiedzi właz się zatrzasnął. Huknęły silniki i kula uniosła się w powietrze.

– Szefie! Nie zostawiaj mnie tutaj! – zawołał rozpaczliwie Budyń. – Nie zostawiaj mnie!

Ale pojazd odleciał. Po chwili kula zmieniła się w maleńki punkcik i zniknęła w ciemnościach.

Budyń został sam w wodzie. Rozpaczliwie wiosłując malutkimi łapkami, próbował dopłynąć do latarni morskiej. Ale wiatr spychał go w przeciwnym kierunku. Psiak zobaczył deskę unoszącą się na falach. Podpłynął i wdrapał się na nią. Usiadł, zupełnie bezradny i zrozpaczony. Kuki, jego najlepszy przyjaciel, wyrzucił go! Budyń zrobił wszystko, by go uratować, a Kuki wyrzucił go jak niepotrzebną zabawkę.

Tymczasem w wieżyczce Kuki i reszta wpatrywali się w odlatujący pojazd. Byli pewni, że Budyń w nim jest. Krzyczeli:

– Budyń! Co robisz!? Nie zostawiaj nas! Zabierz nas! Tu jesteśmy!

Żadnej reakcji. Dra-kula zniknęła w mroku i już nie wróciła.

– Ten wasz Budyń zwariował – jęknęła Zula. – Czemu on nas zostawił?

Wszyscy milczeli.

Nagle Gabi zawołała:

– Już wiem!

– Co?

– Budyń na pewno spotkał Ikuka. Rozumiecie? Znalazł tam klona. Myślał, że to Kuki. I odlecieli razem.

Blubek spojrzał niepewnie na znikający w ciemnościach pojazd.

– Zaraz... Nawet jeśli Budyń pomylił klona z Kukim, to nie zostawiłby nas. To znaczy Gabi i mnie!

– A może... – zaniepokoił się nagle Kuki.

– Co?

– Może Ikuk zrobił coś złego Budyniowi i porwał pojazd?

– To możliwe – szepnął Blubek.

Zaczęli się wpatrywać w mrok. Na szczęście latarnia wciąż omiatała morze snopem światła.

– Tam coś jest! – zawołał Nikodem. – Tam, na wodzie, w prawo od latarni!

Na wodzie coś naprawdę się unosiło, ale było zbyt daleko, żeby zobaczyć to dokładnie.

– Zawołajmy go.

Krzyknęli razem:

– Buuudyyyń!

Usłyszeli w odpowiedzi dalekie wołanie:

– Ratunku! Na pomoc!

– To jego głos! To Budyń! – zawołał Kuki. – Płynę po niego!

Bez wahania zrzucił buty i bluzę i skoczył do wody. Ruszył w stronę, z której dochodziło wołanie. Fala była duża i wiatr go spychał, ale Kuki płynął tak szybko jak nigdy w życiu.

Nagle usłyszał:

– Bardziej w lewo, Kuki!

Obejrzał się. Za nim płynęli Gabi i Blubek, a obok nich zdumiony Kuki zobaczył Zulę.

– Płyniemy z tobą! – zawołała Gabi.

– Tylko Nikodem został, bo nie umie pływać – wysapał Blubek. – Ale ma nam dawać znaki, żebyśmy nie zabłądzili w ciemnościach, jak będziemy wracać.

Znowu usłyszeli słaby głos.

– Na pomoc...!

Księżyc zaświecił przez chmury i wtedy go zobaczyli: na morzu unosiła się deska, a na niej siedział samotny kundelek. Kuki pierwszy go zauważył i ruszył w jego stronę. Choć nie był superpływakiem, to płynąc na ratunek przyjacielowi, osiągnął tempo olimpijskiego mistrza. Odwrócony tyłem pies na razie go nie zauważył.

Kuki podpłynął do deski i zawołał:

– Budyń! Jestem tutaj!

Pies się odwrócił. Jak tylko zobaczył Kukiego, natychmiast wskoczył do wody i zaczął uciekać!

– Budyń! Co robisz? – zawołał zdumiony Kuki.

Kundelek nawet na niego nie spojrzał. Przebierał łapami, uciekając jak szalony. Na szczęście Gabi go dogoniła.

– Budyń! – zawołała. – Co się dzieje? Dokąd ty płyniesz?

– Kuki wrzucił mnie do morza – pisnął rozpaczliwie psiak. – On mnie już nie chce!

– To nie był Kuki! To był jego klon! Wyczarowany sobowtór, rozumiesz!

Kuki dopłynął do kundelka.

– Budyń! To ja jestem prawdziwy Kuki. Nie wyrzuciłem cię. Nigdy bym tego nie zrobił. Rozumiesz? Nigdy.

– Musimy wracać – zawołała Gabi.

Kuki objął kundelka i zawrócili w stronę hotelu. Płynęło się ciężko. Szczególnie Budyń, który w ogóle nie lubił wody, miał kłopoty. Na szczęście, kiedy już ledwo przebierał łapami, Zula zawołała:

– Połóżcie tego psa na mojej głowie.

– Nie dasz rady płynąć z nim! – krzyknęła Gabi.

– Spoko – zaśmiała się Zula. – Mam dużą wyporność. Jestem niezatapialna.

Faktycznie, kiedy Budyń usiadł na jej głowie, Zula nadal płynęła łatwo i bez wysiłku. Problemem było trafienie w ciemnościach do zatopionego hotelu. Księżyc schował się za chmury i nie było widać wieżyczki. Omal się nie zgubili. Na szczęście nagle usłyszeli gwizd. To Nikodem dawał sygnały, gwiżdżąc regularnie. To ich uratowało, bo mogli znaleźć właściwy kierunek. Wkrótce dopłynęli do wieżyczki.

Kiedy się tam wdrapali, Budyń usiadł na kolanach Kukiego i szepnął:

– Szefie… Przepraszam…

– Za co?

– No… Za to, że przez chwilę myślałem, że jesteś draniem. Ale rozumiesz, kiedy cię wyrzucają jak worek śmieci, to trochę pies głupieje.

– Budyń, to moja wina. Powinienem ci powiedzieć, że wyczarowałem klona. Ale pamiętaj, ja zawsze będę twoim przyjacielem i nigdy cię nie wyrzucę.

– No dobra – powiedział Blubek. – Ale co teraz zrobimy? Wciąż nie wiemy, jak się stąd wydostać.

– Teraz musimy się wyspać – ziewnęła Zula. – Rano coś się wymyśli.

Skulili się w wieży. Budyń położył się na ramieniu Kukiego. Wieżyczka kołysała się łagodnie, więc szybko zasnęli. Przez zaśnięciem Gabi szepnęła:

– Ciekawe, dokąd poleciał Ikuk?

Dra-kula leciała szybko ponad morzem. Do lądu dotarła przed świtem. Wytoczyła się na szosę i długimi skokami popędziła na południe. Słońce już wschodziło, gdy wyłoniło się miasto. Dra-kula niezauważalnie przemknęła przez puste o tej porze miasto. Zatrzymała się na ulicy Weneckiej, przed domem Kukiego.

Ikuk otworzył właz i z trudem wysiadł z pojazdu. Kula zmniejszyła się i klon schował srebrny guzik do kieszeni. W tej chwili stuknęły drzwi w budynku i klon usłyszał wołanie:

– Kuki! – W bramie domu stała mama Kukiego z koszykiem na zakupy i patrzyła zdumiona na Ikuka. – Kuki! Co ty tu robisz? – Mama popędziła do klona. Objęła go, a potem spytała zaniepokojona: – Co się stało, Kuki? Przecież obóz kończy się w sobotę? Dlaczego wróciłeś wcześniej?

– Tak, mamo – powiedział Ikuk. – Przyjechałem wcześniej.

– Ale dlaczego? Czy obóz się szybciej skończył?

– Tak, mamo. Obóz się szybciej skończył.

– Dlaczego nikt mnie nie zawiadomił? – Mama przyjrzała się klonowi uważnie. – Kuki, czemu ty jesteś taki blady? Źle się czujesz?

– Jestem strasznie głodny – szepnął Ikuk.

– Chodź do domu.

Po chwili klon siedział przy stole w kuchni i pochłaniał wielką porcję płatków.

Kiedy skończył, zawołał:

– Chcę jeszcze jeść!

Mama patrzyła na niego zdumiona.

– Czy oni was głodzili na tym obozie? – Zajrzała do lodówki. – Nic nie mamy. Nawet chleba! Dopiero miałam iść na zakupy. Chyba muszę coś wyczarować…

Klon uważnie obserwował, jak mama siada na czerwonym krześle i wypowiada życzenie.

– Chcę razowy chleb, trochę sera i pomidory – poprosiła mama. – I w ogóle napełnij lodówkę jakimś zdrowym jedzeniem.

Klon czekał z napięciem.

TRACH. Drzwi lodówki z trzaskiem się otworzyły. Była wypełniona po brzegi wyczarowanym jedzeniem.

Mama szybko uszykowała stos kanapek i wielki talerz sałatki. Do tego kakao. I następną porcję kanapek! Ku jej zdumieniu klon pochłaniał wszystko. Jadł łapczywie i wciąż prosił o dokładkę.

W tym czasie mama próbowała dodzwonić się do wychowawczyni, a potem do hotelu na wyspie, ale nikt nie odbierał telefonu. Kiedy Ikuk wreszcie skończył jeść, mama usiadła obok niego.

– Kuki, powiedz mi, dlaczego wróciłeś wcześniej z obozu?

Ikuk milczał. Mama patrzyła na niego niespokojnie.

– Synku, czy coś się stało? Powiedz…

Klon w odpowiedzi ziewnął.

– Jestem bardzo zmęczony – mruknął. – Chcę spać.

– Spać? O tej porze?

– Jestem śpiący.

Mama pokręciła głową.

– No dobrze. Idź spać. Potem porozmawiamy.

Ikuk ruszył do korytarza. Niepewnie otworzył drzwi po prawej stronie.

– Kuki, dokąd ty idziesz? – zawołała mama. – Zapomniałeś, gdzie jest twój pokój?

Ikuk szybko odwrócił się i wszedł do pokoju po lewej stronie. Starannie zamknął drzwi. Położył się na łóżku Kukiego. Ale nie zasnął. Nasłuchiwał, co robi mama. Myślał o czerwonym krześle...

Słońce stało już wysoko nad zatopioną wyspą, kiedy Kuki wreszcie się obudził. Był obolały od leżenia na twardej podłodze wieżyczki. Budyń także już nie spał. Rozglądał się i węszył. Powoli budzili się inni. Ziewali i przeciągali się. Wszyscy byli w ponurych nastrojach.

Przez noc wyspa znów trochę się zanurzyła. Woda sięgała prawie do okna wieżyczki. Jeśli przekroczy tę linię, to zaleje ich ostatnie schronienie. Wtedy pozostanie im tylko wejść na miedzianą kopułę dachu, ale wiadomo, że długo tam nie wytrzymają. Poza tym byli okropnie głodni.

– Nikodem, masz jeszcze batoniki? – spytała Zula.

– Nie mam.

– Na pewno nie schowałeś żadnego?

– Nie.

– No to padniemy z głodu – jęknęła Zula.

Spoglądali na morze, jakby w nadziei, że nadpłynie statek pełen pysznych rzeczy. Ale morze było puste.

– Kuki, musimy szybko coś wymyślić – powiedział Blubek. – Jakiś sposób, żeby się stąd wydostać.

– Dobra. Robimy naradę – powiedział Kuki. – Niech każdy powie, jaki ma pomysł.

– Ja uważam, że trzeba zbudować tratwę – powiedział Blubek

– Z czego? – spytał Kuki.

– Z desek z podłogi wieży.

– No dobrze, może uda się ją zbudować. Ale dokąd chcesz płynąć? Nie wiemy, gdzie jest ląd ani jak daleko.

– Jest bardzo daleko – pisnął Budyń. – Leciałem tu dra-kulą pięć godzin.

– Czyli tratwą raczej nie dopłyniemy – powiedział Nikodem.

– Okej – poddał się Blubek. – A ty, Kuki, jaki masz pomysł?

– Ja myślę, że trzeba wysłać wiadomość.

– Jak?

– Zrobimy tratwę, ale małą, z żaglem. Przymocujemy do niej list. I puścimy na wodę.

– Skąd wiesz, że ktoś ją znajdzie?

– Nie wiem. Ale to bezpieczniejsze, niż samemu płynąć.

– Zwracam uwagę, że niedługo padniemy z głodu – mruknęła Zula. – Jeśli ktoś odczyta wiadomość za tydzień, to znajdzie tu chude trupki. Musimy zrobić jakąś akcję zaraz.

– Zula ma rację – powiedziała Gabi i wstała. – Posłuchajcie, co ja myślę. To magia zatopiła wyspę, więc...

– Nie magia, ale stalowe roboty – poprawił ją Blubek.

– Ale one były wyczarowane – upierała się Gabi. – No więc jeśli magia to wywołała, to tylko magia może nas uratować.

– Jak? – zawołał Kuki. – Nie mamy szachów.

– Więc trzeba je znaleźć. A dokładnie: białego króla, bo tylko on został.

– Przecież on utonął!

– Jestem pewna, że nie odpłynął daleko – powiedziała Gabi. – Ta figura leży na dnie, blisko zamku. Mogę zanurkować i spróbować ją znaleźć.

– Zwariowałaś? – zawołał Kuki. – Nie dasz rady nurkować na taką głębokość.

– Zapomniałeś, jak nurkowałam na zwierzostatku?

Faktycznie. Jak kiedyś walczyli z olbrzymem, Gabi uratowała ich, nurkując w zatopionym statku.

– To było co innego – upierał się Kuki. – Tam przepłynęłaś jeden korytarz, a tutaj musisz zejść na dużą głębokość i szukać małej figurki. Nie dasz rady.

– Możemy zrobić aparat do nurkowania – powiedział nagle Nikodem.

– Co? – krzyknął Blubek. – Jak chcesz tu zrobić aparat do nurkowania? Z czego?

– Z dachu – powiedział spokojnie Nikodem.

Spojrzeli na niego jak na wariata.

– Nikodem, tobie odbiło z głodu?

Chudzielec wstał.

– Posłuchajcie. Ja nie umiem pływać, ale przygotowuję się do tego teoretycznie. To znaczy oglądam dużo programów o morzu. Wiem, że kiedyś używano dzwonów nurkowych.

– Czego?

– Dzwonów nurkowych.

– Co to jest?

– To wygląda jak wielki garnek. Nurek wchodzi do środka i opuszają go na dno. Pod tym dzwonem jest powietrze, więc człowiek może oddychać. Tak kiedyś ludzie nurkowali.

– Po co gadasz to wszystko? Jak mamy zrobić dzwon do nurkowania? Z czego!?

– Z dachu. Z tej kopuły, która jest na naszej wieży.

Spojrzeli w górę. Faktycznie na wieżyczce był okrągły dach z blachy.

Nikodem wstał.

– Zobaczcie, ta kopuła jest zrobiona z miedzi. Na pewno jest szczelna, bo przecież chroni przed deszczem. Trzeba ten dach zdjąć i włożyć do wody. Pod nim zostanie powietrze. Ktoś się pod tą kopułą schowa i opuści na dno.

Wszyscy spojrzeli na dach. Nikodem miał chyba rację. To mogło się udać.

– Dobrze. Spróbujemy to zrobić – zdecydował Kuki. – Kto nurkuje?

– Wiadomo, że ja – zawołała Gabi. – Jestem supermistrzem w nurkowaniu.

Gabi zdjęła buty i wskoczyła do wody.

– A teraz niech każdy stanie po jednej stronie dachu i razem go podniesiemy – zawołał Kuki. – Uwaga! Już!

Spróbowali unieść miedziany dach. Nie było to łatwe. Na szczęście kopuła była słabo zamocowana i po kilku próbach udało się ją podnieść. Była bardzo ciężka.

– Kładźcie ją na wodę! Szybko! Bo jej nie utrzymamy!

Położyli miedziany dach na wodzie. Gabi natychmiast wpłynęła pod niego. Po chwili usłyszeli jej stłumiony głos z wnętrza kopuły.

– Tu naprawdę jest powietrze! Super pomysł!

Kopuła powoli zanurzała się w morzu. Gabi skuliła się w ciasnej przestrzeni i spokojnie oddychała. Kopuła sunęła w dół jak dziwna winda. Wreszcie opadła na dno. Gabi miała szczęście, bo kopuła wylądowała nad jakąś dziurą. Dzięki temu mogła wyjść bez jej przechylania. A odchylenie kopuły spowodowałoby ucieczkę powietrza. Gabi głęboko odetchnęła i wypłynęła spod kopuły.

Przed nią był zatopiony zamek. W zielonym podwodnym świetle wyglądał jak twierdza morskiego potwora. Na zatopionym tarasie wciąż stały metalowe stoły i krzesła, jakby miała się tu odbyć uczta ośmiornic. Ryby wpływały do hotelu przez rozbite okna niczym dziwni goście. Na szczęście były to zwykłe ryby, a nie jakieś drapieżniki.

Gabi popłynęła wzdłuż ściany zamku, rozglądając się uważnie. Na szczęście umiała nurkować z otwartymi oczami. Płynęła tuż nad tarasem. Biały król powinien leżeć gdzieś tutaj... Ale na razie go nie dostrzegała. Zaczęło jej brakować powietrza, więc zawróciła i wpłynęła pod kopułę. Odpoczywała, oddychając głęboko. Potem znowu zanurkowała. Popłynęła w drugą stronę. Zauważyła rozbitą szafę, która wypadła z kuchennego okna. Obok szafy leżały jakieś puszki i słoiki. Jedzenie! Gabi poczuła okropną chęć, żeby zabrać coś, ale się powstrzymała. Teraz ważniejsze było znalezienie figury szachowej.

Wróciła pod kopułę zaczerpnąć powietrza i zanurkowała po raz trzeci. Tym razem oddaliła się od zamku i popłynęła nad hotelowym parkingiem. Stało tu auto, terenowa toyota. W zatopionym samochodzie były opuszczone szyby. Gabi, przepływając, zerknęła do wnętrza i zatrzymała się gwałtownie. Na siedzeniu leżała figura szachowa! Biały król! Znalazła go!

Natychmiast zanurkowała przez otwarte okno do wnętrza auta. Chwyciła figurę. Chciała szybko wypłynąć, ale obracając się, kopnęła jakiś przełącznik. Coś pisnęło i nagle wszystkie szyby w samochodzie się podniosły. Widocznie akumulator w zatopionym aucie wciąż działał! Gabi przypomniała sobie, jak tato mówił, że toyoty nigdy się nie psują! Była uwięziona.

Na początku niezbyt się wystraszyła. Po prostu spróbowała otworzyć drzwi samochodu. Ale zamki się zablokowały! Szarpała klamki, ale drzwi pozostały zamknięte, a szyb nie można było opuścić. Gabi zaczynało brakować powietrza, a samochód był wypełniony wodą! Wpadła w panikę. Zaczęła kopać w szybę, licząc, że ją rozbije. Ale szyba była mocna, a woda osłabiała uderzenia. Jak się stąd wydostać?

Gabi spojrzała na szachową figurę. Musi zrobić czar, żeby wyjść z tej pułapki. Zużyć figurę na uratowanie siebie. Wyszeptała, niemal nie otwierając ust:

– Chcę być na powierzchni morza!

Ale nic się nie zdarzyło. Przerażona Gabi pojęła, że pod wodą nie można zrobić czaru. Przecież figura musi się zapalić, a w wodzie to niemożliwe!

Gabi spojrzała z rozpaczą w górę, tam gdzie było słońce i powietrze. I omal nie krzyknęła z radości. W dachu auta było okno. Otwarte! Jak mogła tego nie zauważyć!

Natychmiast odbiła się od siedzenia i przez dachowe okno wypłynęła z auta pułapki. Machając mocno nogami, popłynęła w stronę światła. Wynurzyła się niedaleko wieżyczki. Ledwo wysunęła głowę, zaraz zaczerpnęła powietrza. Brała głębokie oddechy i sprawiało jej to olbrzymią przyjemność. Powietrze smakowało jak najlepsze łakocie. Usłyszała wołanie Kukiego:

– Gabi! Jak to dobrze, że jesteś! Baliśmy się już o ciebie!

Gabi podpłynęła do wieżyczki. Podniosła dumnie rękę i pokazała figurę białego króla.

W domu na ulicy Weneckiej mama próbowała dodzwonić się do hotelu na wyspie. Bez skutku. Była coraz bardziej niespokojna. Dlaczego Kuki wrócił wcześniej z obozu? Co się stało?

Poszła do pokoju syna. Uchyliła drzwi. Klon nie spał. Miał otwarte oczy i patrzył na nią uważnie. Mama usiadła obok niego na łóżku.

– Wyspałeś się?

– Mhm...

– No to powiedz mi wreszcie, co się stało. Dlaczego wróciłeś wcześniej z obozu?

Ikuk milczał.

– Kuki, musisz mi to wyjaśnić! Uciekłeś z obozu, tak?

Klon się nie odzywał. Mama patrzyła na niego uważnie.

– Wiesz, Kuki... Jesteś jakiś dziwny. Zupełnie jakbyś to nie był ty – szepnęła.

Ikuk spojrzał na mamę wrogo. Nagle zerwał się i wybiegł z pokoju.

– Dokąd idziesz? – zawołała mama.

Wstała i poszła za klonem. Zobaczyła, że jest w kuchni.

Ikuk siedział na czerwonym krześle.

– Zejdź zaraz z tego krzesła! – zawołała mama. – Wiesz, że nie wolno ci na nim siadać ani robić żadnych czarów.

Ikuk nie odpowiedział. Wygodnie rozparł się na czerwonym krześle. Wpatrywał się w mamę ze złością.

– Kuki! Wstań zaraz!

– Nie!

– Jak ty się zachowujesz?

Mama ruszyła w stronę klona.

Wtedy Ikuk wyprostował się na czerwonym krześle i coś wyszeptał.

– Kuki! – krzyknęła mama. – Co ty robisz...!?

TRACH! Z trzaskiem otworzyło się okno. Załopotały firanki. Przez dom przeleciał wiatr, uderzył w mamę, zakręcił nią i zawirował.

Kiedy wichura ustała, mamy w pokoju już nie było.

– Kuki, przemyślałeś wszystko dokładnie? – szepnęła Gabi.

– Tak.

Kuki trzymał w dłoni figurę białego króla. Za chwilę miał wypowiedzieć najważniejsze życzenie. Zrobić czar, który uratuje im życie. O ile się uda…

Gabi, Blubek, Zula i Nikodem patrzyli na niego z napięciem. Wiedzieli, że mają tylko jedną figurę. Jedną szansę. Drugiej nie będzie. Jeżeli magia nie zadziała, utoną razem z wyspą. Byli bardzo zdenerwowani. Wcześniej długo dyskutowali, jaki czar wykonać.

– Musimy bezpiecznie wrócić do domu – powiedział Blubek.

– Ale wyspa też musi wrócić na dawne miejsce – powiedział Kuki.

– No i ten drób musi zmienić się w ludzi – powiedziała Gabi. – Bo chyba nie chcemy, żeby naszą wychowawczynią była kura.

Najpierw Kuki chciał po prostu cofnąć czas. Wycofać zdarzenia przed fatalny dzień, w którym wyczarował klona. Ale wiedział, że gdy cofa się czas, to kasuje się pamięć. Nie było pewności, czy Kuki znów nie wyczaruje klona. I wszystko zacznie się od początku. Więc postanowili zrobić coś zupełnie innego. Przesunąć czas do przodu, do chwili kiedy będą bezpieczni.

Był to skomplikowany czar. Kuki musiał uważać na każde słowo.

– Zaczynam – szepnął.

– Tylko uważaj…

– Cicho, nie stresujcie mnie teraz!

Kuki uniósł dłoń z figurą białego króla i zaczął mówić:

– Chcę, żeby był ostatni dzień obozu. I żeby wszystko na tej wyspie było takie, jakby nie zdarzył się tu żaden czar.

Z białego króla strzeliły płomienie, ogromny ogień, niemal pod chmury. Kuki wypuścił figurę. W tej samej chwili z morza nadeszła wielka fala. Uderzyła w wieżyczkę.

Potężna siła porwała wszystkich i poniosła gdzieś. Zacisnęli powieki, żeby słona woda nie weszła im do oczu. Na chwilę chyba stracili przytomność. Potem woda zniknęła. Mogli już normalnie oddychać. Poczuli lekkie drżenie i usłyszeli jakieś głosy. Kuki otworzył oczy. I aż krzyknął ze zdumienia.

Siedział w autobusie, który stał przed hotelem. Autokar był pełen uczestników obozu. Wszyscy byli znów normalnymi ludźmi. Śmiali się i wygłupiali. Pani Szulc sprawdzała obecność. Obok Kukiego siedział Blubek, dalej Zula i Gabi, a obok nich Nikodem. Kuki zerknął niepewnie na przyjaciela.

– Chyba wszystko jest okej – szepnął Blubek. – Zobacz… Wyspa jest na miejscu.

Kuki spojrzał w okno. Wyspa wyglądała normalnie. Była znów obok brzegu, a most łączył ją z lądem. Nie było żadnych zniszczeń. Uczestnicy obozu zachowywali się normalnie. Wyglądało na to, że nikt nie pamięta, że przed chwilą gdakał i miał skrzydła.

Ale oni: Kuki, Gabi, Blubek i Zula z Nikodemem, pamiętali wszystko. Nikodem zerkał na nich porozumiewawczo. Gabi z Zulą dawały dyskretnie znaki, szepcząc:

– Udało się…

Kuki poczuł, że coś ciepłego dotyka jego stopy. Zerknął i zobaczył pod fotelem Budynia.

– Wszystko dobrze, szefie – pisnął psiak. – Jestem zdrowy i w jednym kawałku!

– Uwaga! – zwołała pani Szulc. – Zaraz jedziemy do domu. Niech każdy pomyśli, czy czegoś nie zostawił, bo drugiej szansy na odzyskanie zgubionej skarpetki nie będzie.

Kuki nagle zerwał się z miejsca.

– Proszę pani.

– Tak, Kuki?

– Ja coś zostawiłem! Coś ważnego.

– Jeżeli to nie jest ćwierć starego batonika, to możesz iść. Ale pośpiesz się, bo zaraz odjeżdżamy.

Kuki wyskoczył z autobusu i pognał do hotelu. Blubek i Gabi gapili się na niego zdumieni.

Chłopak wpadł do hotelu i błyskawicznie przebiegł przez hol. Wszystko wyglądało tu normalnie. Obok recepcji stał dyrektor hotelu i nie przypominał koguta. No może tylko trochę...

Kuki pobiegł na drugie piętro, podszedł do rzeźbionych drzwi i ostrożnie je uchylił. W ośmiokątnej sali nikogo nie było. Panował tu idealny porządek. Stoliki szachowe stały na swoich miejscach, a krzesła były równiutko poustawiane.

Kuki podbiegł do szafy i otworzył drzwi. Szkatułki z szachami stały na półce! Obie. Znaczyło to, że nikt nie wygrał turnieju i nie dostał nagrody... Chłopak otworzył białą szkatułkę. Była pusta. No tak... Przecież wszystkie białe figury zużyli. A zgodnie z zasadą tej magii, figur, które spłonęły, nie można odtworzyć. Kuki uchylił wieko czarnej szkatułki. Tu była jedna figura. Czarny król. Tylko on został. Kuki szybko go wyjął i ukrył w kieszeni. Usłyszał kroki. Błyskawicznie postawił szkatułki na półce i zamknął szafę.

Do sali wszedł instruktor szachowy. Kuki uśmiechnął się niepewnie i szybko powiedział:

– Przyszedłem się pożegnać, proszę pana.

– To miło – uśmiechnął się pan Kovacz. – Mam nadzieje, że dzięki temu obozowi polubiłeś szachy. To niezwykła gra, prawda?

– Tak. Jest niesamowita.

– Tylko pamiętaj. Musisz stale ćwiczyć, jeśli chcesz wygrywać.

– Wiem.

Kuki usłyszał klakson autobusu.

– Muszę iść, proszę pana. Do widzenia.

Pobiegł szybko do wyjścia.

– Znalazłeś swoją zgubę? – spytała pani Szulc, kiedy Kuki wsiadł do autokaru.

– Tak, proszę pani.

– No to jedziemy do domu!

Autokar ruszył. Powoli przetoczył się przez most i wyjechał na szosę. Wyspa schowała się za drzewami. Przez chwilę było jeszcze widać latarnię morską, ale potem ona także zniknęła.

Gabi spytała cicho Kukiego:

– Po co wróciłeś do hotelu?

Kuki zerknął na wychowawczynię, a potem ostrożnie wyciągnął z kieszeni czarnego króla.

– Tylko on został. Wołałem go zabrać. Lepiej, że jest u nas, bo ktoś mógłby zrobić jakiś głupi czar.

– Na przykład wyczarować klona – zaśmiał się Blubek.

Klon wychylił się z okna domu przy ulicy Weneckiej i patrzył na miasto. Klęczał na czerwonym krześle.

Było pogodne popołudnie. Świeciło słońce i niebo było bezchmurne. Ikuk wyszeptał rozkaz.

Z nieba spłynęła natychmiast mgła. Opadła na miasto jak szara zasłona. Gęste opary wypełniły ulice. Przechodnie rozglądali się zdziwieni, widząc, jak mgła błyskawicznie zasłania domy, drzewa i ludzi. Po chwili nie było prawie nic widać.

Klon zaśmiał się i poszedł z czerwonym krzesłem do kuchni. Usiadł i bezgłośnie wypowiedział kolejny rozkaz. Z korytarza przyfrunęła jakaś zielona karteczka, a w kuchni zaczęło pachnieć naleśnikami…

Gdy niebieski autokar dojeżdżał do miasta, zapadał już zmierzch. Większość pasażerów spała zmęczona długą podróżą. Parę kilometrów przed miastem zaczęła się mgła. Mleczne opary przesłoniły szosę. Kierowca jechał bardzo powoli, trąbiąc co jakiś czas. W mieście mgła była jeszcze gęściejsza. Domy były ledwo widoczne. Około ósmej autokar wjechał powoli na Rynek Główny.

Czekał tu tłum rodziców. Kiedy autokar wyłonił się z mgły, rzucili się witać dzieci. Zrobił się harmider i zamęt. Wszyscy jednocześnie gadali, śmiali się i krzyczeli. A potem rozległo się mnóstwo: „Do widzenia! Nara! Zadzwoń! Wyślij eskę". Wreszcie pożegnania się skończyły i rodzice zabrali dzieci do domu. Blubek pojechał na samym początku, obiecując Kukiemu, że zaraz jutro się spotkają. Zulę zabrała mama, potężna kobieta we wściekle różowej bluzce. Nikodema zgarnął ojciec, chudy jak tyczka i ponury jak noc. Gabi pożegnała się z Kukim, szepcząc:

– Wiesz, właściwie fajnie, że byliśmy na tym obozie…

Zerknęła, czy nikt nie patrzy, i pocałowała Kukiego w policzek. Zanim chłopak coś powiedział, pobiegła do rodziców. W końcu wszyscy rozeszli się do domów, znikając we mgle.

Wszyscy z wyjątkiem Kukiego.

Po niego nikt nie przyszedł. Kuki czekał samotnie obok pustego autobusu, ale mama się nie pojawiała. Próbował do niej zadzwonić, ale nie odbierała telefonu. Kuki był niespokojny. Pamiętał, że mama specjalnie miała wcześniej wrócić z gór, żeby go odebrać. Czy coś się stało?

– Co ja mam z tobą zrobić, sierotko? – westchnęła pani Szulc.

– Proszę pani, ja pójdę sam do domu – powiedział Kuki.

– Nie mogę cię puścić. Według regulaminu muszą cię odebrać rodzice.

– Ja mieszkam blisko. Tu obok, na Weneckiej.

Wychowawczyni się wahała. Była bardzo zmęczona i chciała już iść do domu.

– Będę uważał po drodze, proszę pani – powiedział Kuki. – Naprawdę.

– No dobrze – powiedziała w końcu pani Szulc. – Idź. Ale jak przyjdziesz do domu, to niech twoja mama do mnie zadzwoni.

– Dobrze. Na pewno zadzwoni. Do widzenia!

Kuki poszedł. Po kilkunastu krokach obejrzał się. Zobaczył, że pani Szulc zniknęła we mgle. Wtedy wyciągnął z plecaka Budynia i postawił go na chodniku. Ruszyli razem w stronę ulicy Weneckiej.

Zanim doszli do domu, mgła zrobiła się jeszcze gęściejsza. Domy i drzewa zniknęły za białym oparem. Samochody trąbiły, ostrzegając przechodniów. Ludzie we mgle wyglądali jak duchy. Kuki ledwo widział Budynia, choć ten dreptał obok jego nogi.

– Szefie, nie podoba mi się ta mgła – warknął niespokojnie psiak.

– Mnie też – mruknął Kuki. – Wygląda jak w horrorze.

Kuki nie przepadał za horrorami.

W końcu dotarli na ulicę Wenecką. Kuki stanął przed swoim domem i poczuł dziwny niepokój. Właściwie czemu mama nie przyszła go odebrać? Spojrzał w okna swojego mieszkania. Były ciemne. Ale wydało mu się, że ktoś pojawił się w oknie i zniknął. Nie był tego pewny, bo dom ledwo było widać we mgle.

– O co chodzi, szefie? – szepnął Budyń. – Coś jest nie tak?

– Nie wiem... Wchodzimy.

Brama była otwarta, więc Kuki nie musiał dzwonić domofonem. Wspięli się na drugie piętro, gdzie było mieszkanie Kukiego. Stanęli przed drzwiami. Budyń zaczął węszyć.

– Coś mi tu dziwnie pachnie, szefie – mruknął.

– Co masz na myśli?

– Zdawało mi się, że czuję dwóch szefów.

Kuki nacisnął dzwonek. Czekał. Nikt nie otwierał. Może mama śpi?

Na szczęście Kuki miał swój klucz. Wyciągnął go, ale zanim otworzył drzwi, szepnął do kundelka:

– Budyń, schowaj się do plecaka.

– Po co?

– Bo jeśli coś jest nie tak, to będziesz armią rezerwową. A poza tym mama myśli, że ty jesteś w psim hotelu.

– Fakt.

Kundelek wgramolił się do plecaka. Kuki przekręcił klucz w zamku i nacisnął klamkę. Wszedł do korytarza. Drzwi się zatrząsnęły.

Kuki zawołał:

– Mamo? Jesteś?

Nikt nie odpowiedział. Zawołał raz jeszcze:

– Mamo!

I znów nikt nie odpowiedział.

Kuki odłożył plecak i zajrzał do pokoju rodziców. Nikogo tam nie było. Ruszył do kuchni. Zapalił światło. W kuchni także było pusto.

Kuki rozejrzał się. Kuchnia wyglądała normalnie. Jedynie na ścianie wisiało nowe zdjęcie mamy w ramce. Wcześniej go tam nie było. Pewnie tato zrobił mamie zdjęcie i oprawił. Ale gdzie jest mama?

Kuki zerknął na lodówkę. Mama często zostawiała tam wiadomości przyczepione magnesem. I faktycznie na drzwiach lodówki wisiała zielona kartka. Kuki szybko zdjął list i przeczytał: „Kuki! Poszłam na zakupy. Na patelni są ciepłe naleśniki. Zjedz je! Całusy. Mama".

Kuki odetchnął z ulgą. Więc nic złego się nie stało. Mama zaraz wróci.

Podszedł do kuchenki. Podniósł pokrywkę z patelni. Poczuł cudowny zapach. Na patelni leżały naleśniki, były jeszcze ciepłe. W środku miały jego ulubione powidła brzoskwiniowe. Kuki był okropnie głodny. Chwycił naleśnik i już go chciał zjeść, kiedy usłyszał stuknięcie. Zerknął na ścianę. Zdawało mu się, że ramka ze zdjęciem mamy drgnęła, poruszyła się. Ale to chyba złudzenie…

Zaczął zajadać naleśnik. Był pyszny. Kuki pomyślał, że mama jest kochana. Naprawdę super! Kuki schrupał błyskawicznie naleśnik i chciał wziąć drugi, ale przypomniał sobie o Budyniu w plecaku. On też jest głodny. Ruszył do korytarza. Zrobił dwa kroki i nagle poczuł coś dziwnego. Zaczęła go boleć głowa, a potem całe ciało.

Kuki miał wrażenie, że się kurczy i spłaszcza. Krzyknął, chciał wybiec z kuchni, ale zakręciło mu się w głowie i upadł na podłogę.

Budyń usłyszał krzyk Kukiego. Już miał wyskoczyć z plecaka i biec na ratunek, kiedy stuknęły drzwi łazienki. Ktoś z niej wyszedł i skradał się w stronę kuchni.

Ten ktoś pachniał jak Kuki. To klon! Jest tutaj! Psiak skulił się w plecaku. Wiedział już, jaki Ikuk jest niebezpieczny. A teraz w dodatku mógł użyć czerwonego krzesła. Budyń musiał być bardzo ostrożny.

Wysunął pyszczek z plecaka. Zobaczył, że klon wszedł do kuchni. Podniósł tam coś z podłogi i podszedł do ściany. Potem zgasił światło i wrócił do korytarza. Budyń skulił się w plecaku. Klon minął go i wszedł do pokoju Kukiego.

Budyń odczekał chwilę, a potem wyskoczył z plecaka. Skradając się cichuteńko jak myszka, wszedł do kuchni. Kukiego tu nie było. Zniknął. To znaczy, że klon zmienił go w coś, ale w co? Kuki mógł być teraz widelcem, pomidorem albo muchą.

– Hej, szefie – szepnął Budyń. – Daj mi jakiś znak

Coś zaszurało i stuknęło. Budyń podniósł głowę. Na ścianie wisiało zdjęcie Kukiego, oprawione w niebieską ramkę! Obok było zdjęcie jego mamy. Ramka ze zdjęciem Kukiego poruszała się, kołysała.

– Szefie, to ty? – jęknął Budyń.

Ramka zakołysała się jeszcze mocniej. Bujała się jak huśtawka.

No tak. Wszystko jasne. Klon użył magii czerwonego krzesła i zmienił Kukiego w fotkę.

Budyń w pierwszym odruchu chciał pobiec i sprowadzić na pomoc Blubka i Gabi.

Ale zanim ich znajdzie, minie mnóstwo czasu. A przez ten czas klon może zrobić jakieś okropne rzeczy. Na przykład wyrzucić zaczarowanego Kukiego na śmietnik. Co robić?

A może Budyń sam powinien wykonać czar? Użyć magii czerwonego krzesła i przywrócić Kukiemu dawną postać. Psiak zerknął na krzesło. Jeszcze nigdy sam nie używał magii. W ogóle nie wiadomo, czy pies może zrobić czar. Nawet pies gadający. Zanim się zdecydował, usłyszał hałas w pokoju Kukiego. Stuknęły drzwi. Ikuk tu szedł!

Budyń błyskawicznie umknął pod stół. Na szczęście serweta sięgała prawie do podłogi. Klon wszedł do kuchni. Wyjął z lodówki butelkę wody i wyszedł. Na korytarzu zatrzymał się obok plecaka Kukiego. Przykucnął i zaczął sprawdzać, co jest w środku.

Budyń podjął decyzję. Wysunął się spod stołu i wskoczył na czerwone krzesło. Przez sekundę pomyślał, że mógłby zmienić w coś klona. W coś obrzydliwego! Ale Ikuk był ledwo widoczny przez szyby w drzwiach. A magia działała tylko na to, co widać. Nie! Najpierw Budyń musi ratować Kukiego. Potem wspólnie dopadną klona.

Kundelek usiadł na czerwonym krześle i patrząc na zdjęcia w ramkach, wyszeptał:

– Chcę, żeby Kuki i jego mama byli znów ludźmi. To znaczy, żeby byli tacy jak przed czarem tego wrednego klona!

Budyń czekał w napięciu.

TRACH. Ramki ze zdjęciami spadły na podłogę i szkło się rozbiło. Jego odłamki zawirowały w powietrzu. Błysnęło oślepiające światło, jakby ktoś zrobił zdjęcie z gigantyczną lampą błyskową.

Psiak zamknął oczy. Po sekundzie ostrożnie je otworzył. I zobaczył... Kukiego i jego mamę. Stali na środku kuchni. Byli tacy jak dawniej! Mrugali i rozglądali się trochę nieprzytomnie. Budyń zeskoczył z krzesła i popędził do Kukiego.

– Szefie! Udało się! Uratowałem cię!

Mamie chyba kręciło się w głowie, bo zrobiła kilka chwiejnych kroków i usiadła ciężko na czerwonym krześle. Zanim ktoś się odezwał, do kuchni wbiegł klon. Stanął jak wryty. Patrzył ze zdumieniem na Kukiego, mamę i Budynia. Przez chwilę wszyscy milczeli.

Mama nie wiedziała o istnieniu klona, więc patrzyła na niego zdumiona. Potem spojrzała na Kukiego. Widziała dwóch identycznych chłopców. Dwóch synów!

– Zaraz... Co tu się dzieje...? – szepnęła mama. – Który z was jest prawdziwy...?

Zanim Kuki odpowiedział, klon błyskawicznie podbiegł do mamy.

– Ja jestem prawdziwy Kuki! – zawołał. – Mamo! Ja wyczarowałem niechcący klona! On tam stoi! – wrzeszczał Ikuk, wskazując na

Kukiego. – To jest klon, mamo! Udaje mnie! – Ikuk objął mamę. – Anihiluj go, mamo! Zrób czar, żeby on zniknął. Każ mu zniknąć na zawsze!

Kuki był tak oszołomiony kłamstwem klona, że przez chwilę nie mógł wykrztusić słowa. Wreszcie podbiegł do mamy.

– Nie wierz mu, mamo! – zawołał. – To ja jestem prawdziwy Kuki! On jest klonem!

– On kłamie, mamo! – krzyczał Ikuk. – Ja jestem twoim prawdziwym synem! Ja jestem Kuki, kochana mamusiu! On jest klonem!

Ikuk objął mamę i przytulił ją z całych sił.

– Zostaw moją mamę, oszuście! – krzyknął Kuki.

– To jest m o j a mama! – Klon przytulił się do mamy i szeptał jej do ucha: – Mamo! Zrób czar, żeby on przestał istnieć! Szybko, mamo! Zaczaruj, żeby zniknął. Bo on zrobi nam coś złego!

Mama patrzyła na zmianę na Kukiego i Ikuka. Była kompletnie oszołomiona.

– Ja chyba zwariuję – szeptała. – Oszaleję!

Kuki zawołał:

– Mamo, ty chyba mu nie wierzysz!? To ja jestem prawdziwy Kuki! Ja jestem twoim synem.

– On kłamie! Ja jestem twoim synem! – krzyczał Ikuk. Objął mamę z całych sił i szeptał: – Zrób czar, żeby on przestał istnieć. Szybko, mamo!

– Boże... Co ja mam zrobić? – jęknęła mama. – Który z was jest prawdziwy?

– Ja, mamo – powiedział Kuki.

– Ja, mamo! – wrzasnął Ikuk.

Kompletnie oszołomiona mama spoglądała na dwóch identycznych chłopców. Nie wiedziała, co robić.

Kukiemu zrobiło się nagle straszliwe przykro. Jak mama mogła nie poznać, że on jest prawdziwy. Że to on jest jej synem.

Zrobił krok w stronę mamy i cicho powiedział:

– Pamiętasz? Jak byłem mały, to mówiłaś, że poznałabyś mnie, nawet gdyby słońce zgasło. Nawet w ciemnościach, zawsze... Tak mówiłaś, mamo.

– To do mnie tak mówiłaś, mamusiu! – krzyknął klon.

Mama wyprostowała się na krześle. Spojrzała uważnie na klona, a potem długo patrzyła na Kukiego. I powiedziała:

– Już wiem. Ty jest prawdziwym Kukim. Moim synem. Na pewno.

I objęła Kukiego. Prawdziwego.

Klon spojrzał na mamę z wściekłością. Chciał skoczyć i zepchnąć ją i Kukiego z krzesła. Ale kiedy szykował się do ataku, nagle wrzasnął:

– Ałaaa!

To kundel Budyń wkroczył do akcji! Ugryzł sobowtóra w nogę i zawołał:

– Ostre mam ząbki, ty podróbko, co?

Kuki i mama odwrócili się. Klon rzucił się do drzwi.

– On ucieka! – krzyknął Budyń.

Mama i Kuki zerwali się z krzesła. Ikuk był już w korytarzu. Porwał plecak Kukiego i wybiegł z mieszkania. Gnał po schodach, przeskakując po trzy stopnie.

Kuki chwycił czerwone krzesło i popędził za klonem. Na schodach potknął się. Poturlał się po stopniach, ale nie wypuścił krzesła z rąk.

– Budyń, zatrzymaj go! – krzyknął.

Ale klon wybiegł już na ulicę, zatrzaskując za sobą drzwi, a kundelek nie potrafił ich otworzyć. Kuki pozbierał się, dopadł do drzwi i wybiegł z domu. Gęsta mgła zasłaniała ulicę.

Kuki zobaczył daleko sylwetkę klona, niknącą w szarych oparach. Błyskawicznie usiadł na czerwonym krześle i krzyknął:

– Niech ten klon zniknie! Na zawsze!

Kuki zerwał się z krzesła i spojrzał. Sylwetki klona nie było już widać. Budyń popędził ulicą, znikając we mgle. Po paru minutach wrócił i powiedział:

– Nigdzie go nie ma, szefie. Chyba zniknął.

Wieczorem mama długo siedziała na łóżku Kukiego. Prawie jak dawniej, kiedy Kuki był mały i czytała mu bajki przed snem. Mama nie chciała rozmawiać o tym, co się zdarzyło, ani o klonie.

– Nie chcę o tym mówić – szepnęła. – Nie dzisiaj.

– Mamo, powiedz tylko, jakim sposobem mnie rozpoznałaś?

– No wiesz… Mama zawsze pozna swoje dziecko. Nawet w ciemności.

– To dobrze – szepnął Kuki.

Następnego dnia Gabi i Blubek odwiedzili Kukiego. Natychmiast opowiedział im zdarzenia z poprzedniego wieczora.

– Gdyby nie Budyń, to już by mnie nie było!

– Nie ma o czym gadać, szefie – pisnął kundelek. – Po prostu zrobiłem malutki czar. A tak przy okazji, mógłbym czasem sobie coś wyczarować? Na przykład miseczkę z fajnym obiadkiem?

– Jasne.

– Dobrze, że ten klon wreszcie zniknął – westchnęła z ulgą Gabi.

– A jesteście pewni, że zniknął? – spytał Blubek. – Widziałeś, Kuki, jak on znika?

– Nie. Była mgła i niewiele było widać. Ale chyba zniknął. On i mój plecak.

– Plecak?

– On zabrał mój plecak. Kiedy rozkazałem, żeby klon zniknął, to plecak rozpłynął się razem z nim. Ale to dobrze.

– Dlaczego?

– Bo w plecaku była figura czarnego króla – szepnął Kuki. – Lepiej, że już jej nie ma.

Gabi zerknęła niepewnie.

– Chyba że… – szepnęła.

– Co?

– Że on nie zniknął. Uciekł i zabrał czarnego króla ze sobą.

Kuki nie zdążył odpowiedzieć. Do pokoju wbiegła mama. Wołała:

– Kuki! Zapomniałam…!

– Co?

– Przecież tato dziś wraca! Miałam ich odebrać z dworca. Nie zdążę już tam dojechać…

Faktycznie tato i rodzeństwo Kukiego wracali dziś z górskiej wyprawy.

– Możemy polecieć dra-kulą! – zawołał Budyń. – Będziemy tam w minutę.

Wszyscy spojrzeli na niego zdziwieni.

– Przecież nie mamy dra-kuli!

– A co tu leży?

Budyń zanurkował pod łóżko i po sekundzie wynurzył się ze srebrnym guzikiem w zębach.

– Skąd ona się tam wzięła? – zawołał zdumiony Kuki.

– Widocznie Ikuk ją zostawił – mruknął Blubek.

Mama patrzyła na nich, nic nie rozumiejąc. Nigdy nie widziała latającej dra-kuli.

Kuki wybiegł na balkon. Nacisnął srebrny guzik, który natychmiast zaczął się powiększać. Po chwili wielka święcąca kula kołysała się obok balkonu.

– Wsiadajcie! – zawołał Kuki.

Wskoczyli wszyscy do dra-kuli.

– Szefie, mogę kierować? – zawołał Budyń. – Mam już wprawę.

– Dobra!

Budyń chwycił w zęby joystick. Święcąca kula wykonała wielki skok, odbiła się od sąsiedniego dachu i pofrunęła nad miastem.

Seria Magiczne Drzewo

Powieść z bestsellerowej serii *Magiczne Drzewo*.

Opowieści *Magicznego Drzewa* są podstawą znanego na świecie cyklu filmowego, nagrodzonego Emmy – telewizyjnym Oscarem – za wyobraźnię, mądrość i humor.

Burza powaliła olbrzymi stary dąb. Było to Magiczne Drzewo. Ludzie zrobili z niego setki przedmiotów, a każdy zachował cząstkę magicznej siły. Wśród nich było czerwone krzesło.
Niesamowite przygody, niebezpieczeństwa, humor i magia... Autobus, który zwariował, most ze światła i wielka fala tsunami. Latający dom, olbrzymi lew i sto wyczarowanych psów! Fantastyczna opowieść o trójce dzieci, które znalazły krzesło spełniające życzenia. Te dobre i te złe...

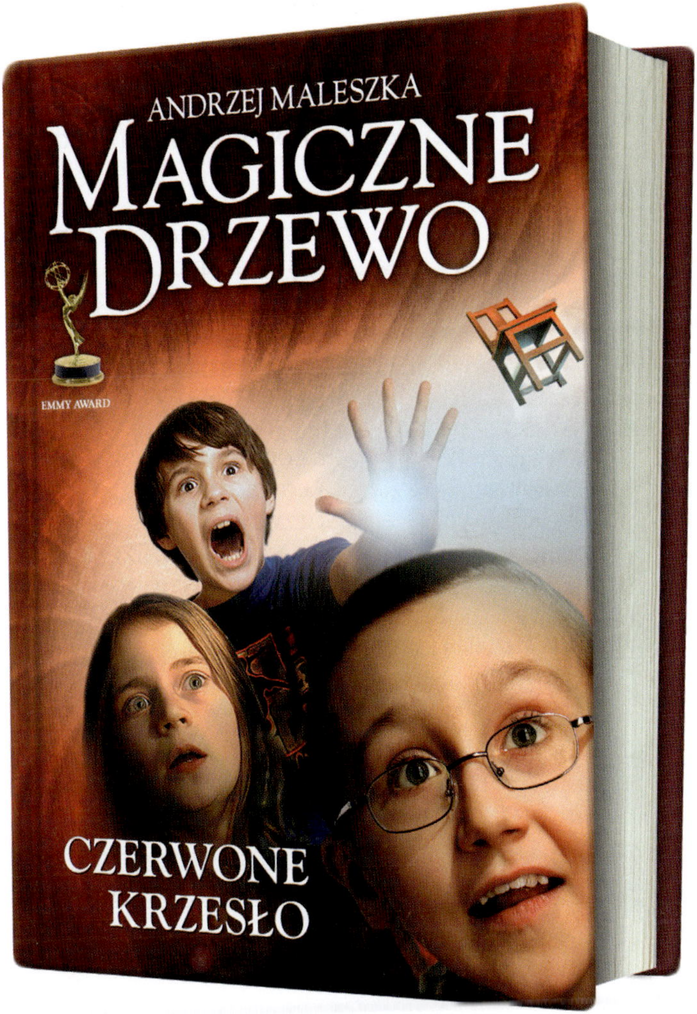
ANDRZEJ MALESZKA
MAGICZNE DRZEWO
EMMY AWARD
CZERWONE KRZESŁO

Powieść z bestsellerowej serii *Magiczne Drzewo.*

Kuki, Wiki i Melania muszą odnaleźć Most Zapomnienia. Czeka na nich gigantyczny pająk, podziemna rzeka i groźna Greta o trojgu oczach. Lecz tylko przejście przez most uwolni Filipa od czaru tajemniczej Żu. Na szczęście po ich stronie stoi najlepszy robot świata, pies geniusz i cudowna kotka Latte!

Opowieści *Magicznego Drzewa* są podstawą znanego na świecie cyklu filmowego, nagrodzonego Emmy – telewizyjnym Oscarem – za wyobraźnię, mądrość i humor.

ANDRZEJ MALESZKA
MAGICZNE DRZEWO
TAJEMNICA MOSTU
znak emotikon

Powieść z bestsellerowej serii *Magiczne Drzewo*.

Kuki zostaje obdarzony nadludzką siłą, by pokonać olbrzyma o siedmiu wcieleniach. Walczy ze zwierzomaszynami, stalowym ptakiem i pożeraczem światła. Wędrują z nim mądra Gabi, super gracz komputerowy Blubek i gadający pies. W dalekiej Azji szukają tajemniczego domu pilnowanego przez złotego tygrysa. Powieść w tempie gry komputerowej, pełna przygód i humoru. Nie można się od niej oderwać!

Opowieści *Magicznego Drzewa* są podstawą znanego na świecie cyklu filmowego, nagrodzonego Emmy – telewizyjnym Oscarem – za wyobraźnię, mądrość i humor.

ANDRZEJ MALESZKA
MAGICZNE DRZEWO
OLBRZYM
znak emotikon